HEXENHERZ

DIE HEXEN VON KEATING HOLLOW 2

DEANNA CHASE

Übersetzt von
SIMONE HELLER

Willkommen in Keating Hollow, dem verwunschenen Städtchen, in dem Liebe, Cupcakes und Magie aufeinanderprallen.

Für Noel Townsend sind seit jeher nur drei Dinge wichtig – Liebe, Familie und Magie. Zwei davon sind ihr sicher: Sie ist mit einer großen, eng verbundenen Familie gesegnet, und ihre Magie war niemals stärker. Aber Liebe? Die fand vor drei Jahren ein Ende, als ihr Mann sie und ihre Tochter auf Nimmerwiedersehen verließ.

Derzeit ist in Noels geflicktem Herzen nur Platz für ihre sechsjährige Tochter. Doch als Drew Baker mit Neuigkeiten von ihrem Mann an der Tür ihrer Pension steht, hat das Schicksal andere Pläne. Genauso wie Drew. Wenn er nur ihre Abwehrhaltung überwinden kann, wird Drew mit ganzer Kraft daran arbeiten, Noels Hexenherz zu heilen.

KAPITEL 1

Drew Baker spazierte die Hauptstraße von Keating Hollow entlang. Als Hilfssheriff wollte er Präsenz zeigen, um mit Bürgern und Geschäftsbesitzern täglich in Verbindung zu bleiben. Es gab keine bessere Möglichkeit zur Verbrechensabwehr als stets offene Kommunikationskanäle.

Nicht, dass Keating Hollow eine Brutstätte des Verbrechens gewesen wäre. Ganz im Gegenteil. Drew ging nur gern sicher, dass es auch so blieb.

„Officer Baker, hallo", rief eine vertraute Frauenstimme hinter ihm.

Er hielt seine Gesichtszüge unter Kontrolle und bemühte sich um eine neutrale Miene, als er sich umdrehte. „Guten Tag, Shannon. Wie läuft das Geschäft?"

„Gut. *Ein Löffelchen Magie* hält Miss Maple und mich in der Weihnachtszeit ganz schön auf Trab." Die hübsche Rothaarige näherte sich Drew und strich mit der Hand über seinen Arm nach oben. Er versteifte sich, als sie anfügte: „Ich hatte gehofft, du hättest Zeit, mir mit der neuen heißen Schokolade zu helfen, und würdest sie probieren. Sie schmeckt nach Zimt."

Er räusperte sich und trat einen Schritt zurück, während er sich auf den Bauch klopfte. „Ich versuche dieses Jahr, auf Weihnachtssüßkram zu verzichten. Vermutlich also keine gute Idee."

Ihr Blick schweifte über seine flachen Bauchmuskeln hinab. Mit einer skeptisch hochgezogenen Augenbraue sagte sie: „So eitel bist du doch nicht, oder, Drew? Du suchst doch nicht etwa nach einer Ausrede aus einem weiteren Date mit mir?"

Sein Hals wurde warm, während er den Kopf schüttelte. „Ich bin derzeit nur wirklich ziemlich beschäftigt, Shannon. Ich würde nicht wollen, dass ein hübsches Mädchen wie du auf mich wartet."

Sie schnaubte und öffnete den Mund, vermutlich um seine schwache Behauptung in Frage zu stellen, er sei zu beschäftigt zum Daten, als eine weitere Frau hinter ihm rief: „Hilfssheriff Baker. Da sind Sie ja."

Drew drehte sich um und sah Noel Townsend, die Frau, die die Pension des Städtchens betrieb. Sie sah anders aus als sonst. War sie nicht erst vor ein paar Tagen noch rothaarig gewesen? Es schien, als hätte sie sich die Haare blond gefärbt. Und um ehrlich zu sein, stand es ihr gut. Sie war vorher schon schön gewesen, aber nun wirkte sie elegant. „Stimmt was nicht, Noel?"

„Nein, nein. Alles in Ordnung", sagte sie mit dem Hauch eines Lächelns. „Aber ich hatte gehofft, mit dir über das Security-Konzept der Stadt reden zu können, damit wir uns auf das Neujahrsfestival vorbereiten können."

„Security-Konzept?", fragte Shannon und rümpfte ihre perfekte kleine Nase. „Seit wann braucht Keating Hollow Security? Es ist eine Hexenstadt."

Drew runzelte die Stirn, überhaupt nicht sicher, wovon

Noel da sprach. Niemand hatte ihn darüber informiert, dass fürs Neujahrsfestival Security nötig war.

Noel legte den Kopf schief und starrte Shannon mit gerunzelter Stirn an. „Wusstest du nicht, dass jedes Jahr neue Schutzzauber gewirkt werden?"

„Schutzzauber?", wiederholte Shannon, die ihre Brille nach oben schob, während Verwirrung in ihren whiskeybraunen Augen glomm.

Drew öffnete den Mund, um Noel zu fragen, wovon sie sprach, aber sie kam ihm zuvor.

„Mach dir keine Sorgen darum, Shannon", sagte Noel, während sie sich bei Drew unterhakte und ihm die Schulter tätschelte. „Officer Baker hat alles unter Kontrolle." Noel schaute zu ihm auf und warf ihm ein schelmisches Lächeln zu. „Stimmt's, Drew?"

„Äh, ja?", sagte er mit dem Gefühl, endlich aufzuholen, und kam sich wie ein Idiot vor, weil er während dieser Unterhaltung immer zwei Schritte hinter ihr gewesen war.

„Du klingst nicht sonderlich sicher", sagte Shannon, die ihn durch zusammengekniffene Augen anschaute.

„Er braucht vermutlich meine Hilfe beim Abschluss der letzten Zauber", wandte Noel fröhlich ein. „Ich habe jetzt Zeit." Sie warf einen Blick zu ihm hinauf und schaute ihn betont an. „Wir können zurück zur Pension gehen, und ich mache Tee, während wir die Details ausknobeln."

„Klar. Jetzt passt", sagte er, erleichtert, vor Shannon fliehen zu können. Sie war eine nette Frau, aber für seinen Geschmack etwas zu aufdringlich.

Sobald sie um den halben Block gegangen waren und Shannon wieder in *Ein Löffelchen Magie* untergetaucht war, beugte er sich zu Noel hinab und sagte: „Danke dafür."

Sie zog den Arm aus seinem und schob sich die Hände in

die Taschen. „Keine Ursache. Du hast ein wenig gewirkt wie ein Reh im Scheinwerferlicht, als sie dich in die Ecke gedrängt hat. Ich dachte, du könntest etwas Hilfe gebrauchen."

Er zuckte zusammen. „War das so offensichtlich?"

Sie hob die Schultern. „Vermutlich nicht, zumindest nicht für jemanden, der dich nicht so gut kennt wie ich."

Die Worte hingen einen Augenblick lang in der Luft, als er an den Sommer gleich nach seinem Schulabschluss dachte, in dem sie beide als Jugendcamp-Betreuer gearbeitet hatten. Jenen Sommer, in den er mit gebrochenem Herzen gegangen war, und Noel Townsend es irgendwie geschafft hatte, ihm zu helfen, es wieder zusammenzuflicken.

„Auf jeden Fall", sagte sie und drang in seine Erinnerung ein, „was das Security-Konzept fürs Neujahrsfestival angeht: Das war nicht nur eine Ausrede, um dir von Shannon wegzuhelfen, obwohl ich das gern gemacht habe. Seit Pansy Parker diesen Artikel über das Event geschrieben hat, der vor ein paar Wochen in der paranormalen Community viral gegangen ist, halte ich es für eine gute Idee, sich vorzubereiten. Die Pension ist bereits komplett ausgebucht, und das gilt auch für die Hotels in der Umgebung die Küste rauf und runter."

„Ernsthaft?", fragte er, nun doch interessiert. Obwohl Keating Hollow einigen Besuch bekam, war nie so richtig viel los. Es war ein nordkalifornisches Kleinstädtchen, das recht ab vom Schuss lag. „Wir sollten wohl eine Zählung durchführen."

Sie schob die Tür zu ihrer Pension auf, und er folgte ihr nach drinnen. „Ich habe hier gleich ein paar Zahlen", sagte sie und glitt hinter den Tresen am Eingang.

Er nahm seinen Hut ab und wartete, bewunderte den anmutigen Schwung ihres Halses, während sie sich eine Locke ihrer blonden Haare hinters Ohr steckte. Es war nicht zu leugnen, dass Noel Townsend eine Schönheit war. Sie war langgliedrig und schlank, anmutig wie ein Model, nur nicht so hochgewachsen. Sie war etwa fünfzehn Zentimeter kleiner als er, also etwa einen Meter siebenundsechzig. Aber es waren ihre gefühlvollen blauen Augen, die ihn üblicherweise für sich einnahmen, und die Intensität, mit der sie ihm entgegensahen.

„Da haben wir es", sagte sie und reichte ihm ein Post-It, ohne den Augenkontakt zu unterbrechen. „Sieht so aus, als würden um die tausend Fremde über uns herfallen wollen."

Er rieb sich mit der Hand über den Nacken und wandte sich ab, weil er sich unter ihrem entschlossenen Blick plötzlich unwohl fühlte. „Sieht so aus, als würde ich vorübergehend Hilfe einbestellen müssen."

„Klingt nach einer guten Idee. Ich habe auch ein paar Zauber parat, die bei der Überwachung helfen sollten."

Er warf einen erneuten Blick auf sie hinab und hob eine Augenbraue. „Wirklich?"

Noel legte beide Hände auf den Tresen und beugte sich vor. Ihr Pulli dehnte sich über ihre Brust, sodass es ihm schwerfiel, konzentriert zu bleiben. „Es sind Detektionszauber, und mit ihnen ist die Beschwörung von Spurenmagie einfacher.", sagte sie. „Lass mich wissen, falls du Interesse hast. Ich spreche sie regelmäßig auf das Umfeld der Pension. Gäste können die magischen Spuren meist spüren, und das animiert sie dazu, sich anständig zu verhalten."

„Bin ich. Interessiert, meine ich. An den Zaubern", plapperte Drew, der sich dazu zwang, nicht auf ihr offenliegendes Dekolleté zu starren. Die Letzte, die er begaffen sollte, war Noel Townsend. „Ich melde mich."

Ehe sie noch etwas sagen konnte, flüchtete er hinaus auf die Straße und holte in der winterlichen Kühle tief Luft. „Himmel, Andrew, reiß dich zusammen, Mann", murmelte er tonlos.

„Alles in Ordnung, Drew?", fragte eine Frau hinter ihm.

Er drehte sich um und erkannte Miss Maple. Sie trug eine rot-weiße Strickmütze über ihrem grauen Lockenhaar, und sie war in einen roten Wollmantel gepackt. Jedes Jahr, seit er sich erinnern konnte, hatte sie den ganzen Dezember lang genau diese Uniform getragen. Als Kind war er überzeugt gewesen, sie sei einer von Santas kleinen Helfern. Vielleicht war sie das ja auch, überlegte er. In ihren Augen glitzerte der Schalk, als sie ihn anstarrte.

„Frauenprobleme?", fragte sie und steckte sich ein paar lose Strähnen hinter das Ohr.

„Wie kommen Sie darauf?", fragte er und lächelte sie gelassen an.

„Meiner Erfahrung nach murmelt ein Mann nur dann vor sich hin, wenn ihn jemand durcheinandergebracht hat, zu dem er sich hingezogen fühlt. Und da ich noch nie gesehen habe, wie du dich mit einem Mann triffst, gehe ich davon aus, dass es eine Frau ist. Ist es Shannon?"

„Was?" Er schüttelte den Kopf. „Nein, auf keinen Fall."

„Das habe ich mir schon gedacht", sagte sie ohne betroffenen Unterton. „Sie ist ein lieber Mensch, aber Subtilität ist nicht so ihr Ding. Du musst deine Absichten vielleicht deutlicher machen."

„Ich habe keine Absichten."

„Ich weiß, mein Lieber. Das musst du klarstellen." Sie warf einen Blick zur Eingangstür der Pension. Ihr Mund öffnete sich überrascht, dann trat ein wissendes Funkeln in ihre Augen. „Sieh mal einer an. Ist das nicht interessant?"

„Ich weiß nicht, wovon Sie reden", sagte er und schob sich die Hände in die Hosentaschen. „Hören Sie, Miss Maple, ich muss wieder ins Büro. Kann ich Sie zurück zu Ihrem Laden begleiten?"

Sie kicherte nur und schüttelte den Kopf. „Nein, mein Lieber. Ich komme zurecht. Danke trotzdem."

„Gern geschehen." Er tippte an den Rand seines Baseball-Caps und machte sich auf den Weg über die Straße.

„Viel Glück mit diesen Frauenproblemen", rief ihm Miss Maple nach.

Ohne sich umzuschauen, hob er eine Hand, um zu zeigen, dass er es zur Kenntnis genommen hatte, und lief schneller. Miss Maple sah zu viel. Sie folgerte daraus auch mehr, als sie sollte. Zwischen ihm und Noel Townsend lief nichts. Und das würde es auch nie. Das war kein Weg, den er noch einmal beschreiten wollte.

Drew stieß ein erleichtertes Seufzen aus, als er zurück ins Sheriff-Büro trat. Das war seine Domäne. Es war fünf Jahre her, seit er den Posten in Keating Hollow angenommen hatte. Fünf Jahre, in der er die Stadt sicher gehalten hatte.

„Oh, Hilfssheriff Parker. Da sind Sie ja", sagte Clarissa, die Angestellte am Eingangstresen. „Auf Leitung eins ist ein dringender Anruf für Sie."

Er warf einen Blick auf das Telefon auf dem Schreibtisch und das blinkende rote Licht. „Wer denn?", fragte er, bereits auf dem Weg in sein Büro.

„Sheriff Barnes", erwiderte sie und biss sich auf die Unterlippe. „Er sagte nur, es wäre wichtig."

„Danke." Er marschierte in sein Büro und schnappte sich das Telefon. „Baker hier."

Er stand stocksteif, während er seinem Boss am anderen Ende der Leitung zuhörte. Ein Frösteln durchfuhr ihn, als er die Neuigkeiten aufnahm. Fünf Minuten später legte er den Hörer auf das Telefon, zog die Schultern zurück und marschierte wieder aus dem Büro, unterwegs zur Eingangstür.

„Hilfssheriff Parker?", fragte Clarissa, offensichtlich voller Sorge. „Ist alles okay?"

Er hielt inne und schaute sie an.

„Sie sehen aus, als hätten Sie einen Geist gesehen", sagte sie und erhob sich, die Hände flach auf den Schreibtisch gestützt. „Was ist passiert?"

Er schüttelte den Kopf. „Ist schon gut, Clarissa. Ich muss nur schlechte Nachrichten überbringen. Ich sage es Ihnen, wenn ich zurückkomme."

Sie setzte sich langsam wieder hin und nickte ihm leicht zu. Sie war professionell genug, keine weiteren Fragen zu stellen. Nicht, ehe die Familie in Kenntnis gesetzt worden war. Es war der Teil des Jobs, den er am meisten verabscheute, und Aufschieben hätte es nur verschlimmert.

Er stählte sich, brach auf und kehrte zum Keating Hollow Inn zurück. Er wartete geduldig gleich hinter der Eingangstür, während Noel Townsend ein älteres Paar eincheckte, das seinen fünfzigsten Hochzeitstag feierte. Der Mann hielt die Hand die ganze Zeit auf dem Rücken der Frau, und die beiden strahlten so sehr vor Glück, dass Drew nicht anders konnte, als sie anzulächeln.

„Ist sie nicht wunderbar?", sagte der alte Mann. „Sie ist noch genauso schön wie mit sechzehn."

„Ach, George." Die Frau strahlte ihn an. Dann wandte sie sich an Drew. „Ist es ein Wunder, dass ich meinen Schatz aus der Highschool geheiratet habe?"

Der Schmerz traf Drew wie ein Schlag in die Eingeweide, als Bilder von Charlotte in seinen Gedanken aufstiegen, aber er zwang sich zu einem Lächeln und nickte ihnen zu. „Herzlichen Glückwunsch zum Hochzeitstag Ihnen beiden."

„Dankeschön." Die Frau legte ihre kleine Hand auf seinen Arm und drückte zu. Dann, als sie vorbeimarschierte, flüsterte sie: „Keine Sorge, mein Lieber. Ihre Liebste wartet bereits auf Sie."

Sobald sie im Fahrstuhl verschwunden waren, lächelte ihn Noel neckend an. „Sie meint vermutlich Shannon."

Doch Drew wandte sich rein geschäftlich an sie, sein Blick ernst, als er seine Baseballmütze abnahm. „Noel, ich habe schlechte Nachrichten."

Ihr Lächeln erlosch, und ihr Körper erstarrte sichtlich. „Ist es mein Vater? Ist etwas passiert?"

„Nein." Er schüttelte den Kopf und holte dann tief Luft. „Es geht um deinen Mann Xavier. Sie haben ihn gefunden."

„Keating Hollow Inn, wie kann ich Ihnen behilflich sein?", sprach Noel Townsend ins Telefon, während sie die Details einer Reservierung eintippte.

„Mami, weißt du was!", brüllte ihr ihre sechsjährige Tochter Daisy entgegen, sodass Noel sich den Hörer vom Ohr riss.

Noel zuckte zusammen, obwohl sie grinste, als die freudige Begeisterung ihrer Tochter ihr Herz für sich einnahm. „Was ist denn, Kleine?", fragte sie. „Hat dich deine Tante endlich zum Golfwagenrennen mitgenommen?" Noels jüngere Schwester war erst vor ein paar Monaten zurück in die Stadt gezogen und hatte sich sofort ein Party-Golfmobil angeschafft. Daisy hatte es einmal gesehen und sich auf den ersten Blick in seine Blitzlichter und die Surround-Sound-Anlage verliebt. Nachdem sie eine Unterhaltung über Golfmobilrennen mitgehört hatte, hatte Daisy gnadenlos darum gebettelt, an einem solchen teilnehmen zu dürfen.

„Nein", sagte Daisy, und ihr Tonfall wurde schmollend. „Tante Abby musste arbeiten. Sie sagte, wir können es am Wochenende machen, wenn du es erlaubst."

„Verstehe. Also gut, was wolltest du mir dann sagen, dass du mich angerufen hast?"

„Ist es in Ordnung?", fragte Daisy.

„Ist was in Ordnung?"

„Kann ich mit Tante Abby im Golfmobil fahren?"

„Ach so", sagte Noel kichernd. Die Gedanken ihrer Tochter liefen definitiv auf einer Einbahnstraße. „Klar, Liebling."

Daisy stieß ein entzücktes Quietschen aus. Einen Augenblick später hörte Noel ihre ältere Schwester Yvette sagen: „Vergiss nicht den Welpen."

„Welpen?", fragte Noel aufgeschreckt und warf einen Blick durch ihre frisch renovierte Pension. „Welchen Welpen?" Die glänzenden Böden waren perfekt nachgearbeitet. Neue Vorhänge hingen vor den bodenlangen Fenstern und flossen auf dem Boden zusammen. Sie hatte ihre Antikmöbel neu bezogen, sodass das perfekte Ambiente für ihr viktorianisches Jahrhundertwende-Haus entstand. Es hatte drei Jahre gedauert, aber ihre Pension war nun ganz genau so, wie sie sie haben wollte. Ein Welpe war das Letzte, was sie brauchte. Wenn Yvette Daisy einen Hund geschenkt hatte, würde Noel sie umbringen. Da sie sich um Daisy kümmerte und die einzigen Pension der Stadt betrieb, konnte Noel kaum einen Augenblick aufbringen, um sich die Haare schneiden zu lassen. Sich auch noch um einen Welpen zu kümmern, stand nicht zur Debatte.

Daisy machte ein gurrendes Geräusch und sagte: „Liebes Hündchen. Jetzt sei ein braves Mädchen, damit Mami erlaubt, dass du bei uns wohnst."

Noels ganzer Körper wurde heiß vor Wut. Sie warf einen Blick auf den Check-in-Tresen und suchte nach ihrem Smartphone. Als sie es nicht gleich erblickte, wedelte sie mit der Hand, und Magie brach aus ihren Fingerspitzen hervor.

Die Luft knisterte und reagierte sofort, als sie sagte: „Bring mir mein iPhone."

Der Stapel Papiere am Ende des Tresens hob sich und enthüllte nichts als die Holzfläche darunter. Ihre grobschlächtige Magie zog weiter, und die Papiere schwebten zu Boden. Ein ähnliches Ergebnis trat ein, als ihre Magie ihren Schreibtisch durchsuchte und Broschüren und Werbung verstreute, ehe sie zu ihrem Stapel mit Rechnungen weiterzog.

„Verdammt", murmelte sie und beobachtete, wie der vordere Empfangsbereich vom organisierten Chaos in etwas überging, das aussah, als wäre der tasmanische Teufel durchgezogen. Schließlich schwebte ihre Magie über ihrer offenen Handtasche. „O nein", sagte sie, und ihre Augen weiteten sich. Wenn die Magie ihre Tasche ausleerte, würde ihr ganzes Leben auf dem Fußboden verstreut liegen. Aber zu ihrer Überraschung tauchte die Magie ab und holte sorgsam das Smartphone aus ihrer Tasche. Es segelte brav in ihre Hand.

Noel drückte auf Yvettes Telefonnummer, während ihre Tochter verlauten ließ: „Opa hat mir einen Welpen geschenkt. Und ich liiiiiebe ihn."

„Ich war es nicht!", sagte Yvette in dem Augenblick, als sie das Telefon abnahm.

„Das habe ich gehört. Dad war das? Hat er den Verstand verloren?", fragte Noel Yvette. Dann zog sie wieder den Hörer des Festnetztelefons an den Mund und sagte: „Behält Opa den Welpen in seinem Haus?"

„Nein. Er gehört mir. Das hat er gesagt", quengelte ihre Tochter.

Noel packte den Hörer fester. „Ich kann mich nicht erinnern, dass mich jemand gefragt hätte, Daisy. Wir werden darüber reden, wenn ich komme, um dich abzuholen."

„Maaaaamaaa. Der Hund braucht mich."

„Ich bin mir sicher, dass du das so siehst, Liebling. Aber ich habe bereits gesagt, dass wir darüber reden, wenn ich komme."

„Aber …"

„Wenn du mich drängst, Daisy, lautet die Antwort Nein." Noel starrte zur Decke hinauf und verabscheute es, dass sie genau klang wie ihre eigene Mutter, als sie ein kleines Mädchen gewesen war und um einen Welpen gebettelt hatte. Sie erinnerte sich noch an ihren Wutanfall, als sie keinen Hund bekommen hatte. Aber sie und Daisy wohnten nicht auf einem Bauernhof am Waldrand. Sie wohnten in einer Pension und mussten sich um Gäste kümmern. Einen Hund aufzunehmen, war eine große Verpflichtung. „Verstehst du?"

„Ja, Mami", sagte ihre Tochter. Eine Sekunde später drang ein klirrendes Geräusch an Noels Ohr, gefolgt von Daisys Beschwerden, das Leben sei so unfair.

Daisys Dramatik brachte Noel zum Kichern, während sie sich das iPhone ans Ohr drückte und Yvette fragte: „Was für einen Welpen hat Dad mir denn eingebrockt?"

„Ich bin mir nicht ganz sicher", sagte ihre ältere Schwester. „Im Augenblick ist es einfach ein liebenswerter Plüschball. Zwei Welpen sind auf seiner Türschwelle aufgetaucht. Faith behält einen, und den anderen gibt er dir."

„Wie kommt's, dass dir keiner geblieben ist?", fragte Noel mit zusammengekniffenen Augen.

„Isaac ist allergisch auf Hunde."

„Das kann Abby schon richten", sagte Noel ganz vernünftig und sprach dabei von ihrer jüngeren Schwester, die eine begabte Erdhexe war. „Ziemlich sicher könnte einer ihrer Tränke deinen Mann für dich rundum erneuern."

Am anderen Ende der Leitung herrschte Stille.

„Yvette, komm schon", sagte Noel. „Du weißt, dass ich keine

Zeit für einen Hund habe. Wenn ich Daisy hinterherlaufen und mich mit Gästen herumplagen muss ...“

„Du weißt, wenn diese Welpen letzten Monat aufgetaucht wären, hätte ich sofort einen genommen. Aber die Dinge sind ... derzeit etwas stressig. Es ist einfach kein guter Zeitpunkt.“

In Yvettes Tonfall war etwas, das Noels Widerworte zum Schweigen brachte. Ihre ältere Schwester war eine starke, zuversichtliche Frau, diejenige mit dem perfekten Ehemann und der perfekten Ehe. Alle liebten Isaac. Wenn es zu Hause stressig war, war etwas Ernstes im Busch. „Vette? Alles okay?“

Ihre Schwester stieß einen langen Seufzer aus. „Ich weiß es noch nicht.“

„Willst du darüber reden?“

„Nicht am Telefon“, sagte Yvette.

„Später Kaffeetrinken?“

„Vielleicht morgen. Ich rufe dich morgen Vormittag an, okay?“

„Klar. Aber wenn du was brauchst, weißt du, wo du mich finden kannst“, sagte Noel und wünschte, sie könnte durch das Telefon greifen und ihre Schwester umarmen.

Yvette stieß ein leises Lachen aus. „Wie du einen Welpen durch die Pension jagst?“

„Bei der Göttin, nein. Das wird nicht funktionieren. Wir haben diese Woche Gäste. Dad wird den Hund einfach behalten müssen, bis er wohlerzogen ist.“

„Viel Glück dabei. Wir sehen uns morgen.“

Noel schüttelte den Kopf und fragte sich, was zum Teufel sie mit einem Hund anfangen sollte, als die Türglocke läutete. Eine ältere Dame in Leinenhose und Seidenbluse kam herein. Ihr gefärbtes kastanienbraunes Haar war perfekt gewellt und frisiert. Ein älterer Mann, der ein paar Zentimeter kleiner war als sie, schlurfte hinter ihr her. Er legte ihr eine Hand auf den

Rücken und lächelte Noel an, während sie zum Check-In-Tresen marschierten.

„Mr. und Mrs. Vincent?" Noel hatte die beiden bereits erwartet, doch fragte der Höflichkeit halber nach.

„Das sind wir." In den klaren blauen Augen der Frau funkelte das Glück.

„Willkommen in Keating Hollow." Noel lächelte sie an und nickte Alec, ihrem Teilzeithelfer, zu, der das Gepäck hereinschleppte. „Bring das zur Flitterwochen-Suite."

Mrs. Vincent kicherte und drückte ihrem Mann die Hand auf die Brust. „Du hast für uns die Flitterwochen-Suite gebucht?"

„Für meine Braut nur das Beste." Er schob ihr eine Haarsträhne hinters Ohr. Die Geste war so zart, dass sich Noel rasch ihrem Computer zuwandte, weil sie das Gefühl hatte, in einen intimen Moment einzudringen. Sie beschäftigte sich damit, sie fertig einzuchecken, dann lächelte sie wieder, als sie dem süßen Pärchen den Zimmerschlüssel überreichte. „Sie beide geraten mir aber nicht in Schwierigkeiten, ja?" Sie zwinkerte ihnen zu. „Das Keating Hollow Inn ist ein respektables Haus."

„Keine Versprechungen", sagte Mr. Vincent und grinste seine Braut an, mit der er seit fünfzig Jahren zusammen war. „Die Dame hier sagt, sie erwartet ein romantisches Wochenende. Da kann ich sie ja wohl nicht enttäuschen!"

„Auf keinen Fall", sagte Noel, die sich im Geiste notierte, ihnen einen Korb mit Schokolade und Champagner aufs Zimmer zu schicken. Die Vincents waren ein halbes Jahrhundert verheiratet und sahen noch immer aus wie frisch verliebt. Bittersüße Gefühle wogten durch ihr Herz, und sie wandte ihren Blick ab. Es war die Zukunft, die sie sich erhofft hatte, als sie geheiratet hatte, kurz bevor ihre Tochter geboren wurde. Aber dieser Traum war in dem Augenblick geplatzt, in dem ihr Mann weggegangen war und niemals zurückgeschaut hatte. Der stechende Schmerz, den sie normalerweise in den Eingeweiden spürte, wenn sie an Xavier dachte, war auf ein dumpfes Ziehen zurückgegangen, und dafür war sie dankbar. Es war schon längst überfällig, dass sie weiterzog.

Sie schaute auf, beobachtete das Paar auf dem Weg zum Fahrstuhl und erspähte Hilfssheriff Baker, der in der Nähe der Eingangstür stand, die Arme vor der Brust verschränkt. Wann hatte er sich denn hereingeschlichen? Hatte die Klingel geläutet? Sie hatte es nicht mitbekommen.

Hochgewachsen, schlank und breitschultrig sah dieser Mann viel blendender aus, als gut für ihn war. Und er war außerdem keine Option. Das hatte er ihr bereits vor Jahren klar gemacht, nach einem Sommer, in dem sie sich viel zu nahe gekommen waren. Sie waren in den Armen des jeweils anderen gelandet, hatten beeindruckend wild herumgeknutscht, und dann hatte er sich zurückgezogen und ihr gesagt, dass es ein großer Fehler wäre, etwas miteinander anzufangen. Derzeit war sie ohnehin nicht auf dem Markt. Als ihr Ehemann verschwunden war, hatte sie den Männern abgeschworen. Ihre Aufmerksamkeit galt allein ihrer sechsjährigen Tochter Daisy.

Noel wollte den Hilfssheriff schon fragen, was sie für ihn tun konnte, aber als das ältere Paar an ihm vorbeikam, hörte sie die Frau flüstern: „Keine Sorge, mein Lieber. Ihre Liebste wartet bereits auf Sie."

Wenn Noel keine Lufthexe gewesen wäre, hätte sie die Bemerkung nicht einmal gehört. Aber Stimmen wurden durch die Luft übertragen, sodass ihr Gehör verstärkt war, eine Fähigkeit, die sie manchmal verabscheute. Sie wusste, dass sie nicht starren sollte, dass sie Drew einen Hauch Privatsphäre lassen sollte, aber als sein Gesichtsausdruck sich verdüsterte, beinahe gequält, tat ihr das im Herzen weh. Sie kannte diesen Ausdruck. Den setzte er immer auf, wenn jemand seine verstorbene Freundin Charlotte erwähnte. In ihren Gedanken bestand kein Zweifel, dass er an sie dachte. Natürlich tat er das. Charlotte würde für immer seine *eine* sein, die man ihm viel zu früh genommen hatte.

„Sie meint vermutlich Shannon", warf Noel ein, weil sie die Stimmung aufhellen wollte. Die kurvige Rothaarige, die in *Ein Löffelchen Magie* arbeitete, hatte ihre Absichten in Bezug auf den Hilfssheriff vor der ganzen Stadt klargemacht, obwohl offensichtlich war, dass Drew kein Interesse hatte. Jedes Mal, wenn Noel mitbekam, wie er dem rasanten Luder aus dem Weg gehen wollte, fiel es ihr schwer, ein Kichern zu unterdrücken. Er war selbst schuld, wenn er doch so gut aussah und gleichzeitig zu höflich war, um ihr zu sagen, sie solle sich verziehen.

Drew zog seine Mütze ab und schaute ihr in die Augen. Sein gequälter Gesichtsausdruck ließ ihr ein Frösteln das Rückgrat hinablaufen. „Noel, ich bin dienstlich hier."

Plötzlich fiel ihr das Atmen schwer, und die Angst packte sie. Sie griff nach dem Rand des Tresens und fragte mechanisch: „Ist es mein Dad?" Ihr Vater kämpfte gerade gegen den Krebs, und diese Angst trug sie derzeit ständig mit sich herum. Doch Drews Neuigkeiten konnten nicht mit Lincoln Townsend zusammenhängen. Sie hatte gerade erst mit Yvette telefoniert, die bei ihm zu Hause war. Sie hätte es sicher gewusst, wenn etwas nicht stimmte. „Was ist passiert?"

„Nein, es ist nicht dein Dad", bestätigte er, während er nähertrat. „Es geht um deinen Mann Xavier. Sie haben ihn gefunden."

Ex-Mann, dachte sie sofort. Xavier war vor drei Jahren

verschwunden. Vor achtzehn Monaten hatte man ihr die Scheidung bewilligt, da sie offensichtlich verlassen worden war. Noel blinzelte, eine neue Art der Angst sickerte zu ihr durch. Sie hatte ihn bestimmt falsch verstanden. „Sag das nochmal."

Drew Baker räusperte sich. „Ich habe einen Anruf aus dem Büro des Bezirkssheriffs erhalten. Sie haben gleich drüben nördlich von Trinidad ein angespültes Boot gefunden. Es wurde vor sieben Tagen von Xavier Anderson gemietet."

KAPITEL 3

Noels Welt stand still. Ihre Sicht verengte sich völlig. Nur noch Drew war klar und deutlich zu sehen. Der Rest verschwamm, und sie hörte nichts als ein schwaches Summen in den Ohren. Sie sah, wie sich Drews Mund bewegte, aber sie bekam nicht mit, was er sagte. Und als sie ihm nicht antwortete, kam er um den Tresen herum und legte ihr die Hände auf die Schultern.

„Komm schon, Townsend. Reiß dich zusammen", sagte er und beugte sich herab, um ihre Augen zu fixieren. „Geh mir jetzt nicht in die Knie."

Der Klang seiner tiefen Stimme holte sie zurück in die Realität, und sie schüttelte ihn ab. „Mir geht's gut."

„Bist du sicher?", fragte er und trat einen Schritt zurück, um ihr Raum zu geben.

„Ich bin sicher." Sie schnappte zur Klärung ihrer Gedanken heftig nach Luft. „Also, du sagst, sie hätten ihn gefunden. Wo ist er?"

Drew zog eine Grimasse. „In Eureka. Sie haben ihn erst heute Morgen identifiziert."

Roher Schmerz durchdrang Noels Herz, als sie die Worte erfasste. *Identifiziert.* Das bedeutete … „Er ist also tot?"

„Es tut mir leid, Noel", sagte er, und aus seinen hellen Augen strahlte Mitleid. „Sie brauchen dich, damit du seine Identität bestätigst."

Sie packte den Rand des Tresens. Ihre Fingernägel bohrten sich ins Kiefernholz. Der Schmerz flammte plötzlich zu glühend heißem Zorn auf. Der Bastard war letzte Woche in der Stadt gewesen, und anstatt vorbeizukommen und seine Tochter zu sehen, hatte er ein gottverdammtes Boot gemietet. Was im Namen der Göttin war los mit ihm? „Wo war er?"

„Sie haben ihn in dem Boot an der Küste gleich oberhalb von Trinidad gefunden."

„Ich meine", sagte sie, und in ihren Augen blitzte Zorn, „wo war er die ganzen Jahre lang? Und was zum Teufel hat er in Trinidad gemacht?"

Drew schaute sich in der Lobby um, dann schlang er die Finger um ihren Ellbogen und lotste sie sanft zur Eingangstür. „Vielleicht sollten wir draußen darüber reden."

„Warum?" Sie stellte sich quer und entriss ihm ihren Arm. „Damit die ganze Stadt mitkriegt, wie ich zusammenbreche? Was spielt es für eine Rolle, Drew? Meine Tochter wird mit dem Wissen aufwachsen, dass ihr Dad sie nicht nur verlassen hat, sondern sich nicht mal die Mühe machen wollte, sie zu sehen, als er weniger als dreißig Kilometer entfernt war. Weißt du, was ihr das antun wird?"

„Das kann ich mir vorstellen."

Sie schnaubte, Zorn nahm sie ein und feuerte ihren Ausbruch an. „Nein, kannst du nicht. Deine Eltern wohnen hier in der Stadt. Meine Mom verließ uns, als ich zehn war. Ich war am Boden zerstört, weil sie nie zurückkam, nie anrief, sich nie genug für ihre Mädchen interessierte, um auch nur eine verflixte Glückwunschkarte zu schicken. Und seit Xavier gegangen ist, habe ich immer gebetet, er möge zurückkehren. Nicht für mich, sondern für Daisy. Sie ist nie darüber hinweggekommen, dass er gegangen ist. Nun weiß ich nicht, ob ihr das je gelingen wird."

Noel nahm das Telefon und schickte Alec eine rasche Nachricht, in der sie ihn bat, sich um den Champagner-Korb für die Vincents zu kümmern, und ihn wissen ließ, dass sie eine Weile pausieren musste. Ohne auf seine Antwort zu warten, schnappte sie sich ihre Handtasche vom Tisch und stürmte aus der Pension. Die Tür knallte hinter ihr zu, aber das fiel ihr kaum auf, während sie über die Straße marschierte und sich zu Hilfssheriff Bakers Streifenwagen aufmachte. Es war ein weißes SUV mit der Aufschrift *Keating Hollow Sheriff's Department* auf den Türen.

Die Kühle der Dezember-Luft hätte sie normalerweise zittern lassen, aber Noel war zu betäubt, um sie zu bemerken. Sich ihren Mantel zu schnappen, war ihr nicht einmal in den Sinn gekommen. Sie hörte Drews schwere Schritte hinter sich und wurde schneller. Sie hatte es nicht eilig damit, den Leichnam ihres Ex-Mannes zu identifizieren, aber sie musste sich bewegen. Sie wollte etwas werfen, lauthals schreien. Stattdessen brodelte es nur lautlos in ihr, während sie, die Arme vor der Brust verschränkt, darauf wartete, dass Drew die Beifahrertür aufschloss.

Er sagte nichts, während er ihr die Tür aufhielt, und auch nicht, als er auf den Fahrersitz glitt. Aber er nahm stumm ihre Hand, während er das Auto startete und rasch aus der Stadt fuhr.

Noel starrte auf die Verbindung hinab, ihre Augen auf seine starken, schlanken Finger gerichtet. Wie lange war es her, dass sie zugelassen hatte, dass ihr ein Mann die Hand hielt? Nicht seit Xavier, da war sie sicher. Sie war im letzten Jahr nur zweimal oder so mit einem Mann aus gewesen, aber es war nie über das unbeholfene erste Date hinausgekommen. Beides waren nette Typen gewesen, aber sie war nicht bereit für irgendeine Art von Beziehung. In ihrem Herzen war nur Platz für Daisy und ihre Familie. Und obwohl sie dachte, es solle sich seltsam und unbehaglich anfühlen, dass sie sich von Hilfssheriff Baker die Hand halten ließ, war es das nicht. Trotz seines Verlangens, einen gewissen Abstand zwischen ihnen zu wahren, war Drew immer noch ein Freund, und so war es auch in den letzten zehn Jahren gewesen.

Sie drückte ihm leicht die Hand und sagte: „Danke."

„Du brauchst mir nicht zu danken. Ich mache nur meine Arbeit." Er warf einen Blick durch das Auto, und auf seinen Lippen formte sich der Ansatz eines Lächelns.

Noel schüttelte den Kopf. „Ich bezweifle doch stark, dass in deiner Jobbeschreibung steht, dass du mir die Hand halten sollst, während wir ins Leichenschauhaus fahren. Wenn du auf cool machen willst, dann soll es so sein, *Hilfssheriff Baker*, aber wir wissen beide, dass ich selbst hätte fahren können."

„Auf keinen Fall, Noel. Nicht, während du unter Schock stehst. Außerdem", er warf einen Blick zu ihr hinüber, „hast du es gewissermaßen eingefordert."

„Habe ich nicht." Sie versuchte, ihm die Hand zu entziehen, aber er griff fester zu.

„Doch, hast du. Wie würdest du es denn nennen, zu meinem Auto hinüber zu stiefeln und an der Tür zu warten? Glaubst du echt, es käme für mich in Frage, dir eine Fahrt nach Eureka zu verweigern?" Er schaute sie ungläubig an.

„Hättest du tun sollen. Ist ja nicht, als stünde vor meiner Pension nicht ein wunderbar funktionstüchtiges SUV." Sie starrte erneut ihre Hände an. „Du kannst loslassen. Ich weiß deine Unterstützung zwar zu schätzen, aber ich glaube, ich werde nun mit allem fertig."

Sein Blick schweifte hinab zu ihren verbundenen Händen, und einen Augenblick lang dachte sie, er würde sich weigern. Doch er runzelte die Stirn und ließ sie los. „Es tut mir leid. Ich habe ein überfürsorgliches Wesen, schätze ich."

„Das würde ich bestätigen", sagte sie, und ihr war plötzlich kalt und einsam ums Herz. Er war nur ein zwangloser Freund. Sonst nichts. Aber auch das war eine Lüge. An einem Punkt ihres Lebens waren sie *beste Freunde* gewesen. Und sie hätte sofort gewettet, dass er sie immer noch besser kannte als sonst jemand, obwohl sie sich betont darum bemüht hatten, sich voneinander fernzuhalten.

„Tut mir leid", sagte er wieder und lenkte das Auto über die kurvenreiche zweispurige Straße, die zur Küste führte.

Sie waren umgeben von erhabenen Mammutbäumen, und in der Ferne wogten Hügel, die den Pazifik verbargen. Das Bild von Xavier, der mit dem Gesicht nach unten in irgendeinem gemieteten Boot lag, ließ sie frösteln, und sie schlang sich die Arme um den Körper.

„Ist dir kalt?", fragte Drew und griff bereits nach den Reglern der Heizung. „Du hättest eine Jacke mitnehmen sollen."

„Nein." Sie schüttelte den Kopf und schaute an sich herab. Sie trug einen grünen Pulli, Jeans und Lederstiefel. Er hatte recht. Es war früher Dezember an der nordkalifornischen Küste. Sie hätte eine Jacke mitnehmen sollen, aber tatsächlich stand sie unter Schock. Sie spürte kaum etwas. Eine Jacke würde ihr nicht helfen.

„Na, mir schon", sagte er und schaltete die Heizung an.

Wenn sie nicht gesehen hätte, wie er hinüber zu den Reglern griff und daran herumdrehte, wäre ihr die warme Luft wohl gar nicht aufgefallen. Sie wandte den Kopf ab und starrte aus dem Fenster. Die herrlichen Mammutbäume am Highway fesselten sie normalerweise, beanspruchten ihre volle Aufmerksamkeit. Aber nicht heute. Sie konnte nur an Xavier denken, sein sandfarbenes Haar, die leuchtend grünen Augen, das lockere Lächeln. Sie hatte sich schon beim ersten Mal, als sie ihn gesehen hatte, in ihn verguckt. Er war gelassen, witzig und voller Lebensfreude. Er hatte sie aus ihrer harten Schale gelockt, zu einer Zeit in ihrem Leben, in der sie sich gefühlt hatte, als würde sie untergehen. Yvette hatte gerade geheiratet. Abby wohnte in New Orleans und war seit drei Jahren nicht nach Hause gekommen. Faith war gerade zum College aufgebrochen. Und ihr Dad hatte sich in die Arbeit in seiner Brauerei gestürzt. Allein Drew hatte ihr in der Stadt noch nahegestanden, und in ihrer Freundschaft hatte er schon vor langer Zeit die Bremsen angezogen, nachdem ein alkoholisierter Abend zu unklugem Herumknutschen geführt hatte.

Noel hatte darüber nachgedacht, Keating Hollow zu verlassen, aber dann war Xavier in die Brauerei marschiert, und alles war anders geworden. Vier Jahre lang war ihr Leben wie ein Traum gewesen. Dann hatte es sich in einen Alptraum verwandelt.

Sie ballte die Fäuste, Wut zog sich in ihrem Bauch zusammen. „Wie kann er es wagen?", sagte sie laut an niemanden gerichtet.

„Wie kann er was wagen?", fragte Drew.

Sie ließ den Kopf herumfahren, ihr Inneres brodelte vor Bitterkeit. „Wie kann er es wagen zu sterben und mich mit meinen Fragen allein zu lassen."

Drew öffnete den Mund, um etwas zu erwidern,

vermutlich, um sie zu beruhigen, aber sie hob eine Hand und hielt ihn davon ab.

„Nicht", sagte sie, ihre Stimme leise und stählern. „Du hast auch nicht mehr Antworten als ich. Es gibt nichts zu sagen."

„Es gibt immer etwas zu sagen, Noel."

Sie schaute zu ihm auf und schüttelte den Kopf. „Nicht dieses Mal."

Seine Hände packten das Steuer fester, und sie wusste, dass er ihr nur zu gern widersprochen hätte, aber als er nichts mehr sagte, wusste sie im Innersten, dass sie recht hatte. Es gab keine Verteidigung für einen Mann, der seine dreijährige Tochter im Stich gelassen und nie zurückgeschaut hatte.

KAPITEL 4

*D*rew blieb vor dem Büro des Leichenbeschauers gleich hinter Noel stehen. Sie hatte ein paar Schritte von der Tür entfernt angehalten, ihr Körper erstarrt, als könne sie keinen Schritt mehr gehen. Die Luft um sie herum schien zu knistern, und ihre blonden, elektrisierten Haare standen in alle Richtungen ab. Das war wohl ihre Luftmagie, die durch den Stress aufgeladen war. So etwas kam vor. Ein Übermaß an Emotionen wirkte auf verschiedene Weise auf Magie ein. Er hoffte nur, um ihrer beider willen, dass sie es unter Kontrolle behielt.

„Du schaffst das, Noel", sprach er ihr ins Ohr, in der Hoffnung, eine kleine Ermutigung würde sie beruhigen.

„I...ich glaube nicht, dass ich es schaffe", sagte sie mit bebender Stimme. „Das ist das Letzte, womit ich heute gerechnet hätte."

„Ich weiß", sagte er sanft. „Niemand erwartet, so etwas tun zu müssen. Aber je eher wir reingehen, desto eher ist es vorbei. Du bist stark, Noel. Ich weiß, dass du das schaffst. Ich bin bei dir. Bereit?"

"

Sie holte tief Luft und stieß sie dann mit einem langen Seufzen wieder aus. „Nein. Ich werde nie bereit sein."

Er streckte sich und strich mit den Händen ihre Arme hinauf. Ihre Macht summte leicht unter seinen Handflächen. Sie versteifte sich, hatte den Körperkontakt eindeutig nicht erwartet, und dann machte sie zwei entschlossene Schritte nach vorn und zog die Glastür auf.

„Kommst du?" Sie warf einen Blick zu ihm, die Augenbrauen hochgezogen.

„Ja." Eilig betrat er hinter ihr das eintönige Büro. Alles war beige: die Wände, die Böden, die Uniformen. Sogar der Tonfall der Empfangsdame war monoton.

„Name?", fragte die Frau, ohne von ihrem Computer aufzuschauen.

„Noel Townsend ist hier, um ihren Ex-Mann Xavier Anderson zu identifizieren", sagte Drew.

Sie schaute schließlich auf, musterte Drew und fragte: „Und Sie sind?"

„Hilfssheriff Baker aus Keating Hollow."

Sie nahm sich ordentlich Zeit, um die Information in ihren Computer einzugeben. Drew schaute zu, wie sie nur mit den Zeigefingern auf der Tastatur herumtippte wie ein Huhn. *Verdammt*, dachte er. War die Auswahl an Bewerbern so schlecht, dass sie nicht mal eine Empfangsdame fanden, die tippen konnte?

Noel spielte mit dem Saum ihres grünen Pullis, während sie auf den Absätzen wippte. Dann tappte sie mit dem Fuß und trommelte mit den Fingern auf dem Tresen.

„Könnten Sie damit aufhören?", fragte die Empfangsdame mit verärgertem Unterton. „Ich versuche, mich zu konzentrieren."

„So nennen Sie das also?", fragte Noel und starrte sie direkt an.

Die Empfangsdame stutzte, warf Noel einen finsteren Blick zu und tippte dann absichtlich noch langsamer weiter. Drew mahlte mit den Zähnen. Wenn seine Empfangsdame sich so benehmen würde, wäre sie bald auf Jobsuche. Er konnte nicht glauben, dass das der erste Kontakt war, wenn Bürger herkamen, um einen Angehörigen zu identifizieren. Selbst wenn Xavier Anderson Noels Ex-Mann war, war er immer noch der Vater ihres Kindes, und sie hatte ihn einst geliebt. Die Nachricht von seinem Tod war trotz allem noch ein Trauma.

„Bei allen guten …", setzte Noel an.

„Oh, Baker, hier sind Sie ja", sagte ein Mann mit harscher Stimme hinter ihnen.

Drew drehte sich um und nickte Gerichtsmediziner Fisk zu. Leider war das nicht das erste Mal, dass er Grund hatte, das Büro dieses Mannes aufzusuchen. Drew nickte und deutete auf Noel. „Das ist Noel Townsend."

„Ms. Townsend. Es tut mir leid, Sie in diese unangenehme Situation bringen zu müssen, aber es ist mir eine Ehre, Sie zu treffen." Er streckte die Hand aus, um die von Noel zu schütteln. „Bereit?"

„So bereit, wie ich jemals sein werde", sagte sie und packte Drews Arm so fest, dass er dachte, er würde womöglich das Gefühl in der Hand verlieren. Aber das machte ihm gar nichts aus. Sie hätte ihm den linken Arm ausreißen können, und er hätte kein Wort gesagt. Er wusste nur zu gut, wie es war, jemand Wichtigen zu verlieren. Drew blieb fest an ihrer Seite, während sie sich in die Leichenhalle begaben.

„Wir glauben, er lag weniger als zwölf Stunden angespült am Ufer. Aber er ist seit mindestens drei Tagen tot gewesen. Es lagen keine wesentlichen Verletzungen vor, darum müssen Sie keinen verstümmelten Leichnam sehen."

Noel stolperte ohne Anlass, als Fisk die Worte „verstümmelter Leichnam" in den Mund nahm, und sie packe Drews Arm fester mit beiden Händen, um nicht zu fallen. Drew griff rasch mit der anderen Hand nach und stützte sie.

„Es ist alles in Ordnung", flüsterte er ihr ins Ohr und wünschte, es gäbe etwas, das er tun könnte, um ihr diese Bürde abzunehmen.

Sie nickte und straffte die Schultern, ein wilder Ausdruck reiner Entschlossenheit legte sich auf ihre fein geschnittenen Züge. Das war die Noel Townsend, die er kannte.

„Natürlich bedeutet das, dass wir eine Autopsie vornehmen müssen, um herauszufinden, was passiert ist", palaverte Fisk weiter. Er warf über die Schulter einen Blick auf sie. „Hatte er irgendwelche Feinde, von denen Sie wissen? Liegen Gründe vor, um ein Verbrechen zu vermuten?"

Noel zuckte mit den Schultern. „Keine Ahnung. Ich habe ihn seit mehr als drei Jahren nicht gesehen."

„Oh. Ich verstehe." Fisk schaute Drew an. „Sie sagten *Ex-Frau*, oder?"

Drew nickte. „Seine Tochter ist die nächste Angehörige, aber sie ist erst sechs. Xavier Anderson hat laut Aufzeichnung keine weiteren Familienmitglieder."

„Ok." Fisk öffnete die Tür und winkte sie in den sterilen Raum durch.

Die Luft war so kalt, dass Drew das Frösteln nicht unterdrücken konnte, das ihm über die Haut kroch. Aber Noel schien es nicht aufzufallen. Sie stand mitten im Raum, ihr Blick auf den Tisch und den Leichnam gerichtet, der mit einem Abdecktuch verhüllt war.

„Sind Sie dafür bereit?", fragte Fisk sie, während er den Tisch umrundete und auf der anderen Seite zum Stehen kam.

Sie würgte ein knappes „Ja" hervor.

Erst da fiel Drew auf, dass sie zitterte. Aber im Angesicht des Schweißfilms, der ihr auf die Stirn getreten war, glaubte er nicht, dass es an der Kälte lag.

Fisk griff nach dem Tuch und hob es gerade weit genug, um Noel das Gesicht des Mannes zu zeigen, der sich darunter verbarg.

Noel keuchte leise auf, zwinkerte zweimal, dann schüttelte sie den Kopf, während sie wegsah. Ihre Miene wurde so bleich, dass Drew einen Schritt nach vorne ging, aus Sorge, sie könne in Ohnmacht fallen.

„Das ist nicht Xavier", sagte sie.

„Ist er nicht?", fragte Fisk, und seine Augenbrauen verschwanden unter dem dichten schwarzen Haar. „Sind Sie sicher?"

Das Beben hielt inne, als sie die Schultern aufrichtete und ihm in die Augen starrte. Sie strahlte keinerlei Schwäche aus, als sie sagte: „Ich bin sicher. Den Vater meines Kindes würde ich jederzeit erkennen, Mr. Fisk. Wenn Sie also hier keinen weiteren Toten haben, von dem Sie wollen, dass ich ihn anschaue, sind wir fertig, denke ich."

Drew konnte nicht anders, als ihre Entschlossenheit zu bewundern. Es war schon immer ein Fehler gewesen, sie zu unterschätzen.

Fisk ging voraus, um die Leichenhalle wieder zu verlassen, und bedeutete ihnen, ihm in ein kleines, fensterloses Büro zu folgen. „Warten Sie hier", sagte er und verschwand drinnen. Wenig später kam er nach draußen und winkte sie hinein. „Hilfssheriff Reilly ist da. Er würde sich gern mit Ihnen unterhalten, bevor Sie gehen."

Hilfssheriff Reilly? Was zum Teufel machte dieser Blödmann hier? Reilly war direkt Bezirkssheriff Barnes unterstellt. Wenn Barnes Reilly schickte, hieß das vermutlich, dass er glaubte, es handelte sich um ein Verbrechen. Wenn ja, was könnte es wohl mit Noel zu tun haben, da sie den Mann auf dem Tisch ja noch nicht einmal kannte?

„Setzen Sie sich, Ms. Townsend", sagte Reilly zu Noel. Der hagere Mann mit beginnender Glatze saß im Ledersessel, die Ellbogen auf den Metallschreibtisch gestützt.

„Ich stehe, wenn es Ihnen nichts ausmacht", sagte sie und schob sich die Hände in die Jeanstaschen.

„Wie Sie wollen." Reilly lehnte sich in den Ledersessel zurück, legte die Füße auf den Schreibtisch und verschränkte die Finger hinter dem Kopf. „Haben Sie diesen Mann je zuvor gesehen?"

„Nein."

„Sind Sie sicher, Ms. Townsend? Wenn Sie nicht die Wahrheit sagen, könnte das böse für Sie enden." Reilly musterte sie mit hartem Blick, als wäre sie in irgendeiner Form verdächtig.

Seine Haltung machte Drew wütend. Er wollte dem Blödmann gerade sagen, er solle sich mal zusammenreißen, als Noel erwiderte: „Sir, ich habe Ihnen bereits mitgeteilt, dass ich ihn nicht kenne." Sie wandte sich an Drew und fragte: „Muss ich denn hier sein?"

Drew schüttelte den Kopf und hielt ihr eine Hand hin. „Nein. Wir können gehen."

Sie ließ ihre Hand in seine gleiten und ergriff sie mit kalten Fingern. Er wollte sie aus dem Raum ziehen.

Reilly stand auf, schnappte sich etwas aus der obersten Schublade und wedelte damit in ihre Richtung. „Der Unbekannte da drin wurde mit Xavier Andersons Börse aufgefunden. Es ist sogar ein Bild von Ihnen und einem kleinen Mädchen drin." Er klappte sie auf, um den Führerschein zu zeigen. „Sie sagen mir, dass der Mann auf dem Bild nicht der Mann auf dem Tisch ist?"

Noel beugte sich vor und musterte den Ausweis. Dann zuckte sie zurück, in ihrem Blick stand etwas Wildes, das Drew nicht ganz einordnen konnte. Angst? Schock? Verwirrung? „Dieser Ausweis ist aktuell", sagte sie schließlich.

Reilly warf einen Blick darauf. „So ist es. Aber Sie haben meine Frage noch nicht beantwortet. Ist der Mann auf dem Bild Ihr Ehemann?"

„Ex-Mann", sagte Noel durch zusammengebissene Zähne. „Aber ja, das ist er."

„Und Sie sagen, der Mann auf dem Tisch ist nicht dieser Mann?" Reilly warf einen Blick auf den Ausweis.

„Ja. Genau das sage ich." Noel funkelte ihn an. „Offen gesagt, Hilfssheriff, bin ich überrascht, dass Ihnen der Unterschied nicht auffällt."

Reilly schürzte konzentriert die Lippen, dann zuckte er mit den Schultern. „Ich schätze, ich sehe, was Sie meinen. Aber der Unbekannte da drin sieht schon ein wenig wie er aus. Beide haben zumindest blonde Haare. Er hätte locker als Mr. Anderson durchgehen können."

Drew bekam den heftigen Drang, Reilly eins überzubraten. Was tat er hier? Es gab keinen Grund, anzunehmen, dass Noel etwas über die Situation wusste. Stattdessen griff er Noels Hand fester, um sicherzugehen, dass sie wusste, dass sie nicht allein war.

„Was wollen Sie mir sagen, Hilfssheriff?", fragte Noel. „Dass Xaviers Identität gestohlen wurde?"

„Das ist eine naheliegende Möglichkeit." Er strich sich mit der Hand über das kantige Kinn. „Wenn Sie von Ihrem Mann hören oder eine Ahnung haben, wo er sein könnte, melden Sie sich auf jeden Fall so bald wie möglich bei mir. Er ist vielleicht der Einzige, der Licht in diese Situation bringen kann."

Noel kniff die Augen zusammen, und Drew konnte den Zorn spüren, der von ihr ausstrahlte. „*Ex-Mann*. Ich habe Ihnen bereits gesagt, dass ich drei Jahre lang nichts von ihm gesehen oder gehört habe. Das ist keine Lüge, und ich habe keinen Grund zur Annahme, dass er Kontakt mit mir aufnehmen wird. Aber wenn Sie ihn finden, lassen Sie es mich bitte wissen. Ich würde liebend gern den Unterhalt eintreiben, den er mir schuldet."

„Oh, wir werden ihn finden. Machen Sie sich darum keine Sorgen. Aber wir brauchen ein besseres Bild als dieses." Er tippte auf die Börse. „Sie werden uns mit den aktuellsten Bildern versorgen müssen, die Sie haben. Eines mit Frontalansicht vom Gesicht, und eins im Profil, falls Sie das haben."

„Ich weiß nicht ..." Sie schüttelte den Kopf, eindeutig verstimmt, dann sagte sie: „Gut. Ich gebe sie Hilfssheriff Baker."

„Gut. Ein Wort der Warnung: Lassen Sie das nicht schleifen. Die Bosse werden nicht erfreut sein, und Sie wollen sich diesen Shitstorm bestimmt nicht aufhalsen. Wir brauchen sie so bald wie möglich. Spätestens morgen."

Ihr Körper spannte sich an, während sie sichtlich kochte, und Drew konnte ihr keinen Vorwurf machen. Warum wurde sie behandelt wie eine Kriminelle?

„Gehen wir", sagte Drew, der Reilly anfunkelte. Drew wusste, dass der Mann eine Aufgabe zu erledigen hatte, aber es gab keinen Grund, Noel weiter zu drängen. Nicht, nachdem sie gerade dem Tod ins Gesicht geschaut hatte. „Wir sind fertig."

Reilly zuckte mit einer Schulter und setzte sich wieder, als sähe er kein Problem in seinem Verhalten.

Drew stieß ein angeekeltes Schnauben aus, während er Noel aus dem Gebäude lotste.

Sobald sie draußen waren, zog Noel die Hand aus seiner und wartete wortlos, während Drew aufschloss und ihr die Beifahrertür öffnete. Nachdem sie im Auto saß, trabte er zur Fahrerseite und sprang rein. Er startete den Motor, legte den Gang ein und fegte vom Parkplatz.

Er schlängelte sich durch den Verkehr und versuchte, möglichst schnell möglichst viel Abstand zwischen sie und das Leichenschauhaus zu bringen. Er wollte es nicht zugeben, aber es ließ sich nicht leugnen, dass diese Erfahrung ihn erschüttert hatte. Als Hilfssheriff war ihm der Tod nicht unbekannt, aber zuzusehen, wie Noel den möglichen Verlust eines Angehörigen verarbeitete, hatte Erinnerungen zurückgebracht, die er vor langer Zeit vergraben hatte. Bilder von Charlotte, die leblos in Abby Townsends Arbeitsschuppen lag, strömten durch seinen Verstand und beschleunigten seinen Herzschlag. Eine Grube tat sich in seinem Magen auf, während in seiner Kehle Galle aufstieg. Er packte das Lenkrad fester und machte sich nach Norden auf, verloren in seinen Gedanken.

Wenig später fand er sich auf dem Highway 299 wieder, unterwegs nach Keating Hollow. Jeder, der in ihrem magischen Städtchen lebte, kannte den Highway wie die eigene Westentasche, und Drew war da keine Ausnahme. Er trat aufs Gas und nahm die Kurven mit fachmännischer Präzision.

Neben ihm holte Noel scharf Luft.

Ohne den Blick von der Straße zu nehmen, fragte er: „Alles in Ordnung?“

„Kommt schon in Ordnung.“

Es war das Beben in ihrer Stimme, das seine Aufmerksamkeit auf sich zog. Er warf einen Blick auf sie. Sie war ungesund grün geworden und hielt sich den Bauch. „Hey." Drew fuhr das Auto rasch an den Straßenrand.

Noel sprang aus dem Fahrzeug und stolperte am Ufer zum Fluss hinab. Drew lief ihr nach, verfluchte sich und holte sie ein, als sie gerade auf die Knie fiel und zu würgen begann.

„Es tut mir so leid, Noel", sagte er und kniete sich neben sie.

Sie wollte den Kopf schütteln, aber das Würgen war noch nicht vorbei.

Drew zog ihr sorgsam die Haare zurück und streichelte sanft ihren Rücken, während er geduldig wartete, dass ihr Magen sich entleerte.

„O Göttin", flüsterte sie schließlich und schaute durch wässrige Augen zu ihm auf. „Ich bin diejenige, der es leidtun sollte. Ich kann nicht glauben, dass ich das getan habe."

„Es gibt nichts, das dir leidtun müsste." Er erhob sich und bot ihr eine Hand an.

Noel ließ sich von ihm hochziehen. Er führte sie sanft an den Wasserrand, zog ein Taschentuch aus der Gesäßtasche und tauchte es dann in den Fluss. Er hielt das Bündel in den Händen und flüsterte: *„Vapos."*

Das eisige Wasser erhitzte sich sogleich von seiner Magie, und Dampf stieg aus dem Tuch auf, während er es ihr reichte. Obwohl er eine mächtige Wasserhexe war, hatte er keinen Grund, seine Macht oft einzusetzen. Er war glücklich, dass er den Zauber so problemlos hatte abrufen können, obwohl er aus der Übung war.

„Danke", sagte sie und nahm sich einen Augenblick, um sich sauberzumachen. Als sie fertig war, waren ihre Wangen rosig von der Wärme seines Taschentuchs. „Mir geht's jetzt besser."

Aber das tat es nicht. Ihre Wangen waren ja vielleicht

warm, aber der ganze Rest zitterte, und sie stand wacklig auf den Beinen. Drew zog seine Jacke aus und schlang sie ihr um die Schultern.

„Mir geht es gut", sagte sie und wollte die Jacke abschütteln.

„Noel", unterbrach er in sanftem Tonfall. „Es ist in Ordnung, Hilfe von einem alten Freund anzunehmen."

Sie starrte zu ihm auf, ungefilterte Emotionen strahlten aus ihren großen, blauen Augen. Sie öffnete den Mund, um etwas zu sagen, aber die Worte schienen ihr im Halse stecken zu bleiben.

Drew öffnete die Arme und sagte: „Komm her."

Noels Kopf sank herab, doch sie trat vor und schlang die Arme um ihn. Er hielt sie fest und ließ eine Wange auf ihrem Kopf ruhen, während er beruhigende Worte murmelte.

Ihre Hände gruben sich in sein Hemd, und ihr Griff festigte sich, als würde es dabei um Leben und Tod gehen.

„Ich halte dich, Noel", flüsterte er. „Ich lasse dich nicht los. Ich verspreche es."

Sie nickte und vergrub den Kopf in seiner Schulter.

Drew hätte alles gegeben, um ihr den Schmerz zu nehmen. Um sie vor weiterer Verletzung zu bewahren. Er war natürlich für sie da gewesen, als ihr Mann vor drei Jahren verschwunden war. Er war derjenige gewesen, der die Vermisstenmeldung aufgenommen hatte, als sie wütend und verängstigt gewesen war und nicht hatte glauben können, dass er einfach gegangen war, ohne sich zu verabschieden. Niemand hatte wirklich geglaubt, er wäre aus eigenen Stücken gegangen. Sie und Xavier waren das perfekte, typisch amerikanische Traumpaar gewesen. Aus der Ferne hatte Xavier wie ein pflichtbewusster Vater und Familienmensch gewirkt. Es war nichts Ungewöhnliches gewesen, die drei in der Stadt zu sehen, oder Xavier, der seine Tochter in den Park oder in *Ein Löffelchen Magie* brachte.

Aber als eine Woche später herausgekommen war, dass Xavier einen Koffer gepackt und den Großteil ihrer Ersparnisse hatte mitgehen lassen, verebbte die Debatte, ob Xavier Anderson aus eigenem Antrieb gegangen war – keine Nachricht, kein Anruf, kein gar nichts. Und plötzlich war Noel eine Alleinerziehende ohne Antworten. Sie hatte sich danach verändert. Ihr ansteckendes Lächeln war seltener geworden, wenn sie nicht mit ihrer Tochter spielte, und sie strahlte nicht mehr die Offenheit aus, die ihn vor zehn Jahren angezogen hatte. Ihr Herz war gebrochen, und es war jedem klar, der sie mochte – darunter auch ihm – dass es niemals genesen war.

„Es tut mir so leid, Drew", sagte sie schließlich und zog sich aus seiner Umarmung. „Ich weiß nicht, was passiert ist. Mir wird im Auto niemals schlecht."

Er lächelte sie mitfühlend an. „Vielleicht hättest du dein Mittagessen nicht von dir gegeben, wenn ich nicht gefahren wäre wie ein Wahnsinniger."

„Das war es nicht, und das weißt du auch", sagte sie und stopfte sich die Hände in die Taschen. „Es war der …"

Er hob eine Hand, um sie unterbrechen. „Ich weiß. Es ist ganz normal, dass einem übel wird, wenn man im Leichenhaus war. Das musst du nicht erklären."

Sie war einen Augenblick still und nickte ihm dann leicht zu. „Danke. Ich bin bereit zum Weiterfahren. Ich muss nach Hause und mich sauber machen, ehe ich Daisy zuhause bei meinem Dad abholen kann."

„Klar." Er schnappte sich wieder ihre Hand und stützte sie beim Aufstieg das Ufer hinauf.

Die Beifahrertür seines SUV stand immer noch weit offen,

und sie verzog das Gesicht. „Tut mir leid“, sagte sie erneut, als er sich wieder auf den Fahrersitz setzte.

„Wenn du dich noch einmal entschuldigst, werde ich sauer“, erwiderte er mit einem aufgesetzten Stirnrunzeln, während er den Motor startete und dann die Heizung voll aufdrehte.

„Okay“, sagte sie und schnallte sich an. „Keine Entschuldigungen mehr.“

„Danke.“ Er fuhr das Fahrzeug wieder auf die Straße, und diesmal achtete er darauf, dass die Geschwindigkeit im erlaubten Bereich blieb.

Sie waren beide still, während das Tageslicht rasch zurückging und von der Dämmerung abgelöst wurde. Bis sie wieder in Keating Hollow waren, war die Nacht angebrochen, und auf der Hauptstraße leuchtete die Festbeleuchtung. Als sie an der Pension vorbeifuhren, sagte Noel: „Du kannst mich hier rauslassen.“

Drew schüttelte den Kopf, während er auf den kleinen Parkplatz hinten einbog und den Motor abschaltete. „Du musst noch Daisy holen, oder?“

„Äh, ja“, sagte sie zögerlich. „Aber es ist gut. Ich kann selbst fahren.“

„Mir wäre es lieber, wenn du das nicht machst. Ich würde mich besser fühlen, wenn du dich einfach von mir zum Haus deines Dads fahren lässt.“

„Drew“, sagte sie. „Bitte mach keine große Sache aus dem, was vorhin passiert ist. Mir geht’s jetzt gut. Ich war einfach … naja, ich stand unter Schock, schätze ich. Doch das sollte ich eigentlich nicht, oder? Ich meine, es hat sich nichts geändert, was Xavier angeht. Er hat uns immer noch verlassen, nur dass es jetzt so aussieht, als wäre seine Identität gestohlen worden. Nicht meine Sorge oder meine Angelegenheit.“ Sie kniff die Augen zusammen, und in ihre Stimme schlich sich Härte ein.

„Obwohl die Tatsache, dass er offensichtlich in der Nähe von Keating Hollow war und nicht vorbeigekommen ist, um seine Tochter zu sehen ..." Sie schloss abrupt den Mund, schüttelte den Kopf und fügte dann hinzu: „Ich plappere zu viel."

Er schmunzelte sie an. „Klingt, als würdest du dir einfach deine Sorgen vom Herzen reden."

Mit einem Seufzen nickte sie. „Schätze schon."

„Komm jetzt. Bringen wir dich rein, ich fahre dich, und wir holen Daisy ab."

„Drew, meine Familie wird dort sein. Ich will gerade keine Fragen beantworten. Noch nicht. Ich muss das erst verarbeiten. Wenn du da bist, werden sie mich mit Millionen Fragen bombardieren."

„Ich warte im Auto. Du kannst ihnen sagen, deine Batterie war leer oder sowas, und ich hätte Mitleid mit dir gehabt." Er stieg aus und öffnete ihr dann die Tür, entschlossen, kein Nein als Antwort zu akzeptieren. Denn seit dem Zeitpunkt, an dem sie zugelassen hatte, dass er sie festhielt und sie tröstete, hatte sich etwas in ihm verändert. Ihn hatte ein heftiges Bedürfnis ergriffen, sie sicher zu halten. Und sie allein durch die Stadt zum Haus ihrer Familie fahren zu lassen, nachdem sie so erschüttert worden war, stand nicht zur Debatte.

„Leere Batterie?" Sie warf einen Blick auf ihren in die Jahre gekommenen Honda und nickte. „Das tut's."

Der Schmerz in Drews Brust ließ nach, als er ihr in die Pension folgte.

Sie führte ihn durch die Tür hinter dem Empfangstresen und in die Erdgeschosswohnung, die sie sich mit ihrer Tochter teilte. Die Zweizimmersuite war warm und gemütlich, mit dunklen Hartholzböden, dicken Polstermöbeln und Bildern überall. Auf dem Beistelltisch standen frisch geschnittene Lilien, ein Stapel Bücher und Stumpenkerzen. Noel marschierte in eines der Schlafzimmer und sagte: „Bin gleich wieder da.“

„Lass dir Zeit. Mir geht's hier gut“, sagte er und meinte es ernst. Aber dann setzte er sich und lehnte sich an ihr Sofa, und ihr schwacher Zitrusduft stieg um ihn herum auf. Tief vergrabene Gefühle strömten an die Oberfläche. Und plötzlich wollte er sie nur wieder in seinen Armen spüren.

KAPITEL 5

Normalerweise sorgten die Lichterketten an der baumgesäumten Auffahrt zum Haus ihrer Familie bei Noel für ein Gefühl des Friedens. Aber nicht heute Abend. Heute Abend war sie nervös. Sie wusste nicht, was sie mit der Enthüllung anfangen sollte, dass Xavier vermutlich in der Gegend gewesen war. Oder mit der Tatsache, dass er sich nicht bei ihr gemeldet hatte.

Inzwischen bekam sie das Bild, wie er tot in einer Gasse lag, nicht mehr aus dem Kopf. Der Unbekannte war irgendwie an Xaviers Geldbörse gekommen. Halb wollte sie ins Auto springen und mit der Suche beginnen, bis sie ihn fand. Aber ihre andere Hälfte, jener Teil von ihr, der nichts mehr wollte, als ihre Tochter zu schützen, wollte den Tag aus ihren Gedanken verdrängen und vergessen, dass er je stattgefunden hatte.

Außerdem, wenn Reilly es ernst meinte, würde das Dezernat des Bezirkssheriffs ohnehin mit allen Mitteln nach ihm suchen. Sie hatte ihren Teil bereits beigetragen, indem sie daheim in der Pension einige Fotos von ihm herausgesucht hatte. Die hatte nun Drew, und der würde sie den Ermittlern übergeben.

„Sieht aus, als wäre Wanda hier", sagte Drew, der das SUV abstellte.

„Hä?" Noel riss den Kopf hoch und musterte den kleinen Parkbereich vor dem großzügigen Blockhaus ihres Vaters.

„Das Party-Golfmobil. Scheint mir etwas kalt für Golfmobilrennen."

Noel wandte ihre Aufmerksamkeit dem Sechs-Personen-Partymobil zu, das sich ihre Schwester vor ein paar Wochen gekauft hatte und schnaubte. „O nein. Das gehört Abby. Sie hat sich ein eigenes Golfmobil besorgt, nachdem Wanda ihr ein Stoppschild gezeigt hat."

„Was meinst du mit ‚ein Stoppschild gezeigt'?", fragte Drew, der verwirrt die Stirn furchte.

Noel hatte das plötzliche Verlangen, die Falten zu glätten, und streckte fast die Hand aus, ehe sie sich fing und sie zu einer Faust ballte. Was tat sie hier nur? Sie hatte kein Recht, ihn zu berühren. Nicht so. Sie waren nicht zusammen, um der Göttin willen. Er war einfach nur nett zu ihr. „Abby war am Steuer, und es wäre beinahe in den Fluss gekippt. Da hat Wanda ihr die Privilegien entzogen. Am nächsten Tag tauchte Abby damit auf." Noel spürte, wie ein Lächeln an ihren Lippen zerrte. „Ich muss zugeben, es ist ganz witzig, mit dem Ding herumzukurven."

„Aha", sagte Drew mit säuerlicher Miene, während er das arme Golfmobil anfunkelte.

„Stimmt was nicht? Gibt es ein Gesetz gegen Golfmobilrennen, von dem wir nichts wissen, Hilfssheriff Baker?"

„Nein." Drew schüttelte den Kopf und beäugte immer noch das Golfmobil. In seinen Augen blitzte Zorn, aber als er blinzelte, waren alle Gefühle weggewischt, als hätte er einfach das Fenster geschlossen, durch das sie hinein gelugt hatte.

„Was ist dann das Problem, Drew?"

„Nichts. Ich hoffe nur, sie und Wanda verursachen keine Schwierigkeiten in diesen Dingern."

Noel schaute ihn verwirrt an. Was war nur los mit ihm? Halb Keating Hollow hatte ein eigenes Golfmobil. Es gab sogar eine spezielle Straße entlang des Flusses, die nur für diese Dinger existierte. „Okay. Na, ich hole dann mal Daisy. Ich bin gleich zurück."

Sie ließ Drew im Auto und eilte ins Haus ihres Vaters. Sie erkannte den Klang des Lachens ihrer Tochter aus dem Wohnzimmer, und die schwere Last des Nachmittags fiel plötzlich von ihr ab. Daisy war die Freude ihres Lebens, und ganz gleich, welche Sorgen sie hatte, wenn sie bei ihrer Tochter war, war einfach alles besser.

„Komm her, Kleine!", rief Daisy und klatschte in die Hände. „Du schaffst das. Gutes Hündchen."

Noel stieß ein Stöhnen aus. Sie hatte den Welpen-Anruf von irgendwann früher am Tag völlig vergessen. Sie stählte sich für den kommenden Streit und marschierte ins Wohnzimmer.

Daisy lag auf dem Bauch, das Kinn auf ein Kissen gestützt, während sie den kleinen Flauschball angrinste, der vor ihr auf und ab hopste. Der Welpe mit scheckigem Fell kam näher, dann ließ er die Zunge vorschnellen und leckte Daisy über die Nase. Daisys Augen zwinkerten, während sie kicherte – ein Geräusch, das Noel dieser Tage selten hörte. Ihr Herz schmolz zu einer klebrigen Pfütze aus Liebe dahin.

Abby schaute von ihrem Platz auf dem Sofa auf und begegnete Noels Blick. Ein Grinsen breitete sich auf dem

Gesicht ihrer Schwester aus, während sie lautlos sagte: *Du bist im Arsch.*

Noel unterdrückte ein Seufzen und nickte geschlagen. Natürlich war sie im Arsch. Wie konnte sie ihrer Tochter die offensichtliche Freude über den liebreizendsten Welpen nehmen, den es je gegeben hatte? „Hat dieser Hund Futter? Spielzeuge? Eine Hundebox? Irgendwas, das wir mit nach Hause nehmen können, oder muss ich Randy im Zooladen bitten, heute Abend für uns ein paar Minuten länger aufzumachen?"

„Mami!" Daisy nahm den Welpen mit beiden Händen hoch und lief zu ihrer Mutter, der sie das Wesen präsentierte wie eine Opfergabe. „Ist sie nicht wunderschön?"

„Sie ist toll, Liebes. Hast du ihr schon einen Namen gegeben?"

Tränen traten in Daisys große, braune Augen. „Ich darf sie behalten?"

„Das hängt davon ab", sagte Noel, die vor und zurück wippte.

Daisy drückte sich das Hündchen an die Brust, wiegte es beschützend. „Wie meinst du das?"

Noel kniete sich vor ihre Tochter. Sie lächelte Daisy sanft an, wischte ihr eine Strähne ihrer feinen, dunklen Haare aus den Augen und sagte: „Du musst versprechen, dich um sie zu kümmern. Sie jeden Tag füttern, mit ihr Spazierengehen, und hinter ihr aufräumen."

„Werde ich", sagte Daisy und hielt den Welpen noch fester. Eine dicke Träne kullerte ihr über die Wange.

Noel spürte ein Ziehen in der Brust, während sie die Träne sanft wegwischte. „Und du musst versprechen, sie von ganzem Herzen zu lieben."

„Das tue ich schon." Daisy wirbelte herum und rannte zu

Abby hinüber. „Hast du Mami gehört? Sie sagt, ich kann Buffy behalten."

Abby lachte. „Ich habe sie gehört, Süße. Jetzt geh und erzähl Opa die tollen Neuigkeiten und sammle ihre Sachen ein. Es ist Schulabend, oder?"

Daisys Gesicht umwölkte sich. „Ja. Schule." Sie warf einen Blick auf Buffy. „Glaubst du, Miss Quinn erlaubt, dass ich sie mitbringe?"

„Sie wird bei mir in der Pension bleiben müssen, Daisy", sagte Noel und tippte sich auf die Armbanduhr. „Hol ihre Sachen, wir müssen los."

Daisy nickte, den Welpen immer noch umklammert, während sie zur Küche rannte.

„Pass auf!", rief Noel ihr nach. Daisy bremste ihr Rennen zu einem schnellen Gehen und verschwand durch die Hintertür.

Noel ließ sich neben ihrer jüngeren Schwester Abby auf die Couch fallen und drückte sich eine Hand aufs Herz. „Das nennt man wohl einen Überfall."

„Ja, aber sie ist so glücklich", sagte Abby und tätschelte ihrer Schwester das Knie. Dann musterte sie sie einen Augenblick lang. „Hey, du hast dir die Haare blond gefärbt und Extensions reingemacht. Sieht toll aus. Was ist mit dem Rot passiert?"

„Ich hatte es satt, alle vier Wochen nachfärben zu müssen. Und ich habe wirklich eine Veränderung gebraucht", sagte Noel und zuckte mit den Schultern. Sie war in letzter Zeit ruhelos gewesen, und eines Abends hatte sie in den Spiegel geschaut und beschlossen, dass ihr der asymmetrische Haarschnitt und die Farbe zuwider waren. Darum machte sie, was sie immer tat; sie kehrte zurück zu ihrem natürlichen Aussehen, demjenigen, mit dem sie sich am ehesten fühlte wie ihr früheres Selbst, wie die Person, die sie gewesen war, ehe alle in ihrem Leben sie verlassen hatten.

„Mir gefällt es", sagte Abby mit bekräftigendem Nicken.

„Danke. Ich dachte, ich versuch's mal eine Weile mit meinem natürlichen Look." Noel lehnte sich zurück in die Kissen und beäugte ihre Schwester argwöhnisch. „Wie hast du denn verhindern können, dass du eine frischgebackene Welpenmama wirst?"

„Hey, Moment", sagte Abby. „Hast du Endora vergessen, Olives Golden Retriever?" Sie hob eine Hand, bis sie auf Höhe ihrer Stirn war. „Ich stehe bis hierher in Hundehaaren und abgekauten Ladekabeln. Noch so einer könnte durchaus mein Ende bedeuten."

Noel stöhnte. „Stimmt. Ich hab's vergessen." Dann warf sie einen Blick auf das strahlende Lächeln ihrer Schwester, und ihre entspannte Haltung. Überall an ihr trat offensichtliche Freude zutage, und plötzlich fühlte Noel sich traurig und leer. Einst war sie glücklich gewesen. Sie hatte gedacht, vor ihr läge ein Leben voller Liebe, eine Zukunft mit einem Haus voller Kinder und so viel Liebe, dass sie davon beinahe platzen würde. Nun war sie eine alleinerziehende Mutter mit einer Tochter, die kaum eine Nacht ohne Alpträume durchstand.

„Hey, wohin bist du gerade abgehoben?", fragte Abby mit Sorge in der Stimme.

„Nirgendwohin. Es war nur ein langer Tag, das ist alles."

„Ich habe einen neuen Energietrank, der …"

„Mir geht's gut", sagte Noel, die aufstand, als Lin Townsend durch die Hintertür hereinkam, eine braune Tasche in einer Hand, und eine Hundebox in der anderen. Daisy lief neben ihm her und erzählte, dass Buffy und sie beste Freundinnen werden würden.

„Natürlich werdet ihr das, Kleines", sagte Lin zu seiner Enkelin. Dann lächelte er Noel verlegen an.

„Ich habe Clair losgeschickt, um alle Utensilien zu holen,

die ihr braucht", sagte er und meinte damit seine langjährige Freundin. Er hob die Tasche, und dasselbe Glitzern, das sie eben in den Augen ihrer Tochter gesehen hatte, zwinkerte sie an. „Welpennahrung, Leckerli, Spielzeuge, Hundebürste. Es liegt sogar eine Decke in der Box."

Noel kniff die Augen zusammen und funkelte ihren Vater an. „Du hast nicht daran gedacht, dass du mich erst mal fragen solltest, bevor du einer gewissen Person einen Welpen versprichst?"

Er warf Daisy einen Blick zu, seine Miene sanft, während er sagte: „Großvaterprivilegien."

Abby schnaubte und schüttelte den Kopf. „Dad, du bist furchtbar. Was hättest du getan, wenn Oma einen Welpen bei dir abgeladen hätte, als wir Kinder waren?"

„Was lässt dich denken, dass sie das nicht getan hat?", fragte er mit hochgezogener Augenbraue. „Glaubst du wirklich, ich hätte mir Barky selbst als Familienhund ausgesucht?"

Das Bild des räudigen Köters, der so überdreht und unkontrollierbar gewesen war, dass er in drei Monaten sechs Zäune vernichtet hatte, blitzte in Noels Gedanken auf. Der Hund war mit ausgerissenen Haarbüscheln, einer lahmen Pfote und null Manieren zu ihnen gekommen. Die Pfote und die Hautprobleme hatten sie in den Griff bekommen, aber seine Manieren? Keine Chance. Der Hund hatte sich an jedem Tag seines Lebens danebenbenommen, darunter am letzten, an dem er den Großteil der winterlichen Gartenernte ausgebuddelt hatte, nur wenige Stunden, ehe er einschlief und nie wieder aufwachte.

Am Ende war er dem Alter zum Opfer gefallen – aber er hatte ein erfülltes Leben gehabt. Dieser Hund war in so viele Schwierigkeiten geraten und so oft nur knapp entwischt, dass er wie eine Katze mit neun Leben gewesen war.

„Oma ist also verantwortlich für Barky?", fragte Noel ungläubig. „War sie wahnsinnig?"

„Ich sage, ja", verkündete Lin und lächelte auf seine Tochter herab. „Dieser Hund tauchte auf ihrer Veranda auf, und als niemand ihn nehmen wollte, nur ein Hundefänger zum Einschläfern in Eureka, bekam sie einen Anfall, fuhr ihn hier herüber und gab ihn Yvette. Ihr Gesicht leuchtete wie ein Weihnachtsbaum, und das war das Ende der Geschichte. Kein Frieden mehr im Hause Townsend."

„Wenn *Buffy* auch nur ein bisschen wie Barky ist, schuldest du mir eine Entschädigung."

„Keine Sorge, Noel", sagte Lin. „Kein Hund wird je so schlimm sein wie Barky. Er hat sich diese Auszeichnung gesichert und sie tief im Obsthain vergraben."

Lin schlurfte hinüber in die Küche, und Noel konnte nicht darüber hinwegsehen, dass seine Bewegungen langsamer waren als noch vor ein paar Monaten. Er schien auch dünner geworden zu sein, zerbrechlicher. *Das ist die Chemo*, sagte sie sich.

Bei Lin war vor drei Monaten Krebs diagnostiziert worden. Leukämie. Und die Tatsache, dass die Townsends eine Hexenfamilie waren, hatte überhaupt nichts zu bedeuten. Abby konnte ihm Energietränke machen, aber das war es auch schon. Alles, was Noel für ihn tun konnte, war eine Anpassung der Lufttemperatur. Sie war nichts als die Billigausgabe einer Klimaanlage. An jedem anderen Tag hätte sie diese Selbsterkenntnis amüsiert, aber nach dem Tag, den sie erlebt hatte, war es ihr einfach zu viel.

Gefühle krochen ihre Kehle empor und drohten, sie zu ersticken. Sie wollte ihren Vater nicht so schwach sehen oder an die Möglichkeit denken, dass Xavier in der Nähe war und ihr aktiv aus dem Weg ging ... oder schlimmer, tot im

Straßengraben lag. So sehr sie ihn verabscheute, weil er nicht nur gegangen war, sondern sie auf genau diese Weise verlassen hatte, wollte sie ihn nicht verletzt sehen. Und nicht nur um Daisys, sondern auch um ihretwillen. Sie *hatte* ihn geliebt.

„Noel?", fragte Abby und berührte sie am Arm. „Etwas ist doch?"

„Mir geht's gut", erwiderte sie, ihr Tonfall etwas zu hart. Abbys besorgte Miene kippte ins Verletzte, und Noel verfluchte sich. Ihre Beziehung zu Abby war ein wenig vorbelastet. Als Abby ihre sieben Sachen gepackt und gleich nach dem Highschool-Abschluss weggegangen war, hatte Noel am meisten gelitten. Abby war ihre beste Freundin gewesen, und als sie gegangen war, hatte sie nicht einfach nur die Stadt verlassen. Sie hatte die ganze Familie verlassen, sich nur selten gemeldet oder ihnen zu Hause einen Besuch abgestattet. Oft hatte Noel das Gefühl gehabt, sie hätte ein Körperteil verloren, und die Tatsache, dass es Abby nicht so ergangen war, hatte sich angefühlt, als würde man Salz in die Wunde streuen. Seit Abby vor zwei Monaten nach Hause gezogen war, hatte Noel daran gearbeitet, die Vergangenheit loszulassen, aber nicht immer erfolgreich.

Heute Abend war es wieder soweit. Der Tag hatte sie überfordert, und sie wollte nur noch ihre Tochter mit nach Hause nehmen. „Daisy, lass uns gehen, Kleine."

„Komm mit, Buffy", sagte Daisy zu dem Welpen, den sie sich immer noch an die Brust drückte. Ihre Tochter ging voraus zur Eingangstür, während Lin Noel die Tasche mit Welpenkram und die Box reichte.

„Du wirst mir später danken." Lin umarmte seine Tochter, seine Arme waren stärker, als sie erwartet hatte. Tränen brannten in ihren Augen, aber sie blinzelte sie weg. Noel weinte nicht. Nicht vor anderen Leuten zumindest, und ganz besonders nicht vor ihrem Vater. Sie wollte nicht, dass er sich um sie sorgte, während er mit seinen eigenen Problemen fertig werden musste.

„Ich bezweifle es", sagte sie und erwiderte die Umarmung, die sie ein paar zusätzliche Augenblicke aufrechterhielt.

Er zog sich zurück und starrte auf sie herab. „Was ist los, Noel?"

„Nichts." Sie schüttelte den Kopf. „Nur ein langer Tag. Nun muss ich Daisy *und* den Welpen nach Hause bringen."

Er musterte ihr Gesicht noch ein paar Sekunden lang.

Noel küsste ihn auf die Wange und lächelte ihn an. Sie ließ ihn los, und während sie wegging, rief sie über die Schulter: „Nacht, Dad. Danke, dass du dich heute um Daisy gekümmert hast."

„Jederzeit. Du weißt doch, dass ich sie gern hier habe", sagte er.

Wärme breitete sich bei diesen Worten in Noels Brust aus, und sie winkte noch einmal, ehe sie durch die Eingangstür schlüpfte. Daisy stand auf der Veranda und wartete, bis Noel es schließlich nach draußen schaffte. Sie jonglierte die Tasche und die Hundebox in einer Hand und schnappte sich mit der anderen die Hand ihrer Tochter. „Hier entlang, Kleine."

Drew warf einen Blick auf den Rücksitz zu Daisy und lächelte, als er den Welpen sah. Er hatte schon geahnt, dass Noel nachgeben würde. „Wen haben wir denn da?", fragte er Daisy.

Das kleine Mädchen gähnte, während es dem Welpen den Kopf tätschelte. „Das ist Buffy."

„Buffy?" Er lachte. „Wer hat sich denn den Namen ausgedacht?"

„Tante Abby. Sie sagte, Buffy steht bei Mama hoch im Kurs."

Drew warf mit amüsiertem Gesicht einen Blick auf Noel. „Buffy … die Vampirjägerin?"

„So ist es", meldete sich jemand zu Wort, als Noel gerade die Tür schließen wollte. Drew spähte durch die Dunkelheit hinaus und erkannte Abby. Das Mondlicht ließ ihr langes, blondes Haar beinahe silbern scheinen.

„Heiliger Strohsack", murmelte Noel, die sich eine Hand auf die Brust legte. Offenbar hatte Abby sie erschreckt.

Abby beugte sich herab und legte einen Arm auf die offene

Tür. „Sie hat die Serie immer wieder geschaut. Ich dachte, der Name Buffy könnte dazu beitragen, dass sie den Welpen eher nimmt.“

Drew kniff die Augen in Richtung Abby zusammen und spürte, wie sein Inneres sich abkühlte. Es war über zehn Jahre her, aber ihm fiel es noch immer schwer, in ihrer Gegenwart zu sein. Er war nicht stolz darauf, aber er kam einfach nicht an dem alten Trauma vorbei. Jedes Mal, wenn er sie sah, konnte er nur Charlottes leblosen Körper im Schuppen auf dem Townsend-Grundstück sehen.

„Hey, Drew. Was machst du hier draußen?“, fragte sie und war sich entweder seines Unbehagens nicht bewusst, oder entschlossen, es zu durchdringen. Er war sich da nicht ganz sicher.

Drew räusperte sich. „Noels Batterie war leer. Unter Freunden hilft man sich halt.“

Sie legte den Kopf schief und schaute zwischen ihm und Noel hin und her. „Ach so, Freunde.“

„Abby“, sagte Noel mit warnendem Unterton. „Brauchst du noch was? Ich bin erschöpft, und es ist schon nach Daisys Schlafenszeit.“

Abby hob die Hände und trat einen Schritt zurück. „Tut mir leid. Ich wollte euch nicht aufhalten. Ich bin nur rausgekommen, um nach dir zu sehen und sicherzugehen, dass alles in Ordnung ist. Du wirkst etwas … durch den Wind.“

Noel versteifte sich bei den Worten ihrer Schwester, und Drew juckte es in den Fingern, weil er nichts lieber wollte, als ihre Hand zu nehmen, um seine stillschweigende Unterstützung zu zeigen. Stattdessen gruben sich seine Fingernägel fest in das Lenkrad, und er behielt seine Hände bei sich.

„Ich bin seit über zehn Jahren ‚durch den Wind‘, Abby. Oder ist dir das nicht aufgefallen?“, fuhr Noel ihre Schwester an.

Huch, dachte Drew. *Was ist denn hier los?* War es möglich, dass Noel immer noch genervt war, weil Abby vor all den Jahren die Stadt verlassen hatte? Er hätte gedacht, sie hätten sich wieder vertragen, aber vielleicht ja auch nicht.

Abby zog scharf Luft ein, ihre Miene schlug von besorgt in eine Mischung aus Schmerz und Wut um. „Egal. Vergiss, dass ich gefragt habe.“ Sie nickte Drew zu. „Einen schönen Abend noch, Hilfssheriff Baker.“

„Nacht, Abby“, rief Drew ihr nach.

„Verdammt“, sagte Noel leise, während sie beobachtete, wie ihre jüngere Schwester zurück ins Haus stapfte.

Drew legte den Gang des SUV ein und fuhr die Auffahrt entlang. Er warf einen Blick in den Rückspiegel, und eine Woge der Zärtlichkeit ergriff ihn, als er Daisy und ihren Welpen sah, die beide fest schliefen.

„Willst du darüber reden?“, fragte Drew.

„Nein.“ Noel verschränkte die Arme vor der Brust und starrte aus dem Fenster.

„Ja, ich verstehe das. Aber es ist nicht wirklich gesund, all diesen Zorn mit dir herumzutragen. Du wirst ihr wohl früher oder später vergeben müssen.“

Noel schnaubte. „Hast du das etwa?“

„Ja“, sagte er einfach.

„Das ist ein Haufen Schrott, und das weißt du“, schoss sie zurück. „Du kannst ihr noch nicht mal in die Augen schauen.“

„Da ist vielleicht was Wahres dran.“ Er bog am Ende der Zufahrt nach rechts, auf den Weg zurück in die Stadt. „Aber das heißt nicht, dass ich ihr nicht vergeben habe. Du und ich wissen beide, dass das, was mit Charlotte passiert ist, nicht Abbys Schuld war. Sie hat es nicht verdient, für das, was damals geschehen ist, ewig zu bezahlen, Noel. Hat sie nicht bereits genug mitgemacht? Haben wir das nicht alle?"

„Ja", sagte sie in die Dunkelheit, doch mehr als das sagte sie nicht.

Charlotte war Drews Highschool-Liebe und Abbys beste Freundin gewesen. Im Frühling ihres Abschlussjahres hatte Charlotte sich eine Art Infektion eingefangen und hätte den Abschlussball versäumt, während sie sich erholte. Sie hatte Abby gebeten, ihr einen Energietrank zu machen, damit sie die Feier nicht verpasste. Nachdem Charlotte etwas Überzeugungsarbeit geleistet hatte, hatte Abby der Bitte zögerlich nachgegeben.

Drew hatte Charlotte zum Abschlussball gebracht. Es war ein toller Abend gewesen … bis zu dem Punkt, an dem sie ihn gebeten hatte, bei Abbys Haus anzuhalten. Sie hatte gesagt, sie wolle nur reinlaufen und etwas holen. Zwanzig Minuten später, als er sich auf die Suche nach ihr gemacht hatte, hatte Drew sie leblos in Abbys Arbeitsschuppen gefunden, nachdem sie sich die zweite Charge des Energietranks geholt und sie getrunken hatte.

Charlotte hatte niemandem erzählt, dass sie an einer tödlichen Krankheit litt, einer, von der sie sich niemals erholen würde, und der Trank war für ihren geschwächten Körper einfach zu viel gewesen. Sie war am Vorabend ihres achtzehnten Geburtstags verstorben. Diese Nacht suchte ihn bis heute heim, immer wieder.

Er schätzte, das würde so bleiben.

* * *

Es war schon nach neun, als Drew das Sheriffsbüro betrat. Er setzte sich an seinen Schreibtisch und strich sich mit der

Hand über den Kopf. Er hatte Noel, Daisy und den neuen Welpen an der Pension rausgelassen, versprochen, am nächsten Tag nach ihnen zu sehen, und war dann direkt zum Büro gefahren. Schlaf stand nicht zur Debatte. Während er am Townsend-Haus auf Noel gewartet hatte, hatte der Gedanke an ihm genagt, er müsse etwas tun, um ihr zu helfen. Er wusste, dass Noel mit der Tatsache haderte, dass Xavier keinen Kontakt mit ihnen aufgenommen hatte … oder konkreter mit Daisy. Und schlimmer noch, sie hatte keine Ahnung, ob er überhaupt noch lebte.

Während er in der Dunkelheit gesessen hatte, hatte Drew entschieden, dass er alles in seiner Macht Stehende tun würde, ihren Ex zu finden. Auf die eine oder andere Art würde Drew Noel helfen, die Antworten zu bekommen, die sie verdiente. Und er wusste besser als die meisten, dass das Büro des Bezirkssheriffs das Ganze nicht auf die Prioritätenliste setzen würde, ganz gleich, was Reilly sagte. Sie hatten einfach nicht das Personal, um so viel Zeit für einen Fall zu opfern, bei dem es sehr wenige Hinweise gab.

Drew machte sich eine Kanne Kaffee, schaltete den Computer ein und machte sich an die Arbeit. Eine halbe Stunde später hatte Drew Scans von Xaviers Fotos ans Bezirksrevier geschickte und Kopien von Xaviers neuem Führerschein ausgedruckt. Er schob den Papierkram und die Bilder in einen Aktenordner, sperrte das Büro ab und fuhr direkt in die Keating Hollow Brewery.

Die Kneipe gehörte Lincoln Townsend, wurde aber derzeit von Drews Kumpel Clay Garrison geführt. Clay war eine Erdhexe und setzte seine Talente ein, um das beste Bier der Westküste zu brauen.

Drew zog die Tür zur Brauerei auf und blieb bei dem Anblick, der sich ihm bot, abrupt stehen. Sein Kumpel hatte

Abby Townsend in einem heißen Kuss an den Tresen gedrückt, und das Ganze war nicht wirklich jugendfrei.

Drew räusperte sich laut.

Die beiden erstarrten. Dann warf Clay einen Blick hinter sich und sagte: „Verschwinde."

Abby lachte leise und glitt aus seiner Umarmung. „Drew", sagte sie und beäugte ihn argwöhnisch. „Ist bei meiner Schwester alles in Ordnung?"

Drew zögerte. Noel hatte nicht gewollt, dass ihre Familie erfuhr, was sie heute durchgemacht hatte. Sie wollte die Fragen nicht beantworten, die sie stellen würden. Andererseits würde sich die Nachricht verbreiten, dass man in Trinidad einen Toten gefunden hatte. Und da es eine Ermittlung geben würde, würde sehr wahrscheinlich auch Xaviers Name erwähnt werden. Sie würden es früher oder später mitbekommen. Dennoch wollte er Noels Vertrauen nicht missbrauchen.

„Drew?", fragte Abby noch einmal. „Was ist los?"

„Du solltest mit ihr reden." Drew kam nach vorne an den Tresen und nahm Platz.

Sie schwieg, während sie ihn betrachtete, und nickte dann. „Werde ich."

Drew musterte sie. Er hatte mit Widerstand gerechnet, einer Forderung nach Einzelheiten. Die Abby, die er in der Highschool gekannt hatte, war unnachgiebig. Sie hätte niemals so leicht aufgegeben, wenn sie etwas herausbekommen wollte. Aber während er zu ihr zurückstarrte, bemerkte er eine Reife und stille Akzeptanz, die ihm nicht aufgefallen waren, seit sie wieder in der Stadt war. Zehn Jahre waren eine lange Zeit. Die Verwandlung hätte ihn nicht überraschen sollen. Er selbst war bei Gott nicht mehr derselbe Mensch wie damals.

Abby drehte sich um, gab Clay einen letzten Kuss und

sagte: „Ich mach mich dann mal vom Acker ... vielleicht lege ich mich eine Weile in die Badewanne, bis du heimkommst."

Clay ließ den Blick über sie wandern, stellte sie sich zweifellos beim Baden vor. Dann zog er sie dicht an sich heran und flüsterte ihr etwas ins Ohr.

Sie grinste ihn schelmisch an und versprach ihm, ihm das Bett warmzuhalten.

Drew wandte den Blick ab und fragte: „Geben die Zapfhähne noch was her?"

„Bedien dich", sagte Clay und brachte Abby zur Tür.

Wie oft hatte Drew die beiden damals in der Highschool so gesehen? Hunderte Male. Er war gleich neben ihnen gewesen, die eigenen Arme um Charlotte gelegt. Dumpf pulsierte der Schmerz in seiner Brust, während er ein Halbliterglas mit dem weihnachtlichen Porter füllte. Er setzte sich an den Tresen und trank beinahe das halbe Bier in einem Zug aus, entschlossen, den Schmerz zu lindern.

Die Eingangstür schloss sich scheppernd, und Clay kam zum Tresen zurück. Er warf einen Blick auf Drew, beäugte das halbleere Glas und schenkte sich dann selbst einen Porter ein. „Übler Tag?"

„So in der Art." Drew verzog das Gesicht und nahm noch einen Schluck Bier.

Clay und Drew waren seit der Grundschule Freunde. Gemeinsam hatten sie alle Arten von Schwierigkeiten durchlebt. Sie hatten sich gegenseitig durch gute und schlechte Zeiten begleitet, die ihr jeweiliges Leben zu bieten gehabt hatte, darum war er nicht überrascht, als Clay sich neben ihn setzte und sagte: „Dich hat definitiv etwas durcheinandergebracht. Ich würde hundert Dollar drauf setzen, dass es Noel ist."

Drew mahlte mit den Zähnen, Ärger ließ ihn die Hände zu

Fäusten ballen. „Ich würde sagen, das ist eine ziemlich sichere Wette, denn Abby hat dir sicher erzählt, dass sie uns zusammen gesehen hat."

Clay kicherte. „Klar, das hilft, aber das ist nicht der Grund, warum ich darauf wetten möchte. Ich sehe dich immer nur so leiden, wenn du ihr begegnet bist. Steh einfach dazu, Mann. Wir wissen beide, dass du sie willst."

„Das ist nicht …" Drew schüttelte den Kopf. „So eine Art Beziehung haben Noel und ich nicht."

Er schnaubte. „Ach was. Und genau da liegt das Problem."

Drew schüttete den Rest des Biers hinunter, warf einen Zehner auf den Tresen und stand auf. Er war nicht in der Stimmung, sein Herz auszuschütten. Nicht heute Abend. „Danke für das Bier. Wir sehen uns dann morgen."

„Warte." Clay packte Drews Glas und füllte es auf. Dann schob er den Zehner zurück zu seinem Freund. „Die gehen auf mich."

Drew beäugte das Bier und lenkte ein. Er konnte doch kein gutes Bier zum Teufel gehen lassen, oder? „Gut. Aber hör auf, mich auszuquetschen."

Clays Mund krümmte sich zum Ansatz eines Lächelns. „Klar, Kumpel. Wie du meinst." Er hob das Bier zu einem Toast. „Auf die wunderschönen Townsend-Schwestern."

„Du bist ein Blödmann, weißt du das?", sagte Drew und hob sein Glas.

„Das weiß ich doch." Clay grinste.

Mit einem Kopfschütteln stieß Drew sein Glas an das von Clay und sagte: „Auf die wunderschönen Townsend-Schwestern."

KAPITEL 7

Noel stand im Eingang zum Zimmer ihrer Tochter und hatte einen Beruhigungstrank in der Hand. Daisy schlief fest, während Buffy am Bettrand saß und das armseligste Winseln von sich gab, das Noel jemals gehört hatte.

„Musst du raus?", flüsterte Noel dem Welpen zu.

Der Hund winselte erneut. Noel stellte den Trank auf Daisys Nachtkästchen ab, nahm den Welpen hoch und machte sich auf den Weg in den kleinen Gartenabschnitt gleich vor der Küche. Sobald sie draußen war, setzte Noel Buffy auf dem Gras ab und sagte: „Hier erledigst du dein Geschäft."

Buffy nahm sogleich zu Noels Füßen Platz und starrte sie aus großen Welpenaugen an.

Noel seufzte. „Echt jetzt?"

Der Hund wedelte mit dem Schwanz und sprang an Noels Knöcheln hoch.

„Komm schon." Noel führte den Welpen eine gefühlte Ewigkeit lang herum, bis sich der Hund hinhockte. „Braves Mädchen. Erster Versuch und so." Noel machte beruhigende

Geräusche und nahm ihn wieder hoch. „Mach's einfach immer so, okay?"

Sobald sie wieder in der Wohnung waren, belohnte Noel den Welpen mit einem der Hundeleckerlis, die ihr ihr Vater mitgegeben hatte, dann brachte sie ihn zurück in Daisys Zimmer. Sie setzte den Hund in die Box am Fußende von Daisys Bett und flüsterte: „Jetzt ins Bettchen mit dir. Ich seh euch beide dann morgen früh."

Als Noel die Tür der Box schloss, winselte Buffy wieder. Noel warf einen Blick auf ihre friedlich schlafende Tochter und ließ den Welpen frei. „Das wird nicht funktionieren", sagte sie zu dem Hund. „Dann komm halt mit."

Noel schlich sich aus dem Raum, den Welpen in einer Hand, die Box in der anderen.

Erschöpfung fiel über sie her, und ihre Augen wurden feucht, als sie gähnte. Sie wollte nur noch ins Bett fallen, aber erst musste sie noch die Leichenhallen-Erinnerung wegduschen. Das Bild des Toten blitzte in ihren Gedanken auf. Jede Einzelheit formte sich kristallklar in ihrem Kopf: seine gerundeten, leblosen Augen, die blauen Lippen und die aufgedunsenen Wangen. Er sah überhaupt nicht wie Xavier aus, und sie hatte das Gefühl, dass sie sich bis ans Ende ihres Lebens an sein Gesicht erinnern würde.

Sie brachte Buffy ins Bad und setzte sie auf dem Boden ab. Dann zog sie sich rasch aus und stieg in die Dusche, in der sie nur stand und sich vom heißen Wasser die Seele reinigen ließ. Als sie schließlich heraustrat, wickelte sie sich in einen dicken Baumwollbademantel ein und schlurfte mit Buffy im Schlepptau in ihre kleine Küche, wo sie sich eine Tasse heiße Schokolade kochte.

Sie stand am Tresen und rührte den Kakao, als sie Buffy leise kläffen hörte. Sie warf einen Blick durch die Küche und stellte fest, dass der Welpe zwischen der Wand und einem Ficus-Baum eingeklemmt war. Sie lachte leise, befreite Buffy und zog sich auf die Couch im Wohnzimmer zurück. Sie warf einen Blick auf den Hund. „Sieht aus, als bräuchtest du ein kleines bisschen mehr Überwachung."

Buffy antwortete, indem sie sich auf Noels Schoß zusammenrollte und sofort einschlief.

„Das passt ja." Noel streichelte den Hund, dann lehnte sie sich auf den Sofakissen zurück.

Während sie an ihrem Kakao nippte, wanderte ihr Blick zum Beistelltisch und der offenen Kiste voller Fotos. Sie hatte sie dort stehen lassen, nachdem sie hastig ein paar Bilder für Drew herausgesucht hatte, um sie ans Büro des Bezirkssheriffs weiterzuleiten. Es war eine Kiste, die sie drei Jahre lang nicht geöffnet hatte. Nun, da es so weit war, konnte sie eine Reise in die Vergangenheit nicht verhindern.

Das war ein Fehler.

Der Anblick ihres früheren Lebens, der Hoffnung und des Glücks, von Xavier, wie er Daisy mit offensichtlicher Liebe in den Augen anlächelte, schickte einen schmerzhaften Blitzstrahl durch sie hindurch, der ihr den Atem raubte. Sie kippte nach vorne und schaffte es gerade eben, den Kakao auf den Tisch zu bekommen, bevor die Tasse zu Boden fiel. Ihr Inneres schmerzte, und sie schnappte nach Luft.

Verdammt! Was hatte sie sich nur gedacht? Genau das war der Grund, warum sie die Tür in ihre Vergangenheit verschlossen hatte. Xavier hatte ihr bereits genug genommen; sie wollte sich nicht durch die Erinnerung an ihn noch mehr nehmen lassen. Sie knallte den Deckel der Kiste zu, was Buffy aufschreckte. Der Hund hob den Kopf, während Noel die Kiste unter die Couch schob. Aus den Augen, aus dem Sinn.

Wenn es nur so einfach wäre.

Sie beruhigte den Welpen. Als Buffy sich wieder niederließ, lehnte Noel sich in die Kissen zurück und schloss die müden Augen.

Noel erwachte ruckartig. Ihr Herz raste beim Klang der Schreie ihrer Tochter.

Das Schluchzen war lauter als sonst, verzweifelter, beinahe schon panisch. Noel sprang vom Sofa und hastete in Daisys Zimmer. Ihre Tochter saß im Bett, schnappte nach Luft, während sie panisch das Bettende absuchte.

„Sie ist weg! Ich finde sie nicht." Daisy wandte ihren tränenverschmierten Blick zu Noel. „Mami, wo ist sie?"

Noel drückte sich ihre Tochter an die Brust, als sie das Problem erkannte. Daisy war nahezu hysterisch, weil Buffy nicht da war. „Sie ist im Wohnzimmer, Liebes. Ich hole sie."

Aber Daisy wartete nicht. Sie stürzte sich aus dem Bett und rannte ins andere Zimmer. „Buffy!" Sie hatte Schluckauf von den Tränen und stieß hervor: „Lass ... lass mich nicht im Stich."

Noel folgte ihrer Tochter, aber gerade, als sie das Zimmer verlassen wollte, fiel ihr Blick auf die volle Flasche mit dem Beruhigungstrank. Verdammt, sie hatte vergessen, ihn Daisy zu verabreichen. Kein Wunder, dass sie voller Panik aufgewacht war.

Dicke Tränen kullerten über Daisys Wangen, während sie sich den Hund an die Brust drückte, als wäre er ihr Rettungsanker.

Noels Herz bekam beinahe einen großen Knacks. Sie schnappte sich den Trank und setzte sich neben ihre Tochter auf die Couch. Die Flasche stellte sie auf dem Couchtisch ab, dann schlang sie die Arme um Daisy. Das kleine Mädchen weinte leise, während es den Welpen umarmte. Noel wiegte sie sanft und murmelte ihr beruhigend zu, dass alles gut war, genau wie jedes Mal, wenn ihre Tochter eine nächtliche Panikattacke erlitt. Sie hatten angefangen, kurz nachdem Xavier sie verlassen hatte. Daisy ging ins Bett, wachte aber fast jede Nacht panisch auf und suchte nach ihrer Mutter. Daisys Therapeutin sagte immer, das würde sich verwachsen, aber Noel war skeptisch. Wenn niemand einen Zauber auf Daisy wirkte, der ihre Träume unterdrückte, bezweifelte Noel, dass es sich jemals bessern würde. Der neue Beruhigungstrank, den Abby für sie hergestellt hatte, half zwar, aber hundertprozentig wirkte er nicht, und schon gar nicht, wenn Noel vergaß, ihn Daisy zu verabreichen.

Das Weinen ihrer Tochter ebbte endlich ab, und Noel zog sich gerade weit genug zurück, um auf sie hinabzuschauen. Daisys Augen waren geschlossen, und ihre Atmung hatte sich beruhigt. „Schläfst du schon, Liebes?", flüsterte sie und schob sanft ihre dunklen Locken zur Seite.

Daisy bewegte sich nicht einmal.

Noel warf einen Blick auf den Welpen, der sich auf Daisys Schoß zusammengerollt hatte, und seufzte. Es sah aus, als würde sie zwei zusätzliche Bettgenossen bekommen. Sie setzte Buffy auf den Boden, schnappte sich den Trank, stand dann auf, all das mit Daisy im Arm. Sie trug ihr Kind in ihr Schlafzimmer und sagte: „Komm mit, Buffy. Jetzt geht's ins Bett."

Der Hund gehorchte, trottete neben ihr her, als wisse er bereits, wohin sie unterwegs waren. „Du bist aber schlau, was?", fragte Noel, während sie Daisy ins Bett legte.

Ihre Tochter regte sich und blinzelte zu ihr hoch. „Wo ist Buffy?"

„Da hast du sie, Liebes." Noel reichte ihr den Hund und hielt ihr den Trank hin. „Trink das, ehe du wieder einschläfst."

Ohne zu zögern, tat Daisy wie geheißen und kuschelte sich

dann zurück in die Decke. Der Hund sprang ihr auf die Beine, drehte sich dreimal und legte sich wieder hin, mit dem Kopf auf dem Kissen gleich neben Daisy.

Noel konnte nicht anders, als auf sie hinabzulächeln. Sie glaubte nicht, dass sie in ihrem Leben schon einmal etwas Niedlicheres gesehen hatte. Mit einem etwas weniger zerschundenen Herzen legte sie sich neben sie hin, küsste sie beide, schloss die Augen und ließ sich von der Nacht wegtragen.

„Noel? Wo bist du?"

Schritte erklangen auf dem Holzboden und weckten Noel aus einem tiefen und traumlosen Schlummer. Sie richtete sich auf und blinzelte, als die Sonne, die durch das Fenster hereinströmte, sie blendete.

„Abby?", rief Noel zurück und rieb sich die Augen. „Ich bin wach. Was ist los?"

„Noel?" Abby steckte den Kopf ins Schlafzimmer ihrer Schwester. Ihr blondes Haar hatte sie zu einem lockeren Knoten hochgesteckt, und sie trug ihren Arbeitskittel, als wäre sie aus ihrem Atelier hergeeilt. „Fühlst du dich gut?"

„Ja. Ich glaube schon", sagte sie mit einem Gähnen. „Warum?"

„Es ist fast zehn. Ein paar deiner Gäste sind unten im Café und beschweren sich, weil es kein Frühstück gibt."

Noel fuhr hoch und schaute auf die Uhr. Dort stand 9:47 Uhr. „Himmel und Hölle!" Sie schoss aus dem Bett und eilte ins Bad. Nach knapp zwei Minuten kam sie herausgerannt und zog sich Jeans und den erstbesten Pulli an, den sie aus dem Kleiderschrank fischte. „Daisy, hast du deine Schuhe an?“

„Ich habe Daisy schon zur Schule gebracht“, rief Abby aus dem Wohnzimmer.

Noel erstarrte, ihr Körper pumpte immer noch Adrenalin durch ihre Adern. Dann trat sie vor auf die Schwelle ihres Schlafzimmers und starrte auf ihre Schwester hinab, die mitten auf ihrem Hartholzboden saß und Buffy streichelte. Obwohl sie alte, ausgeblichene Jeans trug und ein T-Shirt von der Keating Hollow Brewery unter ihrem Kittel anhatte, sah sie so blendend aus wie immer. Ihre strahlend blauen Augen waren erstaunlich, und ihre Wangen hatten einen natürlichen Roséton, womit sie wirkte wie das perfekte Mädchen von nebenan. „Was meinst du damit, du hast sie schon zur Schule gebracht?“

Sie zuckte mit den Schultern. „Du warst weg. Buchstäblich weg. Als ich versucht habe, dich zu wecken, hast du abgewinkt und dich auf die andere Seite gerollt. Also habe ich ihr Essen eingepackt, dafür gesorgt, dass sie frühstückt, und sie zur Schule gebracht. Ich habe dir eine Nachricht geschrieben, aber die hast du eindeutig nicht gelesen.“ Sie erhob sich und deutete auf einen Zettel, der auf dem Beistelltisch lag. „Was ist los? Bist du krank?“

Noel begab sich zum Sofa und sank langsam in die Kissen, während sie sich die Hände an die Stirn drückte. „Nein. Ich bin nur – verdammt.“ Sie warf einen Blick auf Abby. „Ich kann nicht glauben, dass du hier hereinmarschiert bist, meine Tochter aufgesammelt hast und losgezogen bist, ohne dass ich was mitbekomme. Ich! Ich bin eine Lufthexe. Ich *höre* alles.“

Abby zuckte nur mit der Schulter. „Du solltest das wohl mal von einem Heiler untersuchen lassen.“

Noel ballte die Hände zu Fäusten und unterdrückte den

Drang zu schreien. Was war los? Sie verschlief nie, und ihre Magie hatte sie noch nie im Stich gelassen. Sie konnte einfach nicht verstehen, wie sie ihre Schwester oder Daisy heute Morgen nicht hatte hören können. Sie stand auf und holte tief Luft. „Danke, dass du Daisy zur Schule gebracht hast. Ich schulde dir was."

„Nein, tust du nicht", sagte Abby mit einem Lachen. „Das machen Schwestern nämlich. Wir helfen einander. Also, wie wäre es, wenn wir frühstücken und du mir von Hilfssheriff Baker erzählst, und warum du gestern Abend in seiner Karre herumgegondelt bist." Sie lächelte Noel schelmisch an. „Hast du dir zeigen lassen, was unter der Motorhaube steckt? Hast du darum heute Vormittag verschlafen?"

Noel machte ein finsteres Gesicht. „Du weißt nicht, wovon du redest."

Abbys Grinsen verflog, während sie ihre Schwester intensiv musterte. „Du hast recht. Weiß ich eindeutig nicht. Warum lässt du dir nicht von mir Frühstück machen, während du mir erzählst, was los ist?"

„Es ist nichts …"

„Noel", sagte Abby mit einem genervten Seufzen. „Ich habe Drew gestern Abend in der Brauerei getroffen. Er wollte nicht sagen, was los ist, aber ich weiß, dass irgendwas nicht stimmt. Du musst es mir nicht erzählen, aber mir wäre wohler, wenn du es tust."

Die Sorge auf Abbys Gesicht drang durch Noels Verteidigungslinien. Ihre Schutzschilde lösten sich auf, und plötzlich wurde sie zurück in eine Zeit versetzt, in der Abby und sie einander alles erzählt hatten. Sie wollte mit ihr reden, diese Nähe wieder spüren. Sie war nur nicht sicher, ob sie das konnte. Vertrauen war dieser Tage Mangelware. Trotzdem wollte sie nicht zugeknöpft wirken. Sie musste es versuchen. Nickend sagte sie: „Erst mal Kaffee."

„Dem Himmel sei Dank", erwiderte Abby, die Lippen zu einem leichten Lächeln gekrümmt. „Ich habe heute Morgen Kaffee rübergebracht, aber da du nicht wach warst und Daisy noch ihren Schlafanzug anhatte und mit dem Welpen spielte, ging es einzig und allein darum, sie zur Schule zu bringen. Ich habe den Kaffee ganz vergessen. Wenn ich nicht bald Koffein kriege, vergesse ich mich noch."

Noel schnaubte. „Ich bitte dich. Du bist doch flott wie eh und je."

„Flott?" Abby warf Noel ihre Jacke zu. „Wann war ich denn je *flott*? Du warst die Cheerleaderin."

„Nur weil ich bei Trent Stevens angeben wollte", schoss sie lachend zurück, aber dann zuckte sie bei der Erinnerung zusammen. Während der Highschool hatte Noel scheinbar nur aus Armen und Beinen bestanden und als Tänzerin nichts in der Öffentlichkeit verloren gehabt. „Ich durfte nur ganz hinten in der Formation mitmachen, damit niemand sehen konnte, wie schlecht ich war."

Abby schnaubte. „Du warst nicht nur furchtbar."

„Echt?" Noel schob sich den Ärmel hoch, bis eine blasse Narbe am Unterarm zum Vorschein kam. „Die habe ich mir geholt, weil ich rechts nicht von links unterscheiden konnte und direkt in Shannons hocherhobenes Bein gelaufen bin. Ich bin auf die Seite gestürzt und habe mir das Handgelenk gebrochen."

„Oh, das stimmt." Abby stieß sie mit dem Ellbogen an. „Jemand hätte dir die Pompons wegnehmen sollen."

Noel hob Buffy auf, brachte sie nach draußen, holte sie wieder herein und steckte sie dann in ihre Box. „Ich bin bald zurück. Sei ein braves Hündchen."

„Mit dem hier hast du Glück gehabt", sagte Abby. „Faith hat gestern Nacht kein Auge zugekriegt. Sie sagte, ihr Welpe habe ins Bett gemacht, ein Loch in ihr Lieblingsshirt gebissen und die halbe Nacht gewinselt. Sie läuft heute herum wie ein Zombie."

Noel schaute Abby entsetzt an und warf dann einen Blick zurück zu Buffy. „Du bist der beste Welpe auf der ganzen Welt. Wir sind bald zurück."

Abby kicherte, dann ging sie voraus aus der Pension und über die Straße zum gemütlichsten Treffpunkt der Stadt, dem Incantation Café.

Hanna Pelsh sah sie und strahlte hinter dem Tresen hervor. Das Morgenlicht, das durch die Fenster strömte, leuchtete auf ihrer dunklen Haut, und es juckte Noel in den Fingern, weitere Fotos von ihr zu machen. Fotografie war Noels Hobby, und Hanna war ihr Lieblingsmodel. „Guten Morgen, die Damen."

„Morgen, Hanna", sagte Noel. „Ich brauche den größten, stärksten Kaffee, den du hast."

Sie lachte. „Heftiger Vormittag?"

„Das könnte man so sagen." Noel wandte sich an ihre Schwester. „Ebenso?"

„Mach aus meinem den größten, stärksten Mokka, den du hinbekommst", erklärte Abby Hanna. „Ich brauche den Zucker."

Hanna hob die Augenbrauen. „Euer Vormittag muss ja allererste Sahne sein. Warst du nicht heute früh schon mal hier?", fragte sie Abby.

„War ich, aber leider ging diese Runde in die Hose. Gibst du uns noch zwei von diesen Plunderteilchen?"

„Und ein paar Kuchenstücke", fügte Noel mit ernstem Nicken hinzu. „So ein Tag ist das."

Hanna runzelte die Stirn. „So schlimm?"

Die Schwestern schauten einander an. Dann sagte Noel: „Ja.“

„Es ist doch nicht Lincoln?“, fragte Hanna und bezog sich damit auf ihren Vater. Sie strahlte Sorge aus, und Noel wurde warm ums Herz. Hanna war beinahe so etwas wie Familie, und es fühlte sich gut an, zu wissen, dass sie Lin fast genauso sehr liebte wie die Townsend-Schwestern.

Noel wandte sich Abby zu und stellte fest, dass dies der erste Tag seit langem war, an dem sie nicht in Sorge um ihn aufgewacht war. Bis vor ein paar Wochen war Noel diejenige gewesen, die ihn zu all seinen Chemo-Terminen gefahren hatte, diejenige, die wusste, was für Tränke und Medikamente er nahm. Aber seit Abby ihre Arbeit im Atelier auf dem Townsend-Grundstück wieder aufgenommen hatte, kümmerte sie sich darum. Es war einfach sinnvoller. Sie war gleich da und behielt ihn im Auge. „Mit Dad passt alles, oder?“

„Ja“, sagte Abby. „Ihm geht's sogar gut. Er fühlt sich besser. Die Übelkeit ist unter Kontrolle, und er ist nicht annähernd so erschöpft wie früher.“

„Gut.“ Hanna strahlte. „Also ist es heute einfach das übliche Generve?“

Abby kicherte, während sie ihr Frühstück bezahlte. „So in etwa.“

„Setzt euch. Ich bringe euch eure Getränke und den Süßkram“, sagte Hanna.

Noel folgte ihrer Schwester zu einem Tisch in der abgelegenen Ecke nahe des Fensters.

„Setz dich. Spuck es aus“, sagte Abby und glitt auf einen Stuhl.

„Einfach so? Du lässt mich noch nicht mal meinen Kaffee genießen?“ Noel setzte sich ihr gegenüber und stützte das Kinn auf die Hände.

„Ist doch besser, das Pflaster mit einem Ruck abzureißen, oder nicht?" Die Sonne strömte durch das Fenster und tauchte ihre kleine Schwester in ein sanftes Licht. Sie strahlte gewissermaßen vor stillem Glück. Wenn Noel ihre Kamera parat gehabt hätte, hätte sie hier und jetzt ein paar Bilder geschossen.

Noel lehnte sich zurück und nahm ihre Schwester zum ersten Mal seit Jahren wirklich zur Kenntnis. „Du siehst …"

„… aus als könnte ich eine Woche schlafen und etwas Zeit im Kosmetikstudio gebrauchen?", fragte Abby mit einem kläglichen Lächeln. „Ich habe wirklich alles gegeben, um meine Weihnachtsbestellungen fertig zu machen. Wenn ich dieses Jahr noch eine Charge Lotion herstellen muss, werde ich wahnsinnig." Abby war eine Erdhexe, die ein erfolgreiches Geschäft betrieb, in dem sie magisch angereicherte Seifen und Lotionen verkaufte. Das Geschäft blühte, und dieses Weihnachtsgeschäft war unfassbar stressig für sie. Obwohl es schon Anfang Dezember war, musste sie immer noch Bestellungen nachkommen … Eilbestellungen, weil den Läden die Ware ausgegangen war. Noel hätte nicht stolzer auf ihre kleine Schwester sein können.

„Nein." Noel griff über den Tisch und legte ihre Hand auf die ihrer Schwester. „Du siehst blendend aus. Ruhig. Zufrieden. Es ist wirklich schön." Sie erwiderte das klägliche Lächeln ihrer Schwester und fügte hinzu: „Und wirklich nervig."

Abby schüttelte den Kopf, schien sowohl erheitert als auch verstimmt. „Danke. Glaube ich."

„Das war auf jeden Fall ein Kompliment", sagte Noel, als Hanna das Koffein und den Süßkram brachte.

„Lasst mich wissen, falls ihr noch was braucht", sagte Hanna.

„Danke." Abby drückte ihr rasch die Hand, dann tauschten die beiden ein bittersüßes Lächeln.

Noel fühlte sich, als stünde sie vor einer Tür und würde nach innen spähen. Sie hätte das nicht tun sollen. Hanna war auch ihre Freundin, aber Charlotte, Hannas Schwester, war Abbys beste Freundin gewesen. Beide hatten sie Charlotte sehr geliebt, und der Schmerz, den sie wegen des Verlusts teilten, ging tief. Noel hatte einst eine Freundschaft gehabt wie jene, die Charlotte und Abby verbunden hatte. Oder zumindest hatte sie das gedacht. Abby war ihre beste Freundin gewesen, wenigstens bis zu dem Zeitpunkt, an dem sie aus der Stadt geflohen war und alles und jeden zurückgelassen hatte. Ihre Beziehung war zerbröselt, und erst jetzt, über zehn Jahre später, versuchten sie, die Bruchstücke wieder zusammenzusetzen. Noel fürchtete, dass sie sich nie mehr so nahe stehen würden wie einst.

„Noel", sagte Abby, die Augenbrauen besorgt zusammengezogen. „*Was* ist los? Du siehst aus, als hätte dir jemand dein Weihnachtsgeschenk weggeschnappt?"

Noel stieß ein schnaubendes Lachen aus. Ungefähr so hatte sie sich auch gefühlt, als sie gesehen hatte, wie Abby und Hanna ihren gemeinsamen Moment durchlebten. Aber das würde sie Abby nicht erzählen. Sie war nicht stolz auf ihre Gefühle. Es war furchtbar, eifersüchtig auf eine Freundschaft zu sein, die ihrer Schwester so wichtig war. „Ich hatte nur einen schlechten Vormittag."

Hanna tätschelte ihr mitfühlend die Schulter. „Junge, ich weiß, wie das ist. Gestern bin ich auf dem Weg hier rein auf dem Bordstein gestolpert und habe mir nicht nur die Knie meiner Lieblingsjeans aufgerissen, sondern bin auch noch in eine Schlammpfütze gefallen und habe den Bildschirm meines brandneuen iPhones zerdeppert. Dann hat sich obendrauf noch Georgia krankgemeldet, und ich war ganz allein." Sie schüttelte den Kopf. „Ich stand den ganzen Tag neben mir. Ich hoffe aber, etwas Zucker, Koffein und Schwesternzeit hilft, den Tag noch zu retten."

„Da bin ich sicher", sagte Noel und nippte an ihrem Kaffee.

Nachdem Hanna sich zurückgezogen hatte, nahm Abby einen Schluck von ihrem Mokka, lehnte sich zurück und wartete. Ihr Blick war so intensiv, dass Noel sich allmählich unbehaglich vorkam.

„Was?", fragte sie ihre Schwester.

„Etwas ist definitiv im Argen. Die Noel, die ich kenne, scheut nie davor zurück, zu sagen, was sie denkt, außer, etwas bereitet ihr Sorgen. Du hast letzten Abend kaum ein Wort geredet, außer Dad wegen des Welpen zu rügen. Heute hast du verschlafen, was du sonst nie tust, und du hast mich nicht einmal über die Tatsache in Kenntnis gesetzt, dass ich noch meinen Arbeitskittel trage. Komm schon, was ist?"

Noel schaute ihre Schwester lange an. Abby hatte recht. Noel war gar nicht sie selbst. Sie war normalerweise jeden Tag um sechs Uhr wach, legte immer Wert darauf, wie sie angezogen war, selbst wenn sie nur Jeans trug, und obwohl sie nicht immer extrem gesprächig war, beteiligte sie sich normalerweise sehr viel mehr, wenn sie ihre Familie besuchte. Sie schnaubte, weil sie wusste, dass sie reden musste. Wenn sie das nicht tat, versank sie vermutlich noch tiefer in ihrer persönlichen Düsternis. „Drew hat mich gestern nach Eureka mitgenommen."

Abby blinzelte, dann richtete sie sich auf. „Eureka? Wozu? Hat er dich ausgeführt?"

Ein weiteres schnaubendes Lachen entwich Noels Lippen. „Als würde es dazu je kommen."

„Er mag dich", gab Abby einfach zurück.

„Vielleicht." Noel zupfte ein Stück Plunder ab, aber statt abzubeißen, legte sie es nur auf den Teller und starrte Abby betont an. „Aber er ist nicht interessiert, also lass das auf sich beruhen, okay?"

Abby öffnete den Mund, um etwas zu sagen, schien es sich aber anders zu überlegen und nickte stattdessen nur. „Okay. Mach ich. Warum hat er dich nach Eureka mitgenommen?"

„Die Polizei hat einen Leichnam gefunden. Sie dachten, es könnte Xavier sein."

Abby keuchte laut auf. Als zwei Frauen sich an einem anderen Tisch umdrehten, um die Schwestern anzustarren, legte sich Abby eine Hand auf den Mund und murmelte: „Tut mir leid." Sie griff mit der anderen Hand vor und schloss ihre Finger um die von Noel. „Sag mir, dass er es nicht war."

„Ich musste ihn identifizieren", berichtete Noel, ihre Stimme monoton, als wäre sie hypnotisiert. „Drew hat mich zu diesem hässlichen Backsteingebäude in der Innenstadt von Eureka gefahren. Diesem einstöckigen, eingedreckten, beige eingefärbtem Gebäude."

Zwischen ihnen wurde es still. Noel starrte aus dem Fenster, ohne etwas zu sehen, dankbar, dass ihre Schwester sie nicht drängte. Sie konnte nur an den Augenblick denken, in dem sie erwartet hatte, Xavier unter dem Tuch zu finden.

Eine einzelne Träne lief ihr über die Wange. Sie machte sich nicht die Mühe, sie abzuwischen, während sie sich wieder an Abby wandte und sagte: „Ich war so wütend, als er ging. Ich habe ihn gehasst, Abby. Was er uns angetan hat … was er Daisy angetan hat. An manchen Tagen, an meinen schlimmsten Tagen, habe ich mir gewünscht, er wäre tot."

Abby drückte ihrer Schwester die Hand, hielt sie ganz fest. „Ich würde sagen, das ist eine natürliche Reaktion. Er hat dir wehgetan. Das bedeutet aber nicht, dass du es wirklich gewollt hast."

„Ich glaube schon", würgte Noel hervor. „Aber inzwischen will ich es nicht mehr. Ich schwöre, das tue ich nicht."

„Natürlich tust du das nicht."

Noel bebte und fröstelte bis ins Mark, als sie schließlich ihrer Schwester in die Augen schaute. „Er war es nicht."

Holz schabte auf Holz, als Abby ihren Stuhl zurückschob. Sie stieß die Luft aus, die sie angehalten hatte, und erhob sich, zog Noel auf die Beine. Noel erstarrte einen Augenblick lang, als die Arme ihrer Schwester sich um sie legten.

„Mit dir ist alles in Ordnung, Noel", flüsterte Abby. „Das verspreche ich."

Noel wusste nicht, ob es der Klang ihrer Stimme oder die Umarmung ihrer Schwester war, aber plötzlich löste sich die Trance, und Erleichterung und Dankbarkeit strömten durch sie hindurch. Ihre Arme legten sich um Abby, und die beiden standen lange da und hielten einander fest.

„Es war nicht deine Schuld", sagte Abby. „Nichts davon war deine Schuld."

Noel schob sich zurück, sodass eine Armeslänge Abstand zwischen ihnen entstand. „Woher weißt du das?"

„Weil du meine Schwester bist", erwiderte sie in überzeugendem Ton.

Noel war sich da nicht ganz sicher. Abby war über zehn Jahre weg gewesen. Aber in diesem Moment wollte sie nichts mehr, als ihr zu glauben. Sie warf ihrer Schwester den Hauch eines Lächelns zu und sagte: „Danke."

„Gern geschehen", gab Abby zurück, klang überrascht und etwas verdutzt. Aber dann kehrte das Lächeln zurück, und sie setzte sich wieder. „Jetzt trink deinen Kaffee, ehe er kalt wird und ich Runde drei bestellen muss."

Drew bekam Noel nicht aus dem Kopf. Es war drei Tage her, seit er sie nach Eureka mitgenommen hatte. Drei Tage, in denen er Anrufe getätigt hatte, um Hinweise auf ihren Ex zu ergattern. Bisher hatte er nichts zutage gefördert. Das Büro des Bezirkssheriffs hatte den Fall auf das Abstellgleis geschoben, nachdem an anderer Stelle aus einem Beziehungsstreit eine aktive Fahndung geworden war.

Er stand vom Schreibtisch auf und ging hinaus in den Vorraum. „He, Clarissa, ich bin unterwegs zum Incantation Café. Wollen Sie was?"

Die junge Rothaarige stand auf. „Ich kann das übernehmen."

„Nein, nein." Er schüttelte den Kopf. „Ich kann den Spaziergang gebrauchen."

„Oh. Okay." Sie setzte sich wieder, schien leicht enttäuscht, sagte aber: „Okay. Ich habe alles. Hab hier meinen Tee."

„Sind Sie sicher, dass Sie nichts wollen?"

„Ich bin sicher." Sie tätschelte sich den Bauch. „Mir war so nach einem Stück Torte mit gesalzenem Karamell und

Schokolade von *Ein Löffelchen Magie*, aber das lasse ich lieber. Gehen Sie schon. Ich halte mich an meinen Müsliriegel."

Er hob skeptisch eine Augenbraue. „Müsliriegel sind der mieseste Witz der Lebensmittelindustrie."

Sie lachte. „Als ob ich das nicht wüsste." Sie wedelte mit der Hand zur Tür und fügte hinzu: „Los. jetzt. Ich muss Berichte abheften."

Drew salutierte mit zwei Fingern vor ihr und trat hinaus in die frische Luft. Es war die erste Dezemberwoche. Der Geruch nach feuchter Erde und Mammutbaum lag in der Luft. Der Himmel war grau verhangen. Die Böen der letzten Nacht hatten nachgelassen, und er fand den Tag herrlich, ein perfekter Wintertag. Ihm gefiel die Stille darin. Friedlich, ruhig, vertraut. Er schob die Hände in die Hosentaschen und wandte sich auf der Straße automatisch dem Café zu.

Wenn Drew sonst durch die Stadt marschierte, hielt er oft inne, um mit den Geschäftsinhabern zu plauschen. In neunundneunzig Prozent der Fälle hatten sie nur ein wenig Klatsch und Tratsch, aber hin und wieder bekam er auf diese Weise Verdächtiges mit, das ihn zu Ermittlungen führte. Mehr als einmal hatte er etwas früh genug mitbekommen, um ein Verbrechen zu verhindern, bevor es auch nur begonnen hatte. Normalerweise ging es dabei um Teenager, die ihre Grenzen austesteten, aber nicht immer. Manchmal gab es üblere Absichten, etwa eine frisch eröffnete Drogenhöhle oder illegale Gewächshäuser. Keating Hollow war gerade abgelegen genug, dass Kriminelle es manchmal für das perfekte Versteck hielten. Sie hätten damit auch richtig gelegen, wäre da nicht die Tatsache gewesen, dass Keating Hollow eine Hexen-Gemeinschaft war, in der man aufeinander aufpasste.

Heute jedoch hatte Drew andere Dinge – andere Menschen – im Sinn. Er überquerte die Straße und ging am Keating

Hollow Inn vorbei, wo er durchs Fenster schaute. Noel war am Empfangstresen, aber sie telefonierte und tippte rasch etwas in den Computer. Er beobachtete, wie sie eine Kaffeetasse nahm, daran nippte und die Stirn runzelte, als sie feststellte, dass sie leer war. Sie verzog das Gesicht, ließ die Tasse stehen und tippte weiter.

Drew lächelte vor sich hin und ging weiter. Er hatte vorgehabt, direkt zum Café zu gehen, aber als er bei *Ein Löffelchen Magie* ankam, zogen die verzauberten Nussknacker im Fenster seine Aufmerksamkeit auf sich. Sie waren damit beschäftigt, hexenförmige Kekse mit Mrs.-Claus-Verkleidungen und Festtagsbeleuchtung zu verzieren. Er kicherte. Typisch Keating Hollow.

Die Tür schwang auf, und Shannon trat auf den Bürgersteig. „Officer Baker", gurrte sie, während sie ihm eine Hand auf die Brust legte. „Du siehst aber gut aus an diesem schönen Dezembermorgen."

Der Hilfssheriff hatte das große Verlangen, einen Schritt zurückzutreten. Er kannte Shannon schon ewig. Die rothaarige Schönheit hatte sich seit der Highschool sehr verändert. Damals hatten sie nicht in denselben Kreisen verkehrt. Und soweit er sich erinnern konnte, war sie nicht gerade ein netter Mensch gewesen. Aber sie war in den letzten zehn Jahren reifer geworden, wie sie alle, und sie hatte sich in eine nette, großzügige Person verwandelt, eine reizende Person … wenn sie ihn nicht gerade unverhohlen anbaggerte. Er hatte vor nicht allzu langer Zeit den Fehler gemacht, mit ihr auszugehen, und obwohl er klargestellt hatte, dass sie seiner Ansicht nach nicht gut zusammenpassten, schien sie entschlossen, seine Meinung zu ändern.

„Danke, Shannon", sagte er. „Du siehst hübsch aus wie immer."

Ihre Lippen krümmten sich zu einem verführerischen, angedeuteten Lächeln, das bei jedem anderen Mann auf dem Planeten seine Wirkung sicher nicht verfehlt hätte. Was war eigentlich sein Problem? Shannon war schön, schlau und sexy. Und verfügbar. Alles wäre so viel leichter, würde er sich einfach zu ihr hingezogen fühlen. Doch leider wanderten seine Gedanken immer wieder zu der Frau mit der leeren Kaffeetasse.

„Danke", sagte sie. „Willst du reinkommen und etwas von Miss Maples Spezialkakao kosten? Ich habe gerade eine frische Ladung angesetzt."

„Äh, ich war unterwegs zum Café und wollte Kaffee holen. Ich sollte wohl …"

„Unsinn", sagte sie und zog ihn in den Schokoladenladen. „Ich habe auch frischen Kaffee. Ich kümmere mich schon um dich."

Daran besteht kein Zweifel, dachte Drew. Aber seine Gedanken arbeiteten nicht schnell genug, um ihren Fängen anmutig zu entgehen, darum ließ er sich von ihr nach drinnen ziehen. Üppiger Schokoladenduft hüllte ihn ein, und ihm lief das Wasser im Mund zusammen. „Dieser Ort ist gefährlich, Shannon", sagte er und beäugte die Salzkaramell-Schoko-Torte, die Clarissa erwähnt hatte. „Fügen du und Miss Maple da irgendwelche süchtigmachenden Extrazutaten hinzu, um uns alle von dem Zeug abhängig zu machen?"

Sie kicherte. „Nur, wenn du glaubst, dass Kakaobohnen süchtig machen."

„Zweifellos, wenn ihr sie in den Fingern hattet."

Ein erheitertes Glitzern trat in Shannons dunklen Blick. „Meine Hände sind magisch. Willst du eine Kostprobe?"

Hitze stieg Drews Hals empor. Diesmal war er ja wirklich mit beiden Beinen voraus reingesprungen, was? „Ich glaube, ich nehme vorerst nur zwei Mokkas und ein Stück von der Salzkaramell-Schoko-Torte."

„Verstehe." Ihr Gesicht verdüsterte sich frustriert, ehe sie ihn strahlend anlächelte. „Zwei Mokkas, hm? Hast du eine Kaffee-Verabredung?"

„Nein, ich nehme nur was für eine Freundin mit." Er trat einen Schritt zurück, beäugte die Kekse im Fenster und heuchelte Interesse, damit er nicht weiter mit Shannon reden musste. Aus Erfahrung wusste er, dass sie einfach weiterflirten und versuchen würde, ein Date mit ihm zu ergattern. So war es letzten Monat dazu gekommen, dass er sie zum Essen ausgeführt hatte. Er würde nicht noch einmal darauf hereinfallen.

„Willst du eine Schachtel Kekse dazu?", fragte sie hinter dem Tresen.

Drew warf einen Blick zu ihr hinüber. Sie stand nahezu reglos da, während sich eine Schleife um eine festliche Weihnachtsschachtel neben ihr legte. Ein paar Schritte weiter links schwebten zwei Milchaufschäumer aus rostfreiem Stahl in der Luft, in denen die Milch für die Mokkas vorbereitet wurde.

„Klar. Ein Dutzend?", sagte er. Er würde sie bei Noel lassen, für ihre Gäste.

Shannon wedelte mit der Hand, sodass die Kekse in eine gepolsterte Schachtel schwebten. Sie ging zur Kasse, tippte ein paar Knöpfe und streckte die Hand nach seiner Kreditkarte aus. Während er zahlte, bereiteten sich die Mokkas von selbst fertig zu, und die beiden Schachteln schwebten in eine weihnachtliche Tüte. Bis er den Beleg unterschrieben hatte, standen seine Käufe schon auf dem Tresen.

„Danke, Shannon, du hast mir den Marsch rüber zum Incantation Café erspart", sagte er.

Sie zuckte nur mit den Schultern, eindeutig verstimmt, weil er sie hatte abblitzen lassen. „Ich bin sicher, du endest später sowieso irgendwann dort. Tust du doch immer."

„Ich schätze, du hast recht." Er schnappte sich die Tüte und das Tablett mit den Mokkas und machte sich auf den Weg zur Tür.

„Sie ist noch nicht über ihren Ex hinweg. Das weißt du, oder?", fragte Shannon.

Drew warf einen Blick zu ihr zurück. „Wer ist nicht über ihren Ex weg?"

Shannon verdrehte die hübschen braunen Augen. „Was denkst du denn? Noel Townsend. Die Frau, mit der du ausgehen willst, aber nicht den Mut aufbringst, sie zu fragen."

Eine automatische Widerrede bildete sich auf Drews Lippen, während er den Kopf schüttelte.

„Mach dir nicht die Mühe, es zu leugnen, Hilfssheriff Baker. Es ist für jeden offensichtlich, der Augen im Kopf hat."

Er stieß ein verärgertes Seufzen aus. Clay hatte ihm vor ein paar Tagen seine Gefühle für Noel vorgehalten, und nun auch noch Shannon. Nur dass sie sich irrten. Er wollte nicht mit Noel zusammen sein. Er wollte nur mit ihr befreundet sein. „Du weißt nicht, wovon du redest."

„Wenn du es sagst." Sie zuckte mit den Schultern und wandte ihre Aufmerksamkeit dem Schaufenster zu, wo sie anfing, die bereits perfekt aufgereihten Pralinen neu anzuordnen.

Drew trat hinaus auf das Pflaster des Bürgersteigs und achtete nicht auf die Stimme in seinem Kopf, die ihm ständig sagte, dass er nur Unsinn redete. Befreundet. Genau. Darum hatte er nicht aufhören können, an sie zu denken. Er packte das Tablett mit Mokkas fester und bog in die Straße zum Keating Hollow Inn ein.

Die Tür summte, und er trat ein. Wärme umfing ihn, und er fühlte sich in Noels fröhlichem Umfeld sofort entspannter. Das Einzige, was es noch besser gemacht hätte, wäre, wenn Noel auch wirklich da gewesen wäre. Aber die Lobby war leer, und der Check-In-Tresen unbesetzt. Er stellte die Tüte mit Leckereien und die Mokkas auf den Tresen und drückte auf die Glocke neben dem Computer.

Er wartete geduldig. Nach einer oder zwei Minuten drückte er erneut auf die Glocke.

Nichts.

Seltsam, dachte er. Noel war nie weit von ihrem Schreibtisch entfernt, und falls doch, ließ sie immer eine Nachricht oder Nummer zurück oder übergab an Alec, während sie weg war. Er warf einen Blick die Stufen hinauf und fragte sich, ob sie mit irgendeinem Gästeproblem beschäftigt war. Wenn ja, würde sie sicher früher oder später runterkommen. Er packte die weihnachtlichen Hexenkekse aus und stellte die offene Schachtel auf den Tresen. Dann schnappte er sich eines ihrer Post-Its und schrieb: *Frohes Julfest. Frohe Weihnachten. Frohe Wintersonnenwende.* Er klebte das Post-It auf den Tresen und wollte schon ein weiteres Mal auf die Glocke drücken, als ihn ein hoher Schrei erstarren ließ, gefolgt von einem Rums irgendwo aus ihrer Wohnung.

„Noel!", rief er, sofort alarmiert und um ihre Sicherheit besorgt. Er lief hinter den Tresen, während er zugleich nach seiner Elektroschockpistole griff. Verbrechen waren selten in Keating Hollow, und Hilfssheriff Baker hatte noch nicht mal eine Schusswaffe dabei. Aber eine Elektroschockpistole war nötig. Falls eine Hexe nicht mehr zu bändigen war, war das so ziemlich das Einzige, das ihre Magie neutralisieren konnte. Elektrische Ströme besaßen eine Eigenschaft, die ihre Kräfte vorübergehend lahmlegte.

Er drückte die Schulter gegen die Tür und rief abermals Noels Namen.

„Hilfe!", rief sie zurück.

Er zögerte nicht. Er krachte in ihre Wohnung. Eine Spur aus Kleidungsstücken lag über das Wohnzimmer verstreut, und ein Glas Milch war auf dem Boden zerbrochen.

„Noel! Wo bist du?", fragte er und ging schnell zur ersten offenen Zimmertür. Das Einzelbett und die Schar von Stofftieren hießen wohl, dass es Daisy gehörte.

„In der Küche! Schnell!"

Drew sprintete zur Küchentür, Adrenalin pumpte durch seine Adern. Er hielt die Elektroschockwaffe vor, bereit zum Zuschlagen, und trat die Tür auf. Sie flog auf und krachte an die Wand.

„Was zum Teufel war das?", fragte sie von unter der Spüle. Wasser bedeckte den Fliesenboden, und Noel war durchnässt von Kopf bis Fuß. Sie warf einen Blick zu ihm herauf, und ihre Augen wurden groß, als sie seine Elektroschockpistole sah. „Himmel. Drew. Steck das Ding weg. Willst du jemanden schocken?"

„Ich dachte ... vergiss es." Drew sah nach, dass sie gesichert war, und legte seine Waffe auf den freistehenden Küchentresen. „Rohrbruch?"

„Wie kommst du nur darauf?", fragte sie trocken. „Ich bin gerade hier rein und da war überall Wasser. Es spritzt aus dieser Leitung, aber ich kann es nicht stoppen."

Er kniete sich hin und erkannte das Problem sofort. Eine Muffe hatte sich vom Zulauf gelöst, und Wasser spritzte aus der kaputten Verbindung. „Gibt es einen Grund, warum du das Wasser nicht einfach abdrehst?"

„Mann, warum habe ich daran nicht gedacht?" Sie hielt den

Drehknopf des Absperrhahns hoch. „Der ist mir gerade in die Hand gefallen."

„Oh", sagte er mit einem leisen Lachen und schob sie beiseite. Magie strömte in seine Handflächen, als er nach der leckenden Leitung griff. „Ich übernehme das."

„Was glaubst du denn, was du tun kannst?", fragte sie, während sie aufstand. „Nichts hilft hier, bis …"

„Da." Drew stand auf und griff nach einem Geschirrtuch auf dem Tresen. Das Wasser war aufgehalten, aber die Leitung musste man trotzdem noch reparieren. „Wenn du einen Schraubenschlüssel hast, kann ich das in ein paar Minuten erledigen."

„Wie hast du …" Sie schüttelte den Kopf, während die Erkenntnis in ihrem Blick aufleuchtete. „Wasserhexe. Stimmt. Aber … warum fließt es *immer noch* nicht weiter? Genau in diesem Augenblick scheinst du keine Magie zu wirken."

Drew grinste sie an. „Ich habe eine richtig gute Ausdauer."

„So ist das also?", fragte sie lachend. „Wir sind heute aber großspurig."

„Souverän", sagte er zwinkernd. „Schraubenschlüssel?"

Ihre Lippen krümmten sich zu einem schwachen, erheiterten Lächeln. „Klar, Herr Heimwerker. Kommt gleich."

Er konnte den Blick nicht von ihr abwenden, während sie durch die Küche zu einem kleinen Werkzeugschrank ging. Ihre nasse Jeans klebte ihr am Hintern, und ihr Shirt war so durchsichtig, dass er den Umriss ihres Spitzen-BHs sehen konnte. Er kam nicht umhin, sich vorzustellen, wie es sein würde, sie aus ihren Kleidern zu schälen und mit den Händen über ihre Haut zu streichen, während er sie abtrocknete.

„Drew?", fragte sie, während sie vor dem Schrank stand, eine kleine Werkzeugkiste in den Händen.

„Hm?" Er blinzelte, und schon zum zweiten Mal an diesem

Morgen kroch Hitze seinen Hals empor. Heiliger Hexenbastard, was war nur los mit ihm? Wenn er entschlossen war, es bei einer Freundschaft zu belassen, war es nicht hilfreich, Tagträume von ihrem nackten Körper zu haben.

„Brauchst du das hier?" Sie hielt einen Rollgabelschlüssel hoch.

Er schnaubte und nickte. „Das sollte gehen."

„Gut, denn was anderes habe ich nicht." Noel kam durch den Raum und reichte ihm das Werkzeug. Ihre Finger streifen seine, und ein tatsächlicher elektrischer Funke knisterte zwischen ihnen.

Keiner von ihnen unterbrach die Verbindung.

Drew starrte auf ihre Hände hinab und beobachtete die Magie, die über ihren Fingern schimmerte.

Noel stieß ein verhaltenes, nervöses Lachen aus. „Na, das kam unerwartet."

„Glaubst du?", fragte er und blickte zu ihr empor.

Das Lächeln schwand aus ihrem Gesicht, während sie seine Augen musterte. „Ja … und nein."

Er wusste, dass er die Hand zurückziehen und ihre Verbindung trennen sollte. Aber er konnte es einfach nicht. Ihre leichte Luftmagie war warm und einladend. Sie sorgte dafür, dass er sich vorstellte, wie er mit ihr auf dem Schoß am Strand saß, während sie die Sonne über dem Pazifik untergehen sahen.

Noel zog die Hand zurück und unterbrach die magische Verbindung. Ihm wurde innerlich kalt, und im selben Moment vernahm er hinter sich das Geräusch fließenden Wassers.

„Mist!" Noel verzog das Gesicht. „Ich drehe die Hauptleitung ab."

„Ich hab's." Drew fluchte. Er hatte mit der Behauptung geprahlt, seine Ausdauer wäre richtig gut. Seine Magie hatte als Damm fungiert und verhinderte, dass Wasser aus der undichten Leitung spritzte. Es war nicht geplant gewesen, sie ewig aufrechtzuerhalten. Dass er seine Aufmerksamkeit auf Noel verlagert hatte, hatte das Unvermeidliche nur beschleunigt. Er duckte sich wieder unter die Spüle und legte eine Hand auf die leckende Leitung. Der Wasserfluss hatte sofort ein Ende. Mit der anderen Hand schnappte er sich die lockere Schraube, die auf den Boden des Unterschranks gefallen war, und sagte: „Ich brauche den Drehknopf für den Absperrhahn."

Noel legte ihn in seine Hand, und im Nu hatte Drew die Schrauben, das Ventil und die Wasserleitung wieder verbunden. Er kam hoch, drehte den Hahn auf und wartete ab, ob es irgendwelche neuen Lecks gab. Es war eigentlich nur eine Vorsichtsmaßnahme, denn er spürte in den Knochen, dass das Wasser gebändigt war und richtig floss.

„Danke", sagte Noel hinter ihm.

„Gern geschehen." Er drehte das Wasser ab und lehnte sich an den Tresen, die Arme vor der Brust verschränkt. „Ich bin froh, dass ich helfen konnte."

Ihre Miene wurde weicher, während ihr Blick über ihn schweifte.

Diesem Blick wohnte eine Zärtlichkeit inne, die er so selten zu Gesicht bekam, dass ein leichtes Ziehen sein Herz erfasste.

„Du bist etwas nass geworden", sagte sie.

Sie hatte recht. Von den Knien abwärts war er ziemlich durchnässt. „Ist schon gut. Aber du ..." Er deutete auf sie. „Du solltest dich vielleicht umziehen, ehe die Gäste kommen."

Noel warf einen Blick an sich hinab und stieß ein schwaches Seufzen aus, während sie sich mit beiden Armen die Brust bedeckte. „Warum hast du mir nicht gesagt, dass ich sittenwidrig gekleidet bin?"

„Sittenwidrig?" Er kicherte. „Das nicht gerade."

„Nah dran." Sie lief aus der Küche, und sobald sie das andere Zimmer betrat, stieß sie einen weiteren Schrei aus. „Buffy!"

Drew folgte ihr und konnte ein lautes Lachen nicht unterdrücken, als er Noel auf den Knien sah, den Hintern hoch in der Luft, während sie unter dem Sofa herumstocherte. Buffy flitzte mit einer Socke im Maul hervor und lief direkt in Daisys Zimmer.

„Verdammt!" Noel kam wieder auf die Knie und betrachtete all die Klamotten, die auf dem Fußboden verstreut lagen. „So viel zu der Vorstellung, ich hätte die Wäsche erledigt." Sie hielt ein milchverschmiertes Sommerkleid hoch. „Buffy hatte ein Abenteuer, während ich mit der Küchenflut beschäftigt war."

Drew ging ruhig zu Noel hinüber, nahm ihr das Kleid ab und bot ihr eine Hand zum Aufstehen. Sie blies sich eine blonde Locke aus dem Gesicht und ließ sich von ihm hochziehen. Er drückte ihr die Hand und sagte: „Du ziehst dich jetzt um. Ich fange mit dem Aufräumen an."

„Das kann ich doch nicht dich tun lassen, Drew", sagte sie und griff nach einem T-Shirt in Daisy-Größe.

Auch das nahm er ihr ab. „Natürlich kannst du. Ich habe es dir angeboten. Außerdem bist du sittenwidrig gekleidet, weißt du noch?"

„Mist." Sie schloss die Augen, während sie erneut die Arme vor die Brust nahm. „Okay, aber nur, weil du drauf bestanden hast."

Er stieß ein schnaubendes Lachen aus. „Um eins klarzustellen, du siehst teuflisch sexy aus, wenn du durchnässt bist, als kämst du gerade von einem Starauftritt bei einem Wet-T-Shirt-Contest. Also bestehe ich auf gar nichts, aber ich stelle mir vor, dass du dich sehr viel wohler fühlst, wenn du wieder trockene Kleider trägst."

Noel starrte ihn ein paar Sekunden lang an, dann schüttelte sie den Kopf und murmelte etwas über widersprüchliche Signale.

Er tat, als hätte er sie nicht gehört, und hob weiter die Kleidungsstücke auf, die Buffy ins Wohnzimmer gezerrt hatte. Sobald er sie auf die Maschine im Waschraum neben der Küche gelegt hatte, schnappte er sich Putzutensilien und begann damit, die Glasscherben und die verschüttete Milch zu entfernen.

Bis Noel mit Buffy im Arm zurückkehrte, wischte Drew schon das letzte Wasser in der Küche auf.

„Drew." Sie legte den Kopf schief und musterte ihn. Erstaunt strahlte sie mit großen Augen. „Das hättest du nicht alles tun müssen."

Er stellte den Mopp in den Eimer und wandte sich ihr zu, überwältigt von ihrer Schönheit. Es kam selten vor, dass sie sich so aus der Reserve locken ließ. Drew wusste, dass er für diesen Ausdruck auf ihrem Gesicht verantwortlich war, und er wollte nie mehr damit aufhören. „Ich weiß. Ich wollte es tun."

„Na … danke. Wer weiß, was passiert wäre, wenn du nicht aufgekreuzt wärst." Sie warf einen Blick hinunter auf Buffy. „Diese Dame hier hätte vermutlich Daisys ganze Klamotten vernichtet, während ich die komplette Küche geflutet hätte."

Drew wusch sich die Hände und sagte: „Du hättest das hingekriegt. Das tust du doch immer."

„Vielleicht. Aber es schadet auf keinen Fall, manchmal Hilfe zu bekommen."

Er machte eine Geste, als würde er sich an den Hut tippen. „Ich bin gern zu Diensten, Ma'am."

Die Glocke klingelte, was bedeutete, dass ein Gast

gekommen war. „Huch." Noel reichte Drew den Welpen und sagte: „Ich bin gleich zurück. Geh nicht weg."

Drew sah ihr nach und warf dann einen Blick auf Buffy hinab. „Du bist ein Glückspilz von einem Hündchen, weißt du das? Wenn du das bei mir angerichtet hättest, würdest du definitiv in der Hundebox sitzen."

Der Welpe wedelte mit dem Schwanz.

Drew kicherte und setzte sich auf den Boden, um mit ihm zu spielen. Er fand einen kleinen Ball, der unter den Küchentisch gekullert war, und brachte Buffy das Apportieren bei.

„Frohen Hochzeitstag. Genießt euren Aufenthalt", rief Noel den beiden jungen Frauen hinterher, die zu ihrem Zimmer unterwegs waren. Sie hatten letztes Jahr in Keating Hollow geheiratet und waren zurück, um ihren ersten Hochzeitstag zu feiern.

Sie strahlten beide, während sie das Lächeln erwiderten. Noel legte sich eine Hand aufs Herz und nahm ihre Freude in sich auf. *So süß*, dachte sie und fragte sich dann, ob sie je wieder ein solches Glück erfahren würde.

Nicht, wenn du es nicht einmal versuchst, mahnte sie eine Stimme in ihrem Kopf.

Sie stieß ein frustriertes Seufzen aus. Das Problem damit, zuzulassen, dass sie wieder liebte, war der unvermeidliche Schmerz, wenn alles schief ging. Und ihre Erfahrung sagte ihr, dass es immer schief ging. Es hatte eine Zeit in ihren jüngeren Jahren gegeben, da hatte sie geglaubt, das Leben könne anders sein. Aber dann war Abby nicht nur aus Keating Hollow geflohen, sondern auch aus den Beziehungen, die ihr am wichtigsten waren, sodass Noel nichts geblieben war, als die

Bruchstücke neu zusammenzusetzen. Und dann hatte Noels Ehe letztlich genauso geendet wie die ihres Vaters. Obwohl sie so glücklich gewirkt hatten, waren sowohl ihre Mutter als auch ihr Ehemann aus der Stadt verschwunden und hatten niemals zurückgeblickt.

Ihrer Erfahrung nach verschwanden immer alle. Das konnte sie nicht erneut riskieren.

Ihr Blick landete auf den Mrs.-Claus-Hexenkeksen und den beiden Kaffeebechern von *Ein Löffelchen Magie*. Drew. Verdammt sollte er sein. Warum musste er so ein guter Kerl sein? Ganz gleich, was sie sich sagte oder wie sehr sie versuchte, keine Gefühle für ihn zu hegen, er legte los und richtete ihre Leitung, räumte ihren Saustall auf und brachte ihr Kekse und Miss Maples teuflischen Mokka Latte.

Dieser Mann war genau die richtige Art von schlimm.

Sie nahm die Kaffeebecher und machte sich auf den Weg zurück in ihre Wohnung. Gleich hinter der Tür hielt sie an, stellte die Getränke auf den Beistelltisch und beobachtete, wie Drew Buffy hinterm Ohr kraulte und sie lobte, was sie doch für ein schlaues Mädchen war. Ein Lächeln spielte um ihre Lippen. Verflixt und zugenäht, der Mann war süß. Und auch sexy.

Er warf einen kleinen Ball für Buffy durch das Wohnzimmer und feuerte sie an, während sie ihm nachsetzte. Sie brachte ihn sofort zurück und ließ ihn in seine Hand fallen, dann setzte sie sich geduldig hin und wartete auf den nächsten Wurf.

„Ich kann nicht glauben, dass du dem Hund beigebracht hast, im Inneren des Hauses zu apportieren", sagte Noel.

Drew warf den Ball erneut. „Sie wiegt grade mal fünf Pfund. Was soll sie denn kaputtmachen?"

„Du hast den Kleiderunfall gesehen, oder? Daisy hat ein Paar Socken, ein Sommerkleid und ein T-Shirt weniger.“

„Kollateralschäden.“ Er stand vom Boden auf und kam zu ihr. „Zumindest macht die Spielzeit sie müde. Ich wette, sie fällt heute Nachmittag um und schläft ein.“

„Perfekt“, sagte Noel mit einer gespielten Grimasse. „Dann wird sie bestens ausgeruht sein und übers ganze Bett toben, weil sie um Mitternacht spielen will.“

Er hob eine Augenbraue. „Der Hund schläft in deinem Bett? Ich dachte, er hätte eine Box.“

„Hat er, aber die hat etwa zehn Sekunden gehalten, bevor ich nachgegeben habe.“

Er warf einen Blick hinunter auf Buffy. „Hund im Glück.“

Noel lachte. „Nun ja. Sie hat bisher ein sonniges Leben geführt.“

„Wie ich sagte, Hund im Glück.“ Sein Blick streifte Noel und fiel dann auf die Mokka-Becher, und er griff nach ihnen. „Ich sehe, du hast die Mokkas gefunden.“

Noel nahm sie ihm aus der Hand und begab sich Richtung Küche. „Schade nur, dass sie kalt geworden sind, während du für mich aufgeräumt hast.“ Sie marschierte in die Küche und steckte sie in die Mikrowelle.

Drew folgte ihr, weil er ihr jetzt, da sie zurück war, nicht von der Seite weichen wollte.

Sie drehte sich um und starrte ihn an, ihre Miene forschend.

Er kam einen Schritt näher und strich ihr eine Haarsträhne hinters Ohr. „Was ist denn, Noel?“

Sie holte ruckartig Luft und sah ihm in die Augen. „Du kannst nicht ständig so nett zu mir sein, Drew. Ich gewöhne mich noch dran. Du solltest mir keine Kekse und Mokkas bringen. Besonders nicht aus *Ein Löffelchen Magie*. Sicher spuckt Shannon gerade Gift und Galle."

„Mit Shannon läuft nichts", sagte er mit einem Seufzen. „Falls du es nicht mitbekommen hast, Shannon ist nicht meine Freundin. Und wird es nie sein."

„Ich weiß, aber ..."

„Es gibt kein Aber, Noel", sagte Drew, der ihre Wangen in beide Hände nahm. „Ich bin mit ihr ausgegangen. Es war ein furchtbarer Abend. Ich habe mich so unbehaglich gefühlt, dass ich schon auf die Uhr geschielt habe, bevor unsere Drinks kamen. Verstehst du?"

„Ja", flüsterte sie, und ihr Blick richtete sich auf seinen Mund.

Ihr frischer Zitrusduft hüllte ihn ein, und all seine Gründe, nur befreundet zu bleiben, verflüchtigten sich. Sein Herz hämmerte gegen seine Rippen, als er sich zu ihr vorbeugte, und er wollte sie mehr, als er je sonst jemanden gewollt hatte. Die restliche Welt verblasste, und es ging einzig und allein darum, sie zu küssen.

„Drew", sagte sie atemlos. „Was machst du da?"

„Das." Er trat dicht an sie heran und streifte sanft ihre Lippen mit seinen.

Ihre Augen schlossen sich flatternd, und sie lehnte sich an ihn, die Arme um seine Taille gelegt.

Der Kuss war sanft und perfekt, aber Drew brauchte mehr, er brauchte sie. Er vergrub eine Hand in ihren dicken, goldenen Locken und vertiefte den Kuss, schmeckte sie zum zweiten Mal in seinem Leben. Und dieses Mal war so viel besser.

Heiliger Bimbam, so viel besser! Jeder Nerv seines Körpers erwachte funkensprühend zum Leben, und er fühlte sich wie ein Ertrinkender, der endlich wieder atmen konnte. Er bog sie nach hinten, eine Hand stützte sie, während er sie an sich drückte. Der Kuss schien ewig zu dauern, und zugleich war er viel zu schnell vorbei.

Ihre Lippen trennten sich, und sie beide atmeten schwer. Als ihre Haare über ihren Rücken hinabfielen, dachte Drew, dass er Noel noch nie schöner gesehen hatte.

„Drew?", fragte sie und drückte ihm leicht die Handfläche auf die Brust.

„Ja." Er sah sie weiter erstaunt an, wollte bereits mehr von ihr.

„Du musst mich loslassen. Heute ist nur ein halber Tag Schule, und ich muss bald Daisy abholen."

„Oh, klar." Drew richtete sie auf und sorgte dafür, dass sie sicher stand, ehe er sie losließ. Ihre Hände ruhten noch auf seinen Schultern, was Drew noch einmal dazu verleitete, sie an sich zu ziehen. Ihre weichen Kurven schmiegten sich perfekt an ihn an, und er fragte sich, was er all sich die Jahre nur gedacht hatte. „Küss mich nochmal, Noel."

Ihre Finger bohrten sich in seine Haut, als sie sich auf die Zehenspitzen stellte und tat, worum er gebeten hatte. Ein genussvolles Beben pulsierte aus seinem tiefsten Inneren heraus, sodass er sie aufheben und sie die paar Meter bis in ihr Schlafzimmer tragen wollte. Ehe er über diesen letzten Gedanken nachdenken konnte, brach Noel den Kuss ab und drückte sanft eine Hand auf Drews Brust. „Ich muss jetzt wirklich Daisy abholen gehen."

„Stimmt." Er ging zurück, gab ihr den Raum, den sie brauchte, und fuhr sich mit der Hand durch sein dichtes Haar. Heiliger Hexenb… was hatte er da gerade getan? Er warf einen Blick auf den glücklichen Ausdruck auf ihrem Gesicht, und verabscheute sich selbst beinahe sofort. Wie lange würde es dauern, ehe er sich davon überzeugte, dass es keine gute Idee war, eine Beziehung mit ihr anzustreben?

Sie lächelte zu ihm auf und beugte sich vor, um ihn auf die Wange zu küssen. „Danke, Drew. Ich weiß nicht, was ich heute ohne dich getan hätte."

Ihre süße Stimme beruhigte seine Zweifel. Es spielte keine Rolle, was seine innere Stimme ihm sagen wollte. Er wusste, dass er dem, was da zwischen ihnen vorging, auf keinen Fall den Rücken würde kehren können. Nicht jetzt. Nicht, nachdem er sie weich und anschmiegsam in seinen Armen gespürt hatte. „Du brauchst mir nicht zu danken." Er griff an ihr vorbei, öffnete die Mikrowelle und reichte ihr einen der Mokkas. „Hier. Den willst du doch sicher nicht verpassen."

Ihre Augen glitzerten, als sie einen Schluck nahm. Ein leises, genussvolles Stöhnen entwich ihren Lippen, während sie die Augen schloss. „Der ist wunderbar."

Das bist du auch, dachte er. „Los. Ich bringe Buffy in ihre Box, bevor ich zurück zur Arbeit gehe."

„Buffy ... o nein. Wo ist sie jetzt?" Noel rannte aus der Küche, den Mokka in der Hand. Als Drew ins Wohnzimmer kam, lag der Hund mitten auf dem Boden und kaute auf seinem Ball. Noel wandte sich Drew zu. „Das warst du. Vorhin wollte sie nichts von ihren Spielsachen wissen." Sie schüttelte ungläubig den Kopf. „Ich bin dir was schuldig. Wirklich."

„Nein, du ..."

„Doch, bin ich", sagte sie und schnitt ihm das Wort ab. „Lass mich dich zum Essen ausführen. Morgen Abend um sieben. Daisy und Buffy haben einen Übernachtungsbesuch bei Olive und ihrem kleinen Golden Retriever Endora. Wir können ins Woodlines gehen. Ich habe gehört, sie haben dort einen tollen neuen Koch."

Drew wollte nicht, dass Noel ihn auf ihrem ersten Date

ausführte. Er wollte sie dabei verwöhnen, nicht andersherum. Aber er würde garantiert nicht ablehnen. „Morgen Abend passt perfekt."

„Gut." Sie schenkte ihm ein mehr als strahlendes Lächeln, dann eilte sie aus der Wohnung.

Drew warf einen Blick hinab zu Buffy. Sie nagte fröhlich an ihrem Ball, so zufrieden, wie man nur sein konnte. „Buffy", sagte er.

Der Hund ließ den Ball sofort liegen und schenkte Drew seine ganze Aufmerksamkeit.

„Bereit zum Rausgehen?"

Sie sprang auf und folgte ihm in Noels kleinen Garten. Dort verrichtete sie sofort ihr Geschäft und folgte ihm wieder rein. „Jetzt müssen wir deine Box finden."

Der Hund senkte den Schwanz und bedachte ihn mit dem traurigsten Hundeblick, den er je gesehen hatte.

„Der Trick zieht bei mir nicht, Kleine", sagte er und hob sie auf. „Du kannst nicht unbeaufsichtigt draußen bleiben. Dein Ruf eilt dir voraus."

Die Box schien nicht in Daisys Zimmer zu stehen, also ging er in das von Noel. In dem Augenblick, als er über ihre Schwelle trat, umfing ihn ihr leichter Zitrusduft. Ihre Möbel waren aus dunklem Antikholz mit nur ein paar wenigen, aber stilvollen Schnörkeln am Kopfteil ihres Bettes. Ansonsten gab es nur klare Linien. Es passte perfekt zu ihr. Harte Umrisse mit einem weichen Unterton.

Er ging hinüber zur Box am Fußende des Bettes und sah nach, ob sie sauberes Wasser hatte, dann setzte er Buffy dort ab. Sie starrte mit demselben armseligen Hundeblick zu ihm hoch wie vorhin. „Schau mich nicht so an. Ich bin nicht derjenige, der Löcher in Daisys Kleider genagt hat."

Beim Klang seiner Stimme wandte sie den Kopf ab, als

wäre sie genervt, aber dann drehte sie sich dreimal im Kreis und rollte sich zusammen.

„Fein, Buffy", sagte er rasch und schloss die Tür der Hundebox.

Je länger Drew in ihrem Zimmer stand, desto intensiver wurde Noels Zitrusgeruch. Er wollte sich einfach nur in den Sessel in der Ecke setzen und darauf warten, dass sie heimkam, damit er sie wieder küssen konnte.

Das hätte er vielleicht auch getan, wenn sein Telefon nicht geklingelt hätte. „Drew Baker", sagte er, nachdem er abgenommen hatte.

„Hilfssheriff Baker", sagte Clarissa. Ihre Stimme bebte etwas. „Ich glaube, Sie müssen hierher zurückkommen."

„Zurück ins Büro?" Entsetzen machte sich in seiner Brust breit und nistete sich in seinen Eingeweiden ein. „Was ist los?"

„Ich bin nicht sicher, aber der Humboldt-Bezirkssheriff möchte Sie sprechen."

„Ich bin unterwegs."

Drew spazierte in das kleine Außenbüro. Clarissa, die auf dem Rand ihres Sessels gesessen hatte, sprang mit einem kleinen Stapel Nachrichten für ihn auf.

Er reichte ihr die Schoko-Karamell-Torte, die er bei *Ein Löffelchen Magie* mitgenommen hatte, und sagte: „Heben Sie diese Nachrichten für später auf. Ich will den Sheriff nicht warten lassen."

Sie schob ihm doch noch ein Blatt hin. „Ich glaube, diese hier wollen Sie gleich sehen."

Ihr Beharren ließ ihn stutzen. Er nahm den Zettel und schaute darauf hinab.

Xavier Anderson ist der offizielle Hauptverdächtige im Fall des Unbekannten. Er wurde zweimal gesehen. Einmal beim Pacific Coast Bootsverleih und einmal beim Moon River Inn. Es heißt, der Sheriff will, dass Sie sich raushalten. Er ist nicht erfreut über den Hintergrundcheck, der mit Keating Hollow Außenbüro C markiert ist.

„Verstanden." Er reichte die Nachricht zurück an Clarissa,

dankbar, dass sie ihn vorgewarnt hatte. Der Sheriff war vermutlich genervt, dass er in einem Fall herumgestochert hatte, der ihm nicht zugeteilt war. Ehe er ins Büro ging, fügte er an: „Vielen Dank."

„Gern geschehen, Boss", sagte Clarissa, die bereits die Tortenschachtel aus der Tasche holte.

Er straffte die Schultern, stählte sich für den Anschiss und betrat sein Büro. „Sheriff Barnes. Was für eine Überraschung. Was treibt Sie in diesen kleinen Ort?"

Der grauhaarige, korpulente Mann saß auf Drews Sessel hinter dem Schreibtisch und notierte etwas auf einem Schreibblock.

„Setzen Sie sich, Baker", schnauzte er.

Drew tat wie geheißen und wartete darauf, dass sein Vorgesetzter abschloss, was immer er schrieb. Schließlich kritzelte der Sheriff etwas, das wie eine Unterschrift aussah, und stopfte sich den Stift wieder in die Tasche seiner Uniform. Als er aufschaute, sagte er: „Was haben Sie über Xavier Anderson herausgefunden?"

Drew schüttelte den Kopf. „Nichts."

„Spielen Sie keine Spielchen mit mir, Baker. Ich weiß, dass Sie bereits mit den Ermittlungen begonnen haben. Ich muss alles erfahren, was Sie wissen."

Drew war sicher, wenn er zugeben würde, dass er sich in einen Fall einmischte, der nicht seiner Zuständigkeit unterstand, könnte das berufliche Konsequenzen haben, aber da sein Boss bereits wusste, dass er schon herumgeschnüffelt hatte, blieb ihm keine richtige Wahl. „Ich habe vor drei Tagen vorläufige Nachforschungen über ihn angestellt. Es kam nichts dabei raus. Zumindest nichts aus den drei Jahren, seit er Keating Hollow verlassen hatte. Seither habe ich gerüchteweise gehört, dass er letzte Woche zweimal drüben in Eureka gesehen wurde. Niemand scheint zu wissen, wo er wohnt oder wo er als nächstes auftauchen wird."

Die Miene des Sheriffs blieb völlig ausdruckslos. „Und *warum* haben Sie Mr. Anderson nachgespürt? Hat seine Ex-Frau Sie darum gebeten?"

„Was?" Drew runzelte die Stirn. „Nein."

„Sie haben es einfach aus eigenem Antrieb getan? Warum?"

Drew rutschte unbehaglich herum und wusste, dass man ihm seine Nervosität ansah. „Ich wusste, dass die Abteilung knapp besetzt ist, also habe ich es übernommen, mal nachzusehen, ob es offensichtliche Hinweise oder Hinweisketten gibt, die beim Aufspüren von Mr. Anderson hilfreich sein könnten."

Der Sheriff nickte, als sei seine Antwort annehmbar. Dann räusperte sich. „Ich habe gehört, Sie hätten Ms. Townsend ins Leichenhaus begleitet. Besteht da eine Beziehung, von der ich wissen sollte?"

Heiliger Hexenb… Was sollte er dem Sheriff denn erzählen? Dass er gerade mit ihr geknutscht hatte? Dass er morgen Abend ein Date mit ihr hatte, von dem er hoffte, dass mehr draus werden würde als ein paar Drinks und ein echt gutes Steak? „Noel Townsend und ich sind schon seit langer Zeit befreundet", sagte er vorsichtig. „Als ich ihr die Nachricht überbrachte, dass ihr Ex-Mann tot sein könnte, war mir nicht wohl bei dem Gedanken, dass sie allein nach Eureka fährt."

„Also sind Sie befreundet." Der Sheriff ließ nichts raus, und Drew hatte keine Ahnung, wohin diese ganzen Fragen führen würden.

„Ja. Befreundet." Und das war die stocknüchterne Wahrheit. Zumindest derzeit.

„Gut. Sorgen Sie dafür, dass das so bleibt." Der Sheriff stand auf und reichte ihm ein Blatt Papier, das seinen offiziellen Briefkopf zeigte. Unten hatte er handschriftlich eine Anweisung vermerkt, die Drew autorisierte, die Suche nach Xavier Anderson zu übernehmen.

Drew ging die Anweisung zweimal durch, um sicher zu sein, dass er richtig las. Der Befehl stand in direktem Gegensatz zu der Information, die Clarissa ihm weitergeleitet hatte, kurz bevor er das Büro betreten hatte. Natürlich hatte sie nur Gerüchte gehört. Der Sheriff würde ihn doch sicher nicht auf den Fall ansetzen, wenn er genervt war, dass er bereits investigiert hatte, oder? Drew blinzelte und warf einen weiteren Blick auf den Sheriff. „Warum übergeben Sie mir das?"

Barnes zögerte einen Augenblick, ehe er fortfuhr. Dann räusperte er sich. „Ich brauche jemanden von außerhalb, der sich damit auseinandersetzt."

Warnglocken läuteten in Drews Kopf. „Sie meinen, das könnte ein Fall für die Dienstaufsicht sein?"

Barnes setzte sich wieder auf den Sessel und wirkte plötzlich müde. „Ehrlich gesagt, Baker, weiß ich es nicht. Aber es gab zu viele unbeantwortete Fragen, und Akten gingen verloren. Ich brauche einfach nur jemand anderen, der sich das jetzt mal ansieht. Und da wir nicht weitermachen können, bis wir diesen Kerl finden, sollten Sie gleich damit anfangen. Er ist im Augenblick die einzige Verbindung, die wir haben", sagte er. „Sie haben einen Bezug zur Ex-Frau des Gesuchten. Falls die beiden Kontakt haben, können Sie die Informationen abgreifen. Außerdem ist in Ihrem Büro nichts los. Sie haben einen weiteren Hilfssheriff, der sich um diese Stadt kümmern kann, während Sie ermitteln. Aber vor allem traue ich Ihnen zu, dass sie die Mühe aufwenden, um diese Ermittlung zu Ende zu bringen."

„Noel steht nicht in Kontakt mit ihrem Ex. Das kann ich garantieren", sagte Drew, irgendwo zwischen verstimmt und angepisst, dass sein Vorgesetzter den Verdacht hegte, Noel hätte noch irgendeine Verbindung zu dem Arschloch, das sie sitzengelassen hatte.

„Gut. Er könnte sich aber trotzdem melden. Wenn er das tut, werden Sie da sein." Der Sheriff marschierte zur Tür hinüber. „Halten Sie das Ganze gut unter Verschluss. Ohne zu wissen, ob intern was faul ist, wäre es mir lieber, meine Jungs bekämen keinen Wind davon, dass ich das Ihnen übergeben habe. Verstanden?"

„Verstanden", erwiderte Drew ein wenig verblüfft. Er war nur einer. Wenn es zwielichtige Cops gab, die an einer Verschleierung beteiligt waren, hatte er ganz schön was vor sich. Und Drew konnte dem Sheriff nicht zum Vorwurf machen, dass er Verdacht hegte. Wenn die Mitarbeiter des Sheriffs nicht besser waren als die Bezirksbeamten, mit denen er und Noel es im Leichenschauhaus zu tun gehabt hatten, gab es in diesem Umfeld ausreichend Gelegenheiten für Bestechung und Inkompetenz.

„Gut. Halten Sie mich über alle neuen Entwicklungen auf dem Laufenden. Die Fallakte liegt in Ihrer obersten Schublade." Ohne auf eine Antwort zu warten, marschierte der Sheriff hinaus und schloss die Tür hinter sich.

Drew setzte sich in seinen Sessel, vorübergehend geplättet. Der Bezirkssheriff hatte ihm noch nie einen Fall übergeben. Es stimmte, dass Keating Hollow ein ruhiges Städtchen war, in dem kaum je ein nennenswertes Verbrechen passierte, darum hatte er gewiss Zeit. Aber er war kein Kriminalpolizist. Etwas stimmte hier nicht. Er stand auf, begab sich zu seinem Schreibtisch und riss die oberste Schublade auf. Die nicht gekennzeichnete Akte war genau dort, wo Barnes es gesagt hatte.

Auf seinem Sessel zog Drew die dünne Akte aus der Schublade und schlug sie auf, um festzustellen, dass es nur ein Blatt war, auf dem stand:

BETREFF: Xavier Anderson – gesucht in einem Fall mit Mordverdacht.

Mission: Finden Sie Mr. Anderson und holen Sie ihn zur Befragung. Wo war er in den letzten drei Jahren; mit wem stand er in Kontakt; und was hat er gemacht?

Anmerkungen: Anderson ist verschwunden und derzeit nicht lokalisierbar; keine Datenspuren seit März 2015. Es gab mögliche Sichtungen in Eureka im Dezember 2018. Mögliche interne Einmischung in den Fall. Starker Verdacht, dass bei seinem Verschwinden Magie involviert ist.

DREW STARRTE auf die letzte Zeile. Sie vermuteten Magie. Kein Wunder, dass sie ihm den Fall zugeschustert hatten. Soweit er wusste, waren er und Putzner die einzigen beiden Hexen unter den Mitarbeitern in diesem Bezirk. Und Putzner hatte kein Interesse daran, mehr zu tun, als Falschparker anzuzeigen. Deshalb war auch Drew für das Außenbüro verantwortlich.

Also gut, dachte Drew, während er seinen Computer hochfuhr. Darum hatte er sich doch überhaupt erst eingeschaltet, um Noels Ex zu finden und ihr einen Abschluss zu ermöglichen. Nun hatte er einfach nur grünes Licht erhalten.

Warum hatte er dann so ein unbehagliches Gefühl dabei?

Er strich sich mit der Hand über den Kopf und wählte sich in die Fallnummer ein, die auf dem Blatt vermerkt war, das ihm der Sheriff dagelassen hatte. Sofort erschien Xavier Andersons Gesicht auf seinem Bildschirm. Die beiden Sichtungen, über die Clarissa ihn informiert hatte, waren aufgelistet. Dann gab es nichts bis zu seinem Verschwinden vor drei Jahren. Er scrollte weiter und runzelte die Stirn. Der erste Eintrag zu Xavier Andersons Existenz war einen Monat, ehe er Noel geheiratet hatte.

„Was?", platzte es laut in seinem leeren Büro aus ihm heraus. Das war unmöglich. Eine ordentliche Nachforschung, die von der Abteilung über einen Vermissten angestellt wurde, hätte einen Eintrag im Wahlregister, Verkehrsdelikte, polizeiliche Vorkommnisse, frühere Adressen und jegliche staatliche Identifikation enthalten, etwa einen Führerschein oder Pass oder Personalausweis. Auch die Namen von Familienmitgliedern, etwaige Militärdienste und sogar Schufa-Einträge wären dort aufgetaucht. Hier war nicht mehr aufgeführt als das, was er auch in einer grundlegenden Suche über öffentliche Aufzeichnungen erfahren hätte.

Xavier Anderson hatte nicht existiert, ehe er Noel geheiratet hatte, und er hatte aufgehört zu existieren, nachdem er verschwunden war. Etwas war faul im Staate Anderson. Xavier hatte einen aktuellen Führerschein und Kreditkarten. Sie hätten in diesem Bericht auftauchen müssen. Nutzte er Decknamen und gestohlene Kreditkartennummern? Wenn ja, warum hatte er dann Xavier Anderson erneut zum Einsatz gebracht, wenn er doch versuchte, unter dem Radar zu fliegen? Er würde sich die Kreditkarte und die Autokennzeichen aus der Asservatenkammer drüben im Revier holen müssen. Wie sollte er das anstellen, ohne sich zu verraten? Er hatte keine Ahnung.

Drew druckte die dürftigen Aufzeichnungen aus und fügte sie der Akte hinzu, die er bereits zu Xavier angelegt hatte.

Ein Klopfen ertönte an seiner Tür.

„Herein."

Clarissa steckte den Kopf herein. „Alles in Ordnung? Was war los?"

„Alles gut." Er lächelte ihr beruhigend zu. „Der Sheriff will nur, dass ich für ihn eine Ermittlung übernehme." Er hob seine Akte. „Können Sie Putzner anrufen und ihn wissen lassen, dass ich nicht in der Stadt sein werde? Er muss sich um alles kümmern, was reinkommt. Sagen Sie ihm, dass ich es ihn wissen lasse, wenn ich zurückkomme."

„Klar, Boss. Sonst noch was, das ich für Sie tun kann?", fragte sie und öffnete die Tür weiter, um einzutreten.

Er wollte ihr schon eine Absage erteilen, überlegte es sich dann aber anders. „Ja. Haben Sie zufällig irgendwelche Verbindungen zur Asservatenkammer in Eureka?"

„Klar. Ich habe eine Freundin, die dort arbeitet. Was brauchen Sie?" Sie klappte ein Notizbuch auf und drückte auf das Ende ihres Kugelschreibers.

„Die Kreditkartennummer und das Nummernschild von Xavier Townsend. Seine Börse wurde bei dem Unbekannten gefunden, trotzdem tauchen sie bei den Ermittlungen nicht auf."

Sie runzelte die Stirn. „Das ist ungewöhnlich. Glauben Sie, sie sind gefälscht?"

„Vielleicht. Aber ich kann mir nicht sicher sein, bis ich sie überprüft habe", sagte Drew.

Sie machte sich eine Notiz, dann schaute sie zu ihm auf. „Gibt es einen Grund, warum Sie wollen, dass ich meine Freundin darum bitte? Klingt, als wäre es bereits in seiner Akte."

„Das ist genau der Grund, warum ich Ihre Hilfe brauche. Es ist nicht drin. Und nur unter uns, irgendwas stinkt hier bis zum Himmel. Ich wollte das unter Verschluss halten, bis ich mehr rausgefunden habe.“

„Alles klar, Boss. Noch was?“

„Nicht im Augenblick.“ Er angelte seine Schlüssel aus der Tasche. „Rufen Sie nur Putzner an. Das sollte genug Tortur für einen Tag sein.“

Sie stieß ein schnaubendes Lachen aus. „Machen Sie sich um mich keine Sorgen. Ich weiß genau, wie ich mit ihm umspringen muss.“

Darauf hätte er gewettet. Clarissa war zuckersüß, wenn Leute nett zu ihr waren und respektvoll mit ihr umgingen. Aber sobald sie sich gegen sie wandten, fuhr sie ihnen mit nur wenigen Worten schnell und heftig über den Mund. Im Grunde war das faszinierend.

Drew folgte ihr hinaus ins Vorzimmer. Bis er zur Eingangstür gekommen war, war sie bereits am Telefon, um Putzner zu unterrichten.

„Hör mal, Pauly, spar dir die Attitüde“, sagte sie. „Es steht in deiner Stellenausschreibung, dass du auf Abruf bereitstehst, wenn es nötig ist. Also, falls du nicht kündigen willst – ach, nein? Also gut. Ich werde dich wissen lassen, falls irgendwelche Anrufe reinkommen.“

Sie machte ihn immer noch zur Schnecke, als Drew hinaus auf den gepflasterten Bürgersteig trat. Er warf einen Blick hinüber zur Pension, seine Lippen prickelten bei der Erinnerung an den Kuss mit Noel in der Küche. Seine Füße machten sich automatisch in diese Richtung auf. Erst als er vom Bürgersteig trat, erwischte er sich dabei. Nein, er konnte nicht einfach so bei ihr hereinplatzen. Daisy war zuhause, und er hatte eine Aufgabe. Er würde morgen mit ihr reden. Bei ihrem Date. Ihrem ersten Date.

Verdammt, nach der Begegnung, die sie hinter sich hatten, wusste er nicht, ob er siebenundzwanzig Stunden warten konnte, bis er sie wiedersah.

KAPITEL 12

Noel saß am Esstisch ihres Vaters und knabberte an ihrer Brombeer-Pie. Ihr Vater hatte angerufen und sie und Daisy eingeladen, nicht lange nachdem sie Daisy von der Schule abgeholt hatte. Ihr war nicht klar gewesen, dass ihre Zustimmung auch einen Überfall durch Abby mit sich brachte.

„Komm schon, Noel", bettelte ihre Schwester. „Du musst. Es ist ein Mädelsabend."

„Abby", sagte Noel mit einem Seufzen. „Ich muss früh aufstehen. Ich kann nicht deine Beifahrerin bei deinen irren Golfmobilrennen mit Wanda sein."

„Aber sie hat bereits Hanna rekrutiert. Wenn du nicht kommst, muss ich Faith kidnappen, und beim letzten Mal, als sie mit mir gefahren ist, hat sie ihr Mittagessen von sich gegeben." Abby drückte sich eine Hand auf den Bauch, offenbar war ihr noch immer übel von dieser Situation. „Ich glaube nicht, dass Kreiseln im Schlamm ihr Ding ist."

Noel konnte sich das Lachen, das über ihre Lippen kam,

nicht verkneifen. „Kreiseln? Bist du irre, Abs? Du bringst dich in dem Ding noch um."

Ihre Schwester zuckte nur mit den Schultern. „Mach nicht so ein Drama. Du hast keine Ahnung, wie viel Spaß es macht, da du es noch nie ausprobiert hast. Wie Wanda sagt, ist es der größte Spaß, den man angezogen haben kann. Ich verspreche dir, das wirst du nicht bereuen. Dad hat sich schon bereiterklärt, auf Daisy aufzupassen. Ihr beiden könnt heute einfach übernachtbleiben. Hat Alec heute Abend nicht Dienst in der Pension?"

„Ja", sagte sie und schüttelte verärgert den Kopf. Mit ihrer Schwester war kein Streit zu gewinnen. Tatsächlich war sie nicht mal sicher, dass sie das wollte. Oh, sie war nicht scharf darauf, durch die schneidend kalte Luft zu rasen, aber sie hatte Spaß an dieser Seite ihrer Schwester. Diese lebhafte, aufgeregte Version von Abby war die Abby aus ihrer Jugend. Diejenige, die sie gekannt hatte, bevor sie Charlotte verloren hatten. Noel konnte sie nicht abblitzen lassen, nur weil sie drinnen im Warmen bleiben und heiße Schokolade schlürfen wollte.

„Also bist du dabei?", fragte sie mit hochgezogenen Augenbrauen.

„Ich bin dabei. Aber wir werden erst mal nach Yvette sehen müssen", fügte Noel an. „Sie stand in letzter Zeit ein wenig … *neben sich*, und ich will sicherstellen, dass es ihr gut geht."

„Klar!" Abby schnellte aus ihrem Sessel hoch und schnappte sich ihr Telefon. „Lass mich Wanda nur eben sagen, dass wir mitmachen."

Noel beobachtete, wie Abby ein verrücktes kleines Tänzchen aufführte, und konnte nicht anders, als erheitert zu sein. Viel zu lange war Abby in einer Wolke aus Traurigkeit herumspaziert, und jetzt war sie eine Irre, die

Golfmobilrennen fuhr und vor Glück sprühte. Es war großartig.

„Mami!", rief Daisy, die von draußen hereinlief. Buffy rannte hinter ihr her und hinterließ eine Schlammspur.

„Daisy! Lass Buffy nicht Schlamm durchs ganze Haus tragen. Heb sie auf. Jetzt."

Daisy kam schlitternd zum Stehen und schaffte es gerade noch, Buffy hochzunehmen, ehe sie Schlamm über den ganzen Teppich verteilte. „Mami!", rief ihre Tochter erneut, ein Beben in der Stimme. „Schnell, es ist Opa."

Angst breitete sich wie Eis in Noels Adern aus. „Dad?", rief sie und bewegte sich schon zur Hintertür. Als sie keine Antwort hörte, wandte sie sich an Daisy. „Was ist los, Kleines? Wo ist Opa?"

„Hier entlang." Sie flitzte aus der Tür, Buffy immer noch in den Armen.

Noel rannte hinter Daisy her, die sie direkt zum Gartenschuppen ihres Vaters führte. Daisy hielt Buffy mit einer Hand und deutete in das Innere des Schuppens. „Er ist hingefallen."

„Dad?" Noel rannte hinein und fand ihren Vater auf dem Boden vor, wo er versuchte, sich hochzustemmen. „Beweg dich nicht, Dad. Du bist verletzt."

Er warf einen Blick hinüber zu Noel und verzog das Gesicht. „Es ist nur ein verstauchter Knöchel. Wenn du mir hochhelfen kannst, komme ich mit den alten Krücken schon rum."

Sie ließ ihren Blick über ihn wandern, um seinen Körper nach weiteren Verletzungen abzusuchen. Bis auf seinen Knöchel und die Tatsache, dass er zu blass und zu dünn war, sah er aus, als wäre er in Ordnung. Sanft legte sie ihm eine

Hand auf die Schulter. „Dad, hör auf. Bleib einfach genau hier, und ich bin gleich zurück."

„Ich brauche nur eine helfende Hand, Noel", sagte er durch zusammengebissene Zähne.

„Du brauchst ein Röntgenbild und Schmerzmittel." Noel wandte sich an Daisy. „Behalt deinen Großvater im Auge. Sorg dafür, dass er mit diesem Bein nicht aufsteht. Ich bin sofort zurück."

Noel wirbelte herum und knallte fast in Abby hinein.

„Was ist los?", fragte sie.

„Er ist gestürzt. Hat sich den Knöchel verstaucht. Ich hole dein Golfmobil, damit wir ihn hier rausbringen können."

Ohne zu zögern, zog Abby den Schlüssel aus ihrer Tasche und reichte ihn ihrer Schwester. „Los. Ich hole ihm was gegen die Schmerzen."

Noel nickte und lief über das Grundstück, Tränen drohten ihr die Sicht zu vernebeln. „Verdammt!" Sie wischte sich die Tränen wütend ab. Das war der falsche Zeitpunkt für einen Zusammenbruch. Außerdem war es nur ein Knöchel. Sie war sicher, sobald sie es untersuchen ließen, würde es ihm gut gehen.

Das einzige Problem war, dass sie das Bild nicht abschütteln konnte, wie er so schwach und hilflos ausgesehen hatte, dort auf dem Boden des Schuppens. Ihr Vater war ihr Held, ihr Fels, derjenige, den sie bewunderte und auf den sie sich am meisten stützte. Sie wollte nicht über seine Sterblichkeit nachdenken oder darüber, wie ihre Welt aussehen würde, falls sie ihn verloren. Noel wusste, dass sie ein Drama machte. Es war nur ein Knöchel … dieses Mal. Aber er machte immer noch die Chemotherapie. Eine Verletzung wie diese würde vermutlich nicht so schnell heilen, und die eingeschränkte Mobilität war ein Grund zur Sorge.

Sie sprang auf den Fahrersitz des Golfmobils und wischte sich die Tränen ab. Ihr Vater brauchte ihre Kraft, und sie würde ihm nicht zeigen, wie sehr sie das erschütterte. Noel drehte den Zündschlüssel, schaltete das Licht an und ließ den Wagen um die Seite des Hauses flitzen. Zum Glück war der Weg, der zum Schuppen führte, frei, und als sie neben dem Gebäude zum Halten kam, hatte Abby ihren Vater bereits aufgerichtet und half ihm, zur Tür zu humpeln. Er hatte einen Arm um Abbys Schulter gelegt, während sie den Großteil seines Gewichts trug. Zum Glück hatten sie es nicht weit.

„Ich kann einfach die Krücken nehmen", sagte Lin wieder und machte ein finsteres Gesicht, während er sich auf Abby stützte. „Ihr Mädchen braucht mich nicht wie einen Invaliden zu behandeln. Und ich muss nicht zu einem Heiler. Es ist nur verstaucht."

Trotz, oder gerade wegen der sturen Einwände ihres Vaters spürte Noel, wie eine Last von ihr genommen wurde. Wenn er so verstimmt über ihre Sorgen war, hieß das, dass er nicht allzu schlecht beieinander war.

„Wir behandeln dich nicht wie einen Invaliden, Dad. Wir behandeln dich wie jemanden, der im besten Fall einen verstauchten Knöchel und sich im schlimmsten etwas gebrochen hat. Also, ja, du musst zum Arzt. Du willst es doch nicht schlimmer machen, oder?", fragte Abby.

Ihr Vater versuchte, den verletzten Fuß zu belasten, und knurrte.

„Siehst du?", fragte Abby und verdrehte die Augen.

„Ich dachte, du hast gesagt, dieser Trank sollte gegen den Schmerz helfen", sagte er betont zu Abby. „Ich bin mir sicher, ich muss mich nur ein paar Tage lang ausruhen."

„Dad", warf Noel ein und schüttelte den Kopf. „Abbys

Tränke sind keine Wundermedizin. Und sie sind kein Ersatz für eine ärztliche Behandlung. Das weißt du doch."

Lin und Abby erreichten endlich das Golfmobil. Sie half ihm auf den Beifahrersitz, während Daisy, Abby und Buffy sich auf die Rückbank setzten.

„Weiter", befahl Abby.

Noel zögerte nicht. Sie trat aufs Gas, und trotz Lins Protest brachten sie ihn direkt in die Notfallklinik an der Hauptstraße.

KAPITEL 13

„W arte hier", sagte Noel, die auf den Parkplatz direkt vor der Klinik fuhr.

„Habe ich eine Wahl?", grummelte ihr Vater.

„Nein", sagten Abby und Noel gleichzeitig.

Abby grinste ihre Schwester an und nahm Daisys Hand. „Komm mit, Kleine. Setz dich nach vorn zu Opa und behalt ihn im Auge."

Daisy stieg auf den Fahrersitz, Buffy behielt sie auf dem Schoß. „Ist schon gut, Opa. Ich bin da."

Noel schaute zwischen ihrer Tochter und ihrem Vater hin und her und fühlte sich, als würde ihr Herz vor Gefühlen überquellen.

Abby drückte sich eine Hand an die Brust und stöhnte leise. „Himmel. Das ist ja das Niedlichste, was ich je gesehen habe."

„Definitiv das Niedlichste." Noel zog die Glastür auf und folgte Abby in das Innere der Klinik.

„Abby! Noel!", rief Gerry Whipple vom Anmeldetresen. Die ältere Hexe und ihr Mann waren beide seit über zwanzig Jahren die Stadttheiler. „Was führt euch so spät noch hierher?"

„Unser Dad ist gestürzt und hat sich am Knöchel verletzt", sagte Noel. „Er ist draußen im Golfmobil."

„O je." Sie drückte auf das Telefon und sagte über die Sprechanlage: „Martin, wir brauchen dich hier, bitte."

„Bin auf dem Weg", antwortete ihr Mann durchs Telefon.

„Er ist nur hinten und arbeitet ein paar Akten ab. Er kommt gleich." Gerry erhob sich aus ihrem Sessel, holte einen Rollstuhl aus dem Schrank und wartete an der Tür auf ihren Mann.

Der ältere Herr marschierte von hinten herein, gekleidet in einen weißen Laborkittel. Sein graumeliertes Haar war eher grau als meliert, und er lächelte den Townsend-Schwestern freundlich zu, als er sie sah: „Guten Abend, die Damen. Ihr habt uns gerade erwischt, ehe wir den Laden dichtmachen. Was ist denn das Problem?"

„Es ist unser Dad." Abby zeigte auf das Golfmobil vor dem Fenster.

„Verstauchter Knöchel", erklärte Gerry. „Ich brauche Hilfe, um ihn in den Rollstuhl zu packen, damit wir ihn untersuchen können."

Er nickte, und die beiden gingen nach draußen, um Lin in den Stuhl zu helfen. Als sie ihn hereinrollten, war Lin stiller und blasser als je zuvor. Noel schnappte nach Luft, Angst jagte ihr Rückgrat hinauf. Er sah nicht gut aus.

„Wartet einfach hier, Ladys. Wir untersuchen ihn und kommen dann zu euch", sagte Martin.

Noel warf einen Blick aus dem Fenster auf ihre Tochter, die immer noch im Wagen saß. „Ist es in Ordnung, einen Welpen ins Wartezimmer zu bringen? Daisy ist mit ihm da draußen, aber …"

Gerry legte sanft eine Hand auf Noels Unterarm. „Es ist in Ordnung, meine Liebe."

„Danke." Noel öffnete die Tür und winkte Daisy, dass sie hereinkommen sollte. Ihre Tochter rannte herein, ihre Zähne klapperten von der Kälte. Sie trug ein Fleece, aber die Temperatur war gefallen und hatte sie wohl bis aufs Mark durchgefroren. Ein Beben lief durch Noel, als das Adrenalin nachließ. Sie wedelte mit der Hand und stellte sich ein flackerndes Feuer mitten in der Klinik vor. Die Luft im Raum wurde sofort warm.

Daisy stieß ein erleichtertes Seufzen aus, kuschelte das Gesicht an Buffys warmen Körper und sagte: „Viel besser."

„Aber sicher." Abby setzte sich auf einen Sessel und schnappte sich eine Zeitschrift. „Diesen Trick solltest du bereithalten, wenn wir später ausgehen."

Noel runzelte die Stirn in Richtung ihrer Schwester. „Bist du irre? Wir können später nicht ausgehen. Dad ist verletzt, und ich habe Daisy."

„Dad wird es doch gutgehen", sagte Abby und blätterte eine Seite in ihrer Zeitschrift um. „Und ich bin mir sicher, Faith hat nichts dagegen, mit Daisy abzuhängen. Die beiden Welpen können einander besuchen."

„Jaaa!", rief Daisy. „Buffy vermisst ihre Schwester."

Noel verzog das Gesicht. Sie verabscheute es, wenn ihre Schwester Pläne kundtat, ohne Noel zuvor nach ihrer Meinung zu fragen. Sie machte damit nur Daisy zappelig, und dann musste Noel die Böse sein, wenn sie nein sagte. „Du weißt nicht mal, was Faith heute Abend vorhat. Du kannst nicht einfach …"

„Faith bringt Xena zur Welpenschule, und dann kommt sie raus zum Haus, um uns zu besuchen. Sie ist vermutlich schon da, bis wir Dad zurückbringen."

„Dann nimm doch Faith mit auf dein Golfmobilrennen", sagte Noel und verschränkte die Arme vor der Brust.

Abby sah ihre Schwester entsetzt an. „Hast du mich vorhin nicht gehört, als ich sagte, dass das Kreiseln nichts für Faith ist? O nein. Das mache ich nicht nochmal. Faith ist nur für gemütliche Fahrten am Fluss entlang zu haben. Keine Rennen.“

„Abby …“

„Gute Nachrichten, Ladys“, sagte Gerry, die zurück in den Empfangsbereich kam. „Euer Dad hat nur eine Verstauchung. Er ist ein wenig schwach, darum verschreiben wir ihm ein paar Energietränke …“

„Was für Energietränke?“, fragte Noel, während sie aufstand. „Abby hat ihm bereits einen ihrer Tränke verabreicht. Die meisten anderen, die wir versucht haben, haben bisher nicht funktioniert.“

„O je“, sagte Gerry und machte sich eine Notiz. „Vielleicht sollte Abby nach hinten kommen, damit wir durchgehen können, was funktioniert hat und was nicht.“

Abby schüttelte den Kopf. „Noel weiß das wohl besser als ich. Sie haben eine Menge Sachen ausprobiert, bevor ich nach Hause kam.“

„Bist du sicher?“, fragte Noel, überrascht, dass ihre Erdhexen-Schwester sie das allein übernehmen ließ. Abby wusste mehr über Tränke als Noel.

„Klar. Du weißt, was ich ihm jetzt gebe, und was er vorher probiert hat. Ich warte einfach hier mit meiner Lieblingsnichte.“ Abby drückte Daisy die Hand.

„Okay.“ Noel winkte ihrer Tochter und folgte Gerry nach hinten in den Behandlungsraum, wo Martin Whipple eine Aircast-Schiene an den Fuß ihres Vaters anpasste.

„Belaste ihn die nächsten Tagen nicht, wenn möglich. Die Schiene sollte das sicherstellen, aber wenn du bereit bist, wieder normale Schuhe anzuziehen, nimm eine elastische Bandage als Stütze.“

„In Ordnung", sagte ihr Vater. Er saß am Ende der Untersuchungsliege, und seine Wangen hatten wieder ein wenig Farbe.

Als Heiler Whipple fertig war, stand er auf und machte sich zur Tür auf, „Ich hole die Bandage und ein paar entzündungshemmende Medikamente für dich. Bin gleich wieder da."

„Noel", sagte Gerry. „Ich frage mich, ob ich dich einen Augenblick sprechen kann?"

„Äh, klar." Noel erhob sich und warf einen Blick auf ihren Vater. „Ich bin gleich fertig."

„Mir geht's gut, Noel. Los", sagte er und wedelte mit der Hand. „Schau nicht so besorgt. Ich bin in einer Klink, um der Göttin willen."

„In Ordnung, in Ordnung. Dann verklag mich halt, weil ich mir Sorgen mache, ja?", murmelte sie, während sie Gerry in ein weiteres Behandlungszimmer folgte.

„Setz dich", sagte Gerry.

Noel sah sich in dem sterilen Raum um. Man konnte nur auf der Untersuchungsliege sitzen. „Äh, Gerry, geht es um meinen Dad?"

Sie schüttelte den Kopf. „Nein, Liebes. Ich will einen Blick auf dich werfen. Deine Energie wirkt ziemlich ausgelaugt, und ich will sichergehen, dass alles läuft, wie es soll."

„Ich brauche keine …"

„Tu mir einfach den Gefallen, okay?"

„Klar." Noel stieg auf die Untersuchungsliege, während ihre Nerven mit ihr durchgingen. „Es muss wohl was Schlimmes sein, wenn du einfach so spüren kannst, dass was nicht stimmt."

Die Heilerin sah mit freundlichem Blick zu ihr auf und lächelte sie beruhigend an. „Nicht zwingend. Ich habe eine

Gabe im Lesen von Energiereserven, und deine ist bedrohlich niedrig. Hast du es übertrieben? Fühlst du dich ausgelaugt? Hast du vielleicht einen rauen Hals? Übernimmst du dich womöglich?"

Noel zuckte mit den Schultern. „Kein rauer Hals. Was den Rest angeht, ist es nicht mehr als sonst auch. Ich bin alleinerziehend, betreibe eine Pension und passe auf meinen Dad auf, während er den Krebs bekämpft. Ich schätze, man könnte sagen, dass mein Stress überdurchschnittlich ist."

Gerry nickte, während sie Noels Blutdruck maß. „Etwas hoch", sagte sie, als sie fertig war. Sie hörte Noels Herz ab, maß ihre Temperatur, prüfte ihre Lymphknoten und lehnte sich dann zurück. „Na, du scheinst auf jeden Fall bei guter Gesundheit zu sein, aber du wirkst etwas mitgenommen. Hast du genug Schlaf bekommen?"

„Nicht wirklich", sagte Noel. „Es war etwas stressig, und ich konnte nur schlecht schlafen. Außerdem müssen wir uns um den neuen Welpen kümmern."

Gerry nickte. „Dann könntest du definitiv etwas Ruhe gebrauchen. Also, ich möchte folgendes von dir: Ich empfehle dir ein Vitaminschub-Kombipräparat, und ich will auch, dass du in deinem Terminplan etwas Raum für Entspannung schaffst. Unternimm was Spaßiges, das dir hilft, Dampf abzulassen. Du kannst nicht die ganze Zeit nur besorgt sein. Diese Art Stress nagt an dir, bis er dich auslaugt. Okay? Vitaminschub, Ruhe und Stress ablassen, klar?"

„Ich schätze schon."

Gerry kritzelte den Namen des Vitaminpräparats auf einen Rezeptblock und reichte es Noel. „Ich möchte wetten, wenn du diese Vitamine nimmst, dir täglich eine halbe Stunde nur für dich gönnst und ausgehst und etwas Spaß hast, ist deine Energie im Nu wiederhergestellt."

Klar, dachte Noel. Der Gedanke, dass sie Zeit für sich persönlich ausklammern musste, ließ sie nur noch gestresster werden. Aber sie nahm das Rezept und nickte trotzdem. Gerry wollte nur helfen.

Gerry brachte sie zurück in das Untersuchungszimmer ihres Dads, wo sie und Lin darauf warteten, dass Martin Whipple zurückkehrte.

Ihr Dad wandte sich ihr zu. „Was war denn das?"

„Gerry will nur, dass ich anfange, ein paar Vitamine zu nehmen." Sie zeigte ihm das Rezept. „Sie sagt, meine Energiereserven wären am Ende. Ich arbeite vermutlich nur zu viel."

„Daran besteht kein Zweifel", sagte Lin. „Du hast dich schon immer übernommen, aber so kannst du nicht ewig weitermachen."

Das musste sie aber, oder nicht? Niemand sonst würde ihre Pension führen oder die Rechnungen begleichen. Aber sie sagte nichts zu ihrem Vater. Er wusste nur zu gut, welchen Druck man hatte, wenn man allein für eine Familie sorgte. Sie warf einen Blick auf die Schiene. „Haben sie geröntgt?"

Ihr Vater nickte. „Ich habe dir doch gesagt, dass es nur verstaucht ist."

„Hast du", erwiderte sie und setzte sich auf den Platz neben ihm. „Du weißt, dass wir uns nur Sorgen um dich gemacht haben, oder?"

Lin legte einen Arm um seine Tochter und zog sie an sich heran, um sie zu umarmen. „Ich weiß, Liebes."

„Es ist nur, dass man lieber auf Nummer sicher gehen sollte. Bei allem, was los ist, wollen wir dafür sorgen, dass du so gesund wie möglich bist."

Ihr Vater blieb einen Augenblick lang still. Dann wandte er sich ihr zu und schaute ihr in die Augen. Sein grauer Blick musterte ihren, während er fragte: „Alles in Ordnung bei dir, Noel?"

Sie blinzelte. „Natürlich. Warum fragst du?"

Er stieß ein leises Lachen aus. „Warum sollte ich nicht fragen? Die Heilerin hat dir gerade gesagt, dass deine Energie ausgelaugt ist, und du warst nicht einmal zur Untersuchung hier, was heißt, sie war besorgt genug, um dich einfach so zu untersuchen. Außerdem, so angespannt, wie du bist, wundere ich mich, dass du noch nicht hochgeschnellt bist wie eine Feder."

„Dad." Noel seufzte. „Spiel mir jetzt nicht den Schwarzen Peter zu. Ich habe mir nur Sorgen um deinen Knöchel gemacht. Was, wenn du ihn dir gebrochen hättest? Hättest du das einfach ausgesessen?"

„Davon habe ich nicht gesprochen." Er schob ihr die Haare aus den Augen. „Ich spreche über diese Schwere, die du mit dir herumträgst, wohin du auch gehst."

„Es ist einfach eine stressige Zeit", sagte sie und drehte den Kopf, um sich von ihm abzuwenden. Warum fühlte sie sich wieder wie eine Fünfzehnjährige? „Ich bin nicht diejenige, die sich gegen ärztliche Behandlungen sträubt."

Er lachte. „Da hast du mich erwischt."

Der Klang seiner Erheiterung war ansteckend, und sie schaute ihn wieder an und lächelte. „Also gibst du es zu?"

„Ich gebe gar nichts zu", sagte er mit einem Zwinkern. Aber dann wurde er nüchtern. „Hör mal, Noel, ich habe von deinem Besuch in Eureka gehört."

Sie versteifte sich. „Hat Abby dir das erzählt?"

Er musterte sie auf merkwürdige, forschende Weise. „Nein. Das war Clay. Ihm war nicht klar, dass ich nichts davon wusste."

Also war *es Abby,* dachte Noel. Sie hätte wissen sollen, dass ihre Schwester nichts für sich behalten konnte. Sie war immer noch die alte Abby, die ständig alles weitertratschte. Natürlich hatte Noel ihrer Schwester nicht direkt aufgetragen, nichts zu sagen. Und es war vollkommen klar, dass sie mit ihrem Verlobten darüber sprach.

„Warum hast du es uns nicht erzählt?", fragte ihr Dad mit besorgtem Unterton. „Es war sicher schwer für dich, als du dachtest, du müsstest Xavier identifizieren."

Tränen traten ihr in die Augen, und sie verabscheute sich dafür. Sie hatte sich geschworen, nie mehr seinetwegen zu weinen, und doch war sie nun hier und schluchzte vor ihrem Vater wie eine Närrin. „Ich habe nur … ich will nicht drüber reden."

Lin nickte. „Das ist verständlich. Aber weißt du, dass es hilft, darüber zu reden?"

Noel gab ein missbilligendes und ungläubiges Geräusch von sich. „Echt, Dad? Wie oft hast du über Mom geredet, nachdem sie weg war?"

„Mit euch Mädchen? Nur, wenn ihr von ihr gesprochen habt", sagte er. „Ich wollte nicht, dass ihr sie hasst, falls sie tatsächlich zurückkommen sollte. Aber mit meiner Therapeutin? Viel. Ich musste mich durch etliche Probleme arbeiten. Ich stelle mir vor, das musst du auch."

„Mir geht's gut", sagte Noel.

Lin lachte. „Wie der Vater, so die Tochter, stimmt's, Noel?"

„Was soll denn das heißen?"

„Wir sind beide stur wie Maultiere, das ist alles. Niemand würde einen von uns beiden als Schwächling bezeichnen." Er zwinkerte und stieß sie mit der Schulter an.

Sie wollte wütend sein, diese Unterhaltung abbrechen, aber vielleicht hatte er recht. Es war ja nicht so, als wüsste sie nicht, dass sie stur war. „Eine Beratung, was? Hat es geholfen?

Hast du je aufgehört, Mom übelzunehmen, dass sie gegangen ist?"

„Nicht wirklich." Er legte eine Hand über ihre und drückte ihr die Finger. „Aber ich habe gelernt, wie man wieder Vertrauen fasst."

Vertrauen. Da war es. Das übergroße Tabuthema, das über ihnen schwebte.

„Und wie man wieder liebt", sagte er leise.

Ein Schluchzen blieb ihr im Halse stecken.

„Hör zu, Kleine. Vielleicht hätten wir dieses Gespräch schon vor Monaten führen sollen. Aber du musst verstehen, dass die meisten Leute nicht sind wie deine Mutter und Xavier. Sie verlassen nicht aus freien Stücken die Familie, die sie lieben. Deine Mutter ..." Er schüttelte den Kopf. „Ich glaube nicht, dass sie je glücklich war. Um ehrlich zu sein, ich glaube, *sie* wusste nicht mal, was sie wollte. Vielleicht haben wir zu jung geheiratet. Oder vielleicht fühlte sie sich eingesperrt."

„Oder vielleicht war sie einfach eine egoistische Hexe", sagte Noel.

„Vielleicht", erwiderte Lin und nickte ihr traurig zu. „Aber es geht darum, dass wir es nicht wissen, und wahrscheinlich werden wir es *nie* erfahren. Würde das Wissen wirklich einen Unterschied machen, in Bezug auf das Ergebnis? Sie war nicht da. Wir haben überlebt, sind sogar aufgeblüht, und unser Leben war von Liebe erfüllt. Ich will nur, dass du alles hast, was du jemals wolltest, eine Familie, 2,5 Kinder und sogar einen Hund. Nichts Gutes ist je daraus entstanden, wenn man sich abkapselt."

„Um den Hund hast du dich ja bereits gekümmert", sagte sie und schaute ihn aus zusammengekniffenen Augen an.

Er kicherte. „Habe ich."

Sie waren einen Augenblick lang still. Dann sagte Noel:

„Wenn ich meine Barrieren aufrechterhalte, kriege ich vielleicht nicht alles, was ich will, aber ich werde auch nicht verletzt."

„Bist du dir da sicher?", fragte er.

Nein. Das Wort ploppte in ihre Gedanken, ohne dass sie auch nur darüber nachdachte. Sie wollte nicht allein sein, wollte nicht verlieren, was zwischen ihr und Drew begonnen hatte. Sie wusste nur nicht, ob sie damit fertig werden würde, wenn sie noch jemand, den sie liebte, verließ.

„Ohne Vertrauen sind wir nicht vollständig, meine liebe Kleine", sagte Lin, der ihr abermals die Finger drückte. „Ich will nur, dass du glücklich bist. Dass du dein Leben auf deine Art und ohne Angst lebst."

„Ich lebe mein Leben auf meine Art." Dessen war sie sich zumindest sicher.

„Ja, das tust du." Lin tätschelte ihr das Knie, als die Heiler zurückkehrten. „Denk nur über das nach, was ich gesagt habe. Überleg dir, ob etwas davon zutrifft."

„Klar, Dad." Natürlich trafen seine Worte zu. Ihr Dad hatte ihre Verteidigungsmechanismen schon immer durchschaut. Das Problem war nur, dass sie nicht wusste, ob sie bereit war, die Vergangenheit loszulassen.

KAPITEL 14

Drew fuhr auf den Parkplatz des Moon River Inn. Das heruntergekommene Motel lag südlich von Eureka und stand an den Ufern des Eel River. Drew stieg aus seinem SUV und musterte den nahezu leeren Parkplatz. Nicht gerade eine angesagte Location, oder? Das war sowohl gut als auch schlecht. Es würde wohl nicht schwer sein, sich an Xavier zu erinnern. Aber wenn niemand da war, der ihn gesehen hatte, wäre Drew ohne Zeugen aufgeschmissen.

Die Sonne stand bereits tief am Himmel, als Drew die Rezeption des Motels betrat. Schaler Rauch mit einer schwachen Schimmelnote hing in der Luft, und er fragte sich, wann zum letzten Mal jemand ein Fenster geöffnet oder daran gedacht hatte, ein wenig Raumspray zu versprühen.

„Brauchst du ein Zimmer, mein Hübscher?", fragte eine dreiste Rothaarige hinter dem Tresen. Sie trug eine tief ausgeschnittene Bluse, und ihr stattlicher Busen quoll daraus hervor, während sie sich vorbeugte. Drew stellte sich vor, dass es den meisten Männern schwerfiel, nicht auf eine solche Auslage zu starren, aber er versuchte, immer noch die

Beehive-Frisur und die falschen Wimpern zu verarbeiten, die so lang waren, dass sie aussahen, als hätte sie sich auf jeden Augapfel eine Spinne gesteckt. *Interessanter Look*, dachte er.

„Eigentlich suche ich jemanden", sagte Drew und zog Xaviers Foto heraus.

„Tun wir das nicht alle", erwiderte die Frau und spitzte die Lippen, als sie den Blick über Drews Körper schweifen ließ.

Drew spürte, wie ein Schauer über seinen Rücken lief, und er musste sich zwingen, nicht zurückzuweichen. Seine Reaktion überraschte ihn, und er schrieb sie einem sechsten Sinn zu, der ihn ermahnte, Vorsicht walten zu lassen. Die Frau war zwar überdreht, aber bisher hatte sie noch nichts allzu Empörendes angestellt. Er legte das ausgedruckte Foto von Xavier auf den Tresen und fragte: „Haben Sie diesen Mann gesehen?"

„Heute?", fragte sie, während sie nach einem Päckchen Zigaretten griff.

„Letzte Woche oder so."

Sie zog eine Zigarette aus der Packung und drehte sie zwischen zwei Fingern. „Wer will das wissen?"

„Hilfssheriff Baker, Ma'am." Er schob ihr über den Tresen eine Karte zu. „Ich versuche nur, mit ihm Kontakt aufzunehmen."

„Steckt er in Schwierigkeiten?" Sie schob sich die noch nicht angezündete Zigarette zwischen die Lippen und spielte mit einem Feuerzeug herum, jedoch ohne die Flamme anzufachen.

„Nicht, dass ich wüsste", sagte Drew. Kein Wunder, dass das Gebäude nach Rauch stank. Laut kalifornischem Gesetz war das Rauchen in Innenräumen nicht gestattet, aber Drew wollte wetten, dass die Frau sich eine anzündete, sobald er das Gebäude verließ.

Sie warf erneut einen Blick auf das ausgedruckte Foto und schien es zu mustern. Als sie aufschaute, zuckte sie nur mit den Schultern. „Ich erinnere mich nicht an jemanden, der so aussieht. Aber andererseits ist hier recht viel los."

Drew warf einen Blick durch das Büro und spähte dann nach draußen. Es standen außer seinem nur zwei weitere Autos auf dem Parkplatz. „Haben Sie hier viele Übernachtungsgäste?"

„Ja", sagte sie mit einem enthusiastischen Nicken, bei dem sich einige Locken aus ihrem Beehive lösten. „Ich schätze, bald drängt sich hier der spätabendliche Besucherschwall."

Das bezweifelte Drew. Das Motel lag nicht direkt am Highway. Es war unwahrscheinlich, dass viele spontane Übernachtungsgäste kamen, die die Küste rauf oder runter unterwegs waren. „Okay. Danke für Ihre Hilfe. Aber falls Sie ihn sehen, könnten Sie mich anrufen?"

Sie warf einen weiteren Blick auf die Karte. Dann schaute sie ihn ein letztes Mal von oben bis unten an, während sie sich die Unterlippe leckte. „Klar, Hilfssheriff Baker. Es wäre mir ein *Vergnügen.*"

Er nickte ihr knapp zu und marschierte aus dem Büro zurück zu seinem SUV. Er stieg ein, aber anstatt gleich den Motor zu starten, beäugte er die Frau im Büro. Es wurde Abend, und aufgrund der Bürobeleuchtung konnte er direkt hineinschauen und jede ihrer Bewegungen sehen.

Sie nahm seine Karte, schien sie zu mustern, dann riss sie sie entzwei und warf sie in einen Papierkorb. Einen Augenblick später zündete sie sich ihre Zigarette an. Er war nicht überrascht. Trotz ihres offensichtlichen körperlichen Interesses an ihm hatte sie keinerlei Interesse daran, ihm bei der Suche nach Xavier zu helfen. Er hatte das Gefühl, dass sie etwas verbarg oder jemanden schützte. Vielleicht Xavier?

Würde Noels Ex wirklich von einer Klassefrau wie Noel zu einer weiterziehen, die wie gemacht für den Auftritt in einer Vegas-Show wirkte?

Drew war nicht ganz sicher, was er von ihr halten sollte. Er wusste nur, dass es verlorene Liebesmüh war, von ihr Informationen erhalten zu wollen.

Er startete den Motor und fuhr hinaus auf den zweispurigen Highway, unterwegs zu dem Diner, an dem er auf dem Weg zum Motel vorbeigekommen war. Es gab im Umfeld nicht viele Läden, daher war es eine logische Annahme, dass Xavier, so er denn im Motel abgestiegen war, vielleicht Stammgästen in der Nähe unter die Augen gekommen war.

Der Schotter knirschte auf dem Parkplatz von *Pies, Pies, und noch mehr Pies* unter seinen Reifen. Ein Neonschild, auf dem „Brombeer" stand, leuchtete über dem Eingang. Ein paar Sekunden später wechselte es auf „Apfel". Sein Mund wurde wässrig, als er sich vorstellte, in eine Apfel-Pie frisch aus dem Ofen zu beißen.

Mit Xaviers Bild in der Tasche betrat er das einfache Etablissement und setzte sich an den Tresen. Das Diner sah aus, als wäre dort zum letzten Mal in den Achtzigern renoviert worden. Die Separées waren aus orangefarbenem Vinyl mit Laminattischen. Das Linoleum war so abgelatscht, dass richtige Löcher darin waren, durch die der Estrich zu sehen war. Aber die Kellnerin mit dem runden Gesicht, die hinter dem Tresen wartete, hatte ein ehrliches Lächeln, während sie ihm eine Speisekarte und eine Keramiktasse vorsetzte und fragte: „Kaffee?"

„Ja, bitte. Vielen Dank, Sally", sagte er, nachdem er ihr Namenschild gelesen hatte.

Ihre Augen leuchteten einladend, während sie ihm die Tasse auffüllte und fragte: „Milch und Zucker?"

„Schwarz passt." Er blätterte die Speisekarte um, sah die Apfel-Pie a la mode, nach der es ihn gelüstet hatte, und deutete darauf. „Geben Sie mir einfach ein Stück davon, und ich stehe auf ewig in Ihrer Schuld."

Sie kicherte. „Alles klar, Champ. Sonst noch was?"

„Das sollte erstmal reichen." Er reichte ihr die Speisekarte zurück und sagte: „Danke."

Während Sally hinter dem Tresen beschäftigt war, drehte sich Drew um und musterte den Laden. Es war überraschend viel los, obwohl es ein Ort war, der etwas ab vom Schuss lag. Eine Handvoll junge Familien verspeisten Burger und Fritten, zwei ältere Herren spielten in einem etwas abseits gelegenen Separée Karten, und ein halbes Dutzend Teenager tranken Limo und teilten sich eine Riesenplatte Nachos an einem rappelvollen Tisch hinten. Dann gab es die ganzen Einzelpersonen, die nur entspannten und Pie aßen. Er musste lachen. Er passte hervorragend dazu.

„Da, für Sie", sagte Sally und schob ihm seine Pie hin.

„Danke." Er nahm seine Gabel und probierte einen Bissen. Er schloss die Augen und stieß einen leisen, vergnügten Seufzer aus, als die Mischung aus kaltem Eis und warmer Pie auf seine Zunge traf. „Das ist lecker."

„Das sagen sie alle." Sie zwinkerte ihm zu und zog weiter, um ein paar Kaffeetassen aufzufüllen. Sally behandelte all ihre Gäste mit derselben Wärme, die sie auch ihm entgegengebracht hatte. Es war offensichtlich, dass sie Menschen mochte, und Drew war sicher, wenn sie Xavier getroffen hatte, würde sie sich an ihn erinnern.

Er ließ sich Zeit mit seiner Pie, und als Sally wiederkam,

um seine Tasse aufzufüllen, sagte er: „Kann ich Ihnen ein paar Fragen stellen?"

Sie stützte einen Ellbogen auf den Tisch, legte den Kopf schief und sagte: „Los."

Sie war überhaupt nicht misstrauisch. Gut. Er hatte Glück. „Ich bin dabei, jemanden aufzuspüren. Er war vor etwa einer Woche im Motel ein Stück weiter die Straße lang, und ich schätze, wenn er was essen wollte, hat er hier Halt gemacht."

Sally nickte. „Vermutlich. Jeder scheint früher oder später hier zu landen."

„Das bezweifle ich nicht. Diese Apfel-Pie war die beste, die ich in letzter Zeit gegessen habe." Er holte das eingescannte Foto aus der Tasche und schob es zu ihr hinüber. „Können Sie sich erinnern, ihn hier gesehen zu haben?"

Sie warf einen Blick auf das Foto und nickte. „Klar. Das ist Victor. Er war mit einem anderen Typen hier. Xavier, glaube ich."

„Victor?" Drew schrieb sich den Namen in sein Notizbuch. „Sind Sie sicher, dass er sich so genannt hat?"

Sie lachte. „Ich habe keine Ahnung, wie *er* sich genannt hat, aber so hat ihn sein Freund genannt." Ihre Augenbrauen zogen sich zusammen, während sie über das nachdachte, was er gesagt hatte. „Warum? Hat er eine falsche Identität benutzt? Oder gestohlene Kreditkarten?"

„Gestohlene Kreditkarten?" Drew zuckte mit den Schultern. „Das ist schon möglich, schätze ich, aber Kreditkartenbetrug ist nicht der Grund, warum ich ihn suche."

„Ich schwöre bei der Göttin, wenn wegen diesen beiden Arschlöchern was zurückgebucht wird, bekomme ich einen verdammten Anfall." In ihren Augen blitzte Zorn, während sie die Fäuste auf den Tresen niederschmettern ließ.

„Hey!", rief einer der alten Typen. „Mach mal leise, ja? Ich versuch mich hier, zu konzentrieren."

Sally achtete nicht auf ihn und starrte Drew direkt an, ihre lebhafte Persönlichkeit plötzlich hitzig. „Ich wusste, dass die beiden Typen Probleme hierher bringen. Welche genau, wusste ich allerdings nicht."

Drew hob beide Augenbrauen. „Können Sie genauer ausführen, warum Sie sie verdächtigt haben?"

Sie stieß ein schnaubendes Lachen aus. „Klar. Der eine Typ, nicht der da", sagte sie und deutete dabei auf das Bild vor ihr, „war ein kompletter Arsch. Er nannte mich immer Süße. Normalerweise würde mich das nicht nerven, aber wenn dazu noch ein unverhohlenes Starren und Grapschen kommen, lasse ich mir das nicht bieten."

Heiliger Hexenb… was zum Teufel hatte Xavier mit so einem Vollidioten verloren? Drew hatte den Mann gekannt, als er in Keating Hollow gewohnt hatte, und Xavier war nie etwas anderes gewesen als ein Gentleman, soweit Drew sich erinnerte. Warum gab er sich mit so einem Typen ab?

„Victor", sagte sie und deutete noch einmal auf das Foto, „hat dem Arschloch gesagt, er solle sich das sparen, aber sein Freund hat nur gelacht, als wäre es ein Riesenwitz. Zumindest hat Victor anständig Trinkgeld gegeben."

Drew räusperte sich. „Sprachen Sie irgendwann davon, warum sie in der Stadt waren?"

Sie runzelte die Stirn und rieb sich darüber, während sie nachdachte. „Etwas über einen Job mit einem Fischerboot, glaube ich. Sie waren unterwegs zu Yachtmen's Harbor."

„Perfekt." Drew machte sich noch eine Notiz. „Wann haben Sie sie zum letzten Mal gesehen?"

Sie zuckte mit den Schultern. „Vielleicht vor einer Woche."

Drew nickte. „Das hilft sehr. Noch etwas, das Ihnen zu den

beiden einfällt? Irgendwas, worüber sie gesprochen oder was sie getan haben?"

Sie hielt die Hände mit den Handflächen nach oben, als wolle sie sagen, dass sie keine Ahnung hatte. „Ich höre vielen Leuten zu. Ich glaube, dass ich mich an sie erinnere, liegt einzig und allein daran, dass dieser Xavier-Typ ein komplettes Arschloch war."

„Und Victor?", fragte er, in dem Wissen, dass sie, wenn sie Xavier erwähnte, von dem Unbekannten sprach. „Wie war er?"

„In Ordnung, schätze ich, bis auf die Gesellschaft, in der er sich befand."

Drew schloss sein Notizbuch und reichte ihr seine Visitenkarte. „Danke, Sally. Ich bin Hilfssheriff Baker, und wenn Sie diesen Kerl nochmal sehen, wüsste ich es sehr zu schätzen, wenn Sie mich so schnell wie möglich anrufen."

„Ist er in Schwierigkeiten?", fragte sie und biss sich auf die Unterlippe.

„Nein." Drew schüttelte den Kopf. „Wir müssen nur mit ihm reden." Er warf einen Zwanziger auf den Tresen, wohl wissend, dass das ungefähr das Vierfache der Rechnung war. „Danke für Ihre Zeit. Sie haben mir sehr geholfen."

KAPITEL 15

Noel stellte eine Tasse heiße Schokolade und ein Tablett mit Keksen auf den Beistelltisch und schüttelte ein Kissen auf, ehe sie es ihrem Vater unters Knie schob. „Hier sind dein Energietrank und die Ergänzungsmittel, die Heiler Whipple empfohlen hat. Faith ist mit dem Eintopf unterwegs, den sie heute gekocht hat, damit du die restliche Woche was zu essen hast. Wenn sie da ist, können wir ein Spiel spielen. Was hältst du von Monopoly?"

„Noel." Ihr Vater legte seine Hand über ihre. „Entspann dich. Mir geht's gut."

„Natürlich geht's dir gut", sagte sie und reichte ihm seine Tasse Schokolade. „Trink das, bevor es kalt wird."

Lincoln Townsend warf einen Blick auf die Tasse hinab, dann auf die Kekse mit den Smiley-Gesichtern, die Noel nach dem Abendessen verziert hatte, und schüttelte den Kopf. „Was bin ich? Fünf Jahre alt?"

„Dad, ich will nur …"

„Du weichst mir nicht von der Seite, Noel." Er stellte die Tasse wieder auf den Beistelltisch. „Ich muss darauf bestehen, dass du ein wenig von mir abrückst. Mach mit deiner Schwester eine Ausfahrt in dem bekloppten Golfmobil. Ihr beiden treibt mich in den Wahnsinn."

Noel stemmte sich die Hände in die Hüften und schüttelte den Kopf. „Ich gehe nirgendwohin. Wer ist denn hier, falls du etwas brauchst?"

„Daisy ist hier." Ihr Dad warf ihr einen vernichtenden Blick zu. „Jetzt geh, bevor ich Hilfssheriff Baker rufe, damit er dich hier rausbugsiert."

Abby kicherte.

Noel warf ihrer Schwester einen verstimmten Blick zu. „Du bist unvernünftig, Dad."

„Nein, du bist unvernünftig." Er angelte sich sein Telefon aus der Tasche. „Du hast zwei Minuten, um dich hier rauszubewegen, oder ich rufe die Gesetzeshüter und lasse dich wegen widerrechtlichem Betretens festnehmen."

„Drew wird uns nicht aus dem Haus unserer Familie schleifen", beharrte Noel, die von der Vorstellung entsetzt war, dass Drew sich um etwas so Blödes kümmern musste, wie sie aus dem Haus ihres Dads zu geleiten.

„Bist du dir da sicher?" Er tippte auf den Bildschirm. „Finden wir es doch raus."

„Dad!" Noel wollte sich sein Telefon schnappen, aber er zog es rasch aus ihrer Reichweite.

„Oh, sieh an, es klingelt schon." Er hielt sich das Telefon ans Ohr.

„Halt! Okay, okay. Ich lasse mich von Abby in ihrem Golfmobil herumfahren. Ruf bloß nicht Drew an."

Er lächelte sie zufrieden an, tippte auf den Bildschirm, dann schob er sich das Telefon wieder in die Tasche.

„Aber wir warten, bis Faith da ist", sagte Noel stur. Sie würde ihrer sechs Jahre alten Tochter nicht die Verantwortung für ihren Vater überlassen. Außerdem, was, wenn Daisy irgendeinen Unfug anstellte, während Dad auf seinem Sofa festsaß?

„Gut. Aber wartet drüben in der Küche auf sie. Ich will mir einfach nur ansehen, wie der Duke die bösen Jungs aufmischt." Er deutete auf den Fernseher, wo der Vorspann von einem seiner John-Wayne-Filme lief.

„Du hast gewonnen, Dad", sagte Noel und kicherte vor sich hin. Er hatte recht. Sie wich ihm nicht von der Seite und machte sich unnötig Sorgen. Wenn man bedachte, wie frech er war, ging es ihm offensichtlich ganz gut. „Abby und ich werden da drüben planen, wie wir dich als nächstes ärgern."

„Das macht ihr zweifelsohne." Er nahm die Schokolade und nippte daran. Dann richtete er die Fernbedienung auf den Fernseher und drehte die Lautstärke zu beinahe ohrenbetäubendem Lärm auf.

Abby glitt von ihrem Barhocker und bedeutete Noel, ihr zu folgen. Noel warf einen Blick auf Daisy, die mitten im Wohnzimmer mit ihrem Hund spielte und den Lärm offenbar gar nicht bemerkte, und folgte ihrer Schwester nur zu gern in eines der Schlafzimmer.

„Was ist los?", fragte Noel sie.

„Ich habe eine Textnachricht von Faith bekommen. Sie ist mit der Verpflegung für Dad unterwegs. Sie und Xena bleiben übernacht, darum meint sie, es wäre ihr recht, wenn auch Daisy und Buffy bleiben könnten. Sie glaubt, es wäre gut für Xena, ein wenig Zeit mit einem wohlerzogenen Welpen zu verbringen."

Noel hob eine Augenbraue. „Buffy ist nicht wohlerzogen. Noch nicht zumindest. Sie lernt, aber sie zerkaut immer noch Dinge, die sie nicht zerkauen soll. Und seit wir vom Heiler zurück sind, hatte sie bereits einen Unfall."

„Ich glaube nicht, dass du das verstehst, bis du Zeit mit Xena verbracht hast. Sie ist buchstäblich der Hund des Teufels. Du wirst einfach Mitleid mit Faith haben und ihr den Gefallen tun müssen."

Noel kniff die Augen in Richtung ihrer Schwester zusammen. „Ist das alles ein ausgeklügelter Plan, damit ich länger mit dir ausbüchsen und im Schlamm kreiseln kann?"

Abby lachte. „Nein. Dafür würde ich mir was viel besseres ausdenken. Sowas wie zum Beispiel Clay und Drew zur Party einzuladen."

„Halt", sagte Noel und schüttelte den Kopf, aber sie konnte das Lächeln nicht unterdrücken, das ihr auf die Lippen trat.

„Oh… oho, was ist denn da los?" Abby wedelte mit der Hand vor ihrer Schwester. „Du lächelst ja, und das liegt einzig und allein am Hilfssheriff der Stadt."

„Vielleicht." Noel spielte mit dem Saum ihres Shirts. „Wir haben morgen Abend ein Date."

„Was?", quietschte Abby und packte ihre Schwester an den Händen. „Du hast ein Date mit Drew? Wie ist es denn dazu gekommen?"

„Er hat heute in der Pension vorbeigeschaut und mir bei einer Rohroperation beigestanden. Ich führe ihn als Dankeschön zum Essen aus."

„Rohroperation?" Abby beäugte sie misstrauisch. „Das ist aber kein Euphemismus, oder?"

„Nein!" Noel lachte. „Komm schon, Abby, da kennst du mich doch besser. Zumindest hast du das mal."

„Natürlich. Als wir Kinder waren, warst du immer die Vorsichtige. Und jetzt bist du sogar noch schlimmer." Sie ging durchs Zimmer und wühlte in ihrem Kleiderschrank. Als sie schließlich fand, wonach sie suchte, wirbelte sie herum, hielt zwei Weinflaschen in der Hand und sagte: „A-ha!"

„Was machen die denn da drin?", Noel nahm eine der Flaschen und las das Etikett. Ihre Augenbrauen hoben sich überrascht. „Das ist eine Speziallese von diesem tollen Weingut unten in Caligosta. Wo hast du die denn her?"

„Ich habe meine finsteren Bezugsquellen." Sie grinste. „Naja, eigentlich haben sie nur ein paar Kerzen für ihren Laden von mir gekauft, als Eilauftrag. Ich habe es mit der Lieferung vielleicht ein bisschen zu gut gemeint, und die haben sie mir als Dankeschön geschickt."

„Aber warum sind sie im Schrank?"

„Weil sie, meine liebe Schwester, irgendwo im Kühlen und ohne Sonneneinstrahlung aufbewahrt werden müssen."

Noel musterte die Weinflaschen noch einmal, dann den Schrank, und dann fing sie an zu lachen.

„Warum kicherst du denn so?", wollte Abby wissen.

„Du hast die da drin versteckt, damit sie niemand findet. Niemand wie Clair, vielleicht?", fragte sie und bezog sich damit auf die langjährige Freundin ihres Vaters. „Man weiß ja, dass sie eine Weinfreundin ist … ganz besonders von gutem Rotwein."

Abbys Miene wurde etwas verdruckst. „Okay, vielleicht. Das Weingut hat sie mir hergeschickt, weil das meine Geschäftsadresse ist, und sie trafen eines Tages spät ein, an einem Abend, als sie für Dad gekocht hat. Ich … ich habe sie einfach hier reingestellt und sie dann vergessen."

Noel lachte wieder. „Natürlich."

„Okay, erwischt. Wie auch immer." Abby marschierte zur Tür. „Aber du solltest mir danken, denn ohne die würden wir mit heißer Schokolade vorliebnehmen müssen. Der langweiligen Sorte noch dazu." Sie machte eine Kopfbewegung. „Los jetzt. Wir müssen ein Golfmobilrennen gewinnen."

* * *

„KÖNNEN wir einen kurzen Stopp einlegen?", fragte Noel, während Abby den Wagen auf der Golfmobilstrecke entlang des magischen Flusses steuerte, der durch die Stadt lief.

„Wir haben bereits Alk, Noel", sagte Abby, die einen Plastikbecher Wein hob. „Ich kann mir nicht vorstellen, was wir sonst brauchen."

Noel kicherte. „Nein, das ist es nicht. Ich will bei Yvette vorbeischauen. Sie stand in letzter Zeit echt neben sich, und ich bin mir nicht sicher, ob es ihr gut geht."

Abby warf einen Blick zu Noel hinüber, die Augenbrauen besorgt zusammengezogen. „Weißt du was? Du hast recht. Sie war die letzten Male, als ich sie gesehen habe, immer echt angespannt. Glaubst du, sie und Isaac haben Probleme?"

Noel warf einen Blick hinauf zum Vollmond und seufzte. „Ich hoffe nicht. Isaac war ein echter Segen für diese Familie. Es würde mir gar nicht gefallen, ihn windelweich prügeln zu müssen, falls er meine Schwester mies behandelt hat."

„So geht's uns beiden", sagte Abby und bog in die Hauptstraße ein. Es war ein frostiger Dezemberabend, und die Stadt hatte an diesem Abend schon die Bürgersteige hochgeklappt. Die einzigen Läden, die noch geöffnet hatten, waren die beiden Restaurants und die Townsend Brewery. Wenn man nach der Anzahl der Autos ging, die an der Straße standen, schien es nicht, als wäre eines davon sonderlich voll.

Abby bog von der Hauptstraße nach rechts ab, und im Nu hielten sie vor einem ordentlichen, zweistöckigen Haus im viktorianischen Stil an. Licht strömte daraus hervor, und zwei Autos standen in der Auffahrt.

„Scheint, als wären sie zu Hause", sagte Noel, während sie den Weg zur Tür entlang lief.

Abby läutete an der Tür und schlang die Arme um ihren Körper. „Brr. Ist es hier kälter? Mir ist plötzlich eiskalt."

„Es hat fünf Grad, Abby. Ich hab dir doch gesagt, dass es zu kalt für Golfmobilrennen ist", erwiderte Noel und verdrehte die Augen.

„Es war nicht so kalt, während wir im Wagen waren. Ich schwöre, dieses Haus steht in einer Art Winterwirbel."

Die Tür öffnete sich, und Yvette stand auf der Schwelle, ihre Augen rot und aufgequollen, als hätte sie geweint. Ihr kastanienbraunes Haar war zu einem unordentlichen Pferdeschwanz gebunden, und auf ihrem weißen Shirt war ein Kaffeefleck.

„Vette?", fragte Noel, aufgeschreckt durch das Erscheinungsbild, das sich ihr bot. Sie war völlig im Eimer. „Was ist los? Was ist passiert?"

Yvette warf einen Blick über die Schulter und schüttelte den Kopf. „Ich kann jetzt nicht reden."

Isaac erschien direkt hinter ihr, einen Beutel in der Hand. Er war in Anzughose und ein stahlblaues Hemd gekleidet. Sein dichtes, dunkles Haar war frisch geschnitten, sein Kinn sauber rasiert. Hochgewachsen und breitschultrig, wie er war, sah er aus, als wäre er direkt einer Rasierwasser-Werbung entsprungen.

„Wo willst du denn hin?", fragte ihn Yvette. „Du kannst jetzt nicht gehen. Wir waren gerade mitten in einer Diskussion."

„Nein, waren wir nicht. Du hast mir vorgeworfen, ich würde lügen, während ich dir erklären wollte, wo ich die letzten beiden Nächte war. Und weißt du was? Dafür habe ich keine Energie. Ich schlafe ein paar Tage bei Jake."

„Isaac!", rief sie, während er zu seinem Auto marschierte. „Was zum Teufel soll das?"

„Ich gehe", sagte er und sprang in einen brandneuen BMW.

„Wann hat er denn den gekauft?", flüsterte Noel Abby zu.

„Keine Ahnung. Als ich ihn zum letzten Mal getroffen habe, fuhr er einen Toyota."

„Wenn du gehst, brauchst du gar nicht zurückkommen, du Bastard!", brüllte Yvette, während das Auto die Straße entlang jagte. Sie stieß ein leises Schluchzen aus und wirbelte herum, um im Haus zu verschwinden.

Noel und Abby warfen einander einen Blick zu, und ohne ein Wort folgten sie ihr ins Innere des Hauses. Sie fanden Yvette zusammenkauert in einem Stuhl am Küchentisch vor, eine ungeöffnete Weinflasche stand vor ihr.

„Willst du, dass ich die für dich öffne?", fragte Abby mit einer Geste zum Wein.

Yvette hob den Kopf, Tränen liefen über ihre Wangen. „I… ich glaube, ich brauche was St…stärkeres."

„Alles klar." Noel ging zum Kühlschrank auf der anderen Seite der Küche und holte eine Flasche Gray Goose heraus. Ohne zu zögern, schenkte sie Yvette ein Gläschen ein und wühlte dann im Kühlschrank herum, auf der Suche nach etwas zum Mischen.

Yvette stürzte den Wodka hinunter und schenkte sich nach, ehe sie sagte: „In der Tür steht Ginger Beer."

„Perfekt." Noel holte sich die Zutaten für Moscow Mules, während Abby Yvette die Hand hielt.

„Was ist los, Vette?", fragte Abby sie. „Ich weiß, dass die Dinge in letzter Zeit nicht so toll waren, aber was ist los? Eine andere?"

Dicke Tränen kullerten Yvette übers Gesicht, während sie mit den Schultern zuckte. „Ich weiß es nicht sicher." Sie schloss die Augen und holte bebend Luft, versuchte, ihre Gefühle zu beherrschen. „Ich weiß nur, dass er mich mit irgendwas anlügt. Er ist gestern Abend fast bis zwei Uhr morgens nicht heimgekommen. Am Abend davor war es Mitternacht."

„Was hat er denn gesagt, wo er war?", fragte Noel, während sie eine Limette in Scheiben schnitt.

„Im Büro." Ein neuerliches Schluchzen blieb Yvette im Hals stecken, während sie hinzufügte: „Aber ich habe gestern angerufen, und ..." Sie hielt inne, um sich zu sammeln. Als sie wieder sprach, war ihre Stimme kaum zu hören. „Sie sagten, er wäre bereits gegangen. Das war um sieben."

„Oh, Liebes." Abby schlang die Arme um ihre Schwester und zog sie dicht an sich, während Yvette weiterheulte. „Es tut mir so leid. Was hat er gesagt, als du ihn zur Rede gestellt hast?"

„Er sagte, er wäre bei einem Geschäftsessen gewesen. Aber das stimmt nicht", flüsterte sie, ihre Stimme gedämpft. „Ich habe Zugriff auf seine geschäftliche Kreditkarte. Es wurde nichts abgerechnet. Er ist der Boss, er zahlt immer."

Noel brachte eine Karaffe mit den Moscow Mules herüber zum Tisch und schenkte jedem ein Glas ein. Abbys Blick traf auf ihren, und die beiden starrten einander an, ohne zu wissen, wie sie ihre Schwester durch diese Krise steuern sollten.

„Hier." Noel stellte die Gläser vor ihnen ab. Sie wusste, dass das nicht die reifste Reaktion auf eine drohende Trennung war, aber in diesem Augenblick konnte man sonst nicht viel tun. „Trink das. Dann machen wir dich zurecht und führen dich aus. Wir haben ein Golfmobilrennen zu gewinnen."

Abby lächelte Yvette schwach an und nickte ermutigend.

„Ich will nirgendwohin", sagte Yvette schniefend.

„Wir werden dich nicht hier in deinem Elend allein sitzen lassen", beharrte Abby sanft. „Komm schon, Vette. Machen wir eine Ausfahrt an der frischen Luft. Es wird dir guttun, hier ein wenig rauszukommen."

Yvette hob den Kopf und warf Noel einen Blick zu. „Sorgst du dafür, dass sie mich zurückfährt, wenn ich nach Hause will?"

Noel unterdrückte ein Kichern. „Sicher, Yvette. Ich pass auf dich auf."

„He!", rief Abby. „Was soll das denn bitte heißen?"

„Ich glaube, du baust dir einen schlechten Ruf auf, was dieses Golfmobil angeht", sagte Noel mit einem Schulterzucken. „Rennen, Kreiseln ... was denn noch? Ein frisierter Motor?"

„Naja ...", setzte Abby an.

„Wie konntest du!" Yvette wandte sich an Abby, die Augen überrascht aufgerissen. „Bist du wahnsinnig?"

„Ich muss Wanda doch irgendwie schlagen!" Sie warf die Hände in die Luft. „Hast du gesehen, wie sie prahlt? Sie hat sogar einen Punktezettel in ihrem Wagen und reibt es mir jedes Mal unter die Nase, wenn ich sie sehe. Ich muss wieder vorne liegen, damit ich das nicht mehr ständig zu hören bekomme. Ich schwöre, hätte ich sie nicht so gern, müsste ich ihren Wein mit einem Verschwiegenheitstrank versetzen."

„Abby, echt jetzt?", fragte Yvette. „Verschwiegenheitstrank?"

„Sie macht Witze." Noel schnappte sich eine Thermoskanne aus Yvettes Küchenschrank und hielt sie hoch. „Wir können nicht los, ehe wir unsere Trankopfer haben."

„Du bevorratest den Wagen", sagte Abby zu Noel. „Ich bringe Yvette nach oben und stelle sie ein wenig wieder her. Wir sind in zwei Minuten wieder unten."

Noel sah zu, wie Abby Yvette aus dem Zimmer führte. Vor drei Jahren hatte sie an Yvettes Stelle gestanden, verwirrt, wütend und verletzt. Ein vertrautes Echo des Verlusts hallte in ihrer Seele wider, und sie betete, dass Isaac und ihre Schwester es irgendwie hinbekamen. Sie waren vor nicht allzu langer

Zeit glücklich gewesen. Noel wusste nicht, was zwischen ihnen vorgefallen war, aber um ihrer Schwester willen hoffte sie, dass man es reparieren konnte, was auch immer es war. Bis dahin würde sie alles in ihrer Macht Stehende tun, um dafür zu sorgen, dass Yvette wusste, dass sie nicht allein war, und dass ihre Schwestern für sie da sein würden ... unter allen Umständen.

An Wandas Wagen blitzten violette Lichter, während sie im Leerlauf an der Startlinie in der Nähe des Waldrands stand. Sie tippte zweimal auf die Bremsen und tat damit kund, dass es an der Zeit war, zu starten.

„Ich komme an die Linie, wenn ich dazu bereit bin", sagte Abby und nahm einen großen Schluck Moscow Mule. „Sie hält sich für so süß mit ihren violetten Lichtern, und Prince brüllt uns mit Surround-Sound entgegen. Aber wisst ihr, was ich habe?"

Noel lachte sie an. Abby hatte den zusätzlichen Alkohol angeblich für Yvette mitgebracht, aber sie hatte selbst auch schon gut zugegriffen, und es machte sich allmählich bemerkbar. „Was denn, Abs?"

Abby betätigte einen Schalter. Lichter gingen an und tauchten die Umgebung in ein pinkes Glühen. Sie grinste und drückte auf einen Knopf auf ihrem iPhone. Natalie Cole dröhnte aus der Surround-Anlage und sang von ihrem pinken Cadillac. „Wisst ihr, was das Ganze noch besser machen würde?"

„Wenn ich fahren würde?", fragte Noel und nahm ihrer Schwester die Thermoskanne mit Alk ab.

„Sehr witzig", erwiderte sie trocken. „Das Ganze wäre nur noch besser, wenn …"

„Der Wagen selbst pink wäre", sagte Yvette, die sich die Thermoskanne von Noel schnappte.

„Genau!" Abby gab Yvette ein High-Five und stieg in den Fahrersitz, verfehlte aber eine Trittstufe und rutschte im nassen Gras aus.

„Okay, das war's. Ich fahre", sagte Noel und glitt hinter das Lenkrad.

„O nein, auf keinen Fall!" Abby schob sie weg und sprang auf ihren Platz. „Ich habe ewig gewartet, um Wanda die Hosen runterzulassen. Ich mache jetzt keinen Rückzieher."

Der Wagen fuhr ruckelnd an, und sowohl Noel als auch Yvette stießen einen überraschten Schrei aus.

„Okay, im Ernst jetzt?", fragte Noel, die sich am Rahmen festhielt. „Abby, bist du sicher, dass du fahren kannst?"

„Ja. Nur das Gras ist rutschig. Ich hab's im Griff." Sie ruckelte vor an die Startlinie direkt neben Wandas Wagen.

Wanda machte ihre Musik leiser und bedeutete Abby, es ihr nachzutun.

„Was ist denn, Wanda? Bereit, dir den Hintern versohlen zu lassen?", spottete Abby.

„Hintern versohlen?", fragte Hanna lachend. „Sind wir etwa zwölf?"

„Sieht ganz so aus", sagte Noel, während sie Hanna und Wanda grüßend zuwinkte. Hanna winkte zurück, aber Wanda war auf Abby konzentriert.

„Du wirst untergehen, Townsend … ein weiteres Mal. Bist du bereit, Staub zu fressen?", spottete Wanda zurück und fügte hinzu: „Das wären dann vier zu null für mich. Ich kann es kaum erwarten, noch einen Haken auf meine Seite zu setzen."

„Das werden wir ja sehen." Abby packte das Lenkrad fester. „Bringen wir es hinter uns. Zum Fluss und zurück? Die erste über der Linie gewinnt das Recht zum Prahlen und zwei Dutzend dekadente Köstlichkeiten aus *Ein Löffelchen Magie*."

Noel und Yvette schauten einander an. Dekadente Köstlichkeiten waren Miss Maples Spezialerfindung, von ihr handgemacht und mit ihrer Erdmagie angereichert. Sie waren die Definition von unwiderstehlich.

„So machen wir's", sagte Wanda und reichte Hanna eine Hupe. „Wenn die Hupe ertönt, bist du besser bereit."

„Hau rein!", sagte Abby.

Hanna hielt die Hupe hoch und sagte: „Auf die Plätze, fertig, los!"

Der durchdringende Klang erfüllte die Luft, und beide Golfmobile schnellten vor. Noel und Yvette jubelten und stießen Anfeuerungsrufe aus: „Hopp, hopp, hopp!"

Wanda drehte Prince wieder auf, und der Lärm übertönte ihre Jubelrufe.

„O nein, das geht ja mal gar nicht." Noel hob eine Hand, hielt Daumen und Zeigefinger zwei Zentimeter auseinander, und flüsterte: „Lautstärke."

Princes Stimme verblasste zu einem dumpfen Dröhnen, und Noel kicherte, als Wanda ihr den Stinkefinger zeigte.

„Das war großartig, Noel, aber falls es dir noch nicht aufgefallen ist, sie liegen um eine halbe Wagenlänge vorn", sagte Abby, die auf dem Rand ihres Sitzes saß und sich vorbeugte, als würde das den Wagen schneller fahren lassen.

„Hast du nicht gesagt, du hättest diesem Ding einen Booster eingebaut?", fragte Noel.

„Habe ich, aber den muss ich am Schluss anwerfen, sonst

saugt er mir die Batterie leer. Und selbst damit werden wir nicht so viel Abstand gutmachen."

„Ich habe eine Idee", sagte Yvette vom hinteren Beifahrersitz. Sie beugte sich vor und streckte den Kopf zwischen sie beide. „Noel kann uns mit ihrer Luftmagie anschieben."

„Yvette! Das ist doch Betrug", sagte Noel und lachte schnaubend. „Das können wir nicht machen."

„Und ob wir das können", sagte Abby, die auf ihrem Sitz auf und ab hüpfte. „Komm, Noel, schieb uns schon an."

„Los! Los! Los!", tönte Yvette. Das breite Grinsen auf ihrem Gesicht, während sie den Augenblick genoss, war so anders als der Zustand, in dem sie sie gefunden hatten, dass Noel einfach nicht Nein sagen konnte. Sie hätte dem Golfmobil auch Flügel wachsen lassen, wenn sie damit den schönen Augenblick für ihre Schwester hätte verlängern können.

„Also gut. Ich bin dabei." Noel drehte sich um und stieg zu ihrer Schwester in den hinteren Teil des Wagens. Sie deutete auf ihren leeren Platz und wies Yvette an, sich dorthin zu setzen. „Mach schon. Du bist Abbys neue Beifahrerin."

Yvette jubelte und wuchtete sich auf den Beifahrersitz. Sie und Abby feuerten Noel weiter an: „Los! Los! Los!"

Mit einem leisen Kichern drehte sich Noel zur Rückseite des Golfmobils, streckte die Hände aus und sagte: „Wehe."

Hinter dem Wagen kam Wind auf, der wie ein riesiger Ball aus unsichtbarer Energie zusammenströmte. Als der Ball schon fast vor Energie platzte, drehte sich Noel wieder um und stürzte die Arme auf den Sitz vor ihr.

„Hopp, hopp, hopp!", rief Yvette, während Abby den Wagen lenkte und am Flussufer eine Kehrtwende machte.

Wanda und Hanna lagen zu diesem Zeitpunkt um eine ganze Wagenlänge vorn. Noel lächelte nur und stellte sich den

Ausdruck auf Wandas Gesicht vor, wenn sie sah, wie sie an ihr vorbei fegten. Das würde episch werden.

Sobald Abby die Kehrtwende beendet hatte und geradewegs auf die Ziellinie zufuhr, rief Noel: „Los!"

Die Energie aus dem Windball knisterte und raste zur hinteren Stoßstange des Wagens, wo sie ihn mit beeindruckender Kraft vorwärtsschob.

Die drei Schwestern reckten die Fäuste, als sie an Hanna und Wanda vorbeifuhren und sie um eine ganze Wagenlänge überholten.

Noel hörte Wanda fluchen, und sie kicherte in sich hinein. Da nun der Weg zum Einsatz von Magie geebnet war, ließ sich nicht sagen, was die anderen beiden anstellen würden. Aber sie bezweifelte doch sehr, dass Wandas Feuermagie oder Hannas Wassermagie in dieser Lage sonderlich hilfreich waren.

Während sie gerade durchkaute, wie die beiden ihre Magie zu ihrem Vorteil einsetzen könnten, prasselte heftiger Regen auf den Wagen herab.

„Was soll denn das?", rief Abby. „Für heute Abend war doch gar kein Regen vorhergesagt."

„Es regnet nur über uns!", rief Yvette gegen die hämmernden Regentropfen an.

„Heiliger Hexenb… und keine von uns ist eine Wasserhexe, die diesem Unsinn etwas entgegenzusetzen hätte", sagte Noel.

„Wo ist nur Faith, wenn man sie braucht?" Endlich schaltete Abby die Scheibenwischer ein, aber der Regen war einfach zu kräftig dafür.

„Ich kümmere mich drum." Noel lehnte sich in ihrem Sitz zurück, schloss die Augen und stellte sich eine Luftblase vor der Windschutzscheibe vor.

„Es funktioniert!", rief Abby über die Schulter.

„Aber wir werden langsamer", sagte Yvette.

Noels Augen öffneten sich, und in der Tat, die Luftblase verlangsamte den Wagen, und Wandas Golfmobil holte auf sie auf.

„Komm schon!", drängte Yvette.

„Du schaffst das, Abby", rief Noel. „Tritt aufs Gas."

„Wir fahren, so schnell wir können", sagte Abby, die hinüber zu Wanda schaute.

Wanda winkte, während ihr Wagen sich allmählich vor sie setzte. Dann warf sie den Kopf in den Nacken und lachte. „Ich kann es kaum erwarten, mich über die dekadenten Köstlichkeiten herzumachen!"

„Nei…ein", erwiderte Abby. Dann drückte sie auf einen roten Knopf auf dem Armaturenbrett. Einen Moment lang war sich Noel sicher, dass der Booster nicht funktioniert hatte, und sie sank entmutigt auf dem Sitz zusammen.

Aber plötzlich erzitterte der Wagen vor Energie und zischte vorwärts, sodass er nur wenige Zentimeter vor Wanda die Ziellinie überquerte.

„Ja, ja, ja, ja!" Abby brachte den Wagen zum Stehen, sprang heraus und führte einen abgedrehten Tanz auf, bei dem ihr Hintern heftig in Bewegung geriet. „Ich habe gewonnen! Endlich!"

Yvette folgte ihr, und die beiden hielten sich an den Händen, während sie im Kreis herumsprangen.

„Sie hat nur gewonnen, weil du geholfen hast", sagte Wanda zu Noel und schüttelte verärgert den Kopf.

„Vielleicht", sagte Noel. „Aber sie ist diejenige, die es am Ende rausgerissen hat. Das musst du ihr schon zugestehen. Und wir sind zu dritt, während bei dir nur zwei Leute an Bord waren. Gib einfach zu, dass es ein beeindruckender Sieg war."

„Ja, okay, klar. Beeindruckend. Schon gut. Ich bin trotzdem noch die Königin der Golfmobilrennen."

„Daran besteht kein Zweifel“, sagte Noel lachend. „Gut gemacht, Hanna. Der Regen hätte es beinahe gebracht.“

„Danke. Das war witzig … auch wenn wir nicht gewonnen haben“, erwiderte sie.

„Nächstes Mal kriegen wir sie“, sagte Wanda, während sie in ihren Wagen stieg. „Genieße es, Townsend“, rief Wanda Abby zu und fegte an ihr vorbei. „Nächstes Mal bin ich besser auf deine kleinen Tricks vorbereitet.“

„Ich werde mich wohl weiter aus dem Fenster lehnen müssen“, sagte Abby, während sie die Thermoskanne hob und zur Feier des Tages einen Schluck Alkohol nahm. „Wanda wird tagelang planen, wie sie mich vom Siegertreppchen stoßen kann.“

„Oh, Abby. Darüber kannst du dir später Sorgen machen.“ Yvette stieg auf den Fahrersitz und fügte mit glänzenden Augen hinzu: „Erstmal haben wir was zu feiern. Steig ein.“

Abby stieg wieder ein und sagte: „Okay, ich bin da, feiern wir!“

„Hurra!“ Yvette trat das Gaspedal durch, schlug das Lenkrad ein und ließ sie wild kreiseln. Sie stieß einen weiteren Jubelruf aus und schlug das Lenkrad in die entgegengesetzte Richtung ein. Nur dass sie sich diesmal nicht drehten, sondern geradeaus fuhren, direkt auf den Graben zu. „O nein! Halt, halt!“, schrie Yvette und stieg dabei in die Eisen. „Ich kann nicht bremsen. Wir fahren gleich …*uff!*“

Der Wagen kam in dem Bewässerungsgraben am Grunde eines leichten Abhangs abrupt zum Stehen.

Die Räder drehten durch, Schlamm spritzte hoch und bedeckte den Wagen und sie alle drei mit einer Dreckschicht.

Alle waren ein paar Sekunden lang still, während sie verarbeiteten, was gerade passiert war.

„Um Himmels willen", sagte Noel schließlich, während sie zitternd aus dem Wagen stieg. „Was ist da passiert?"

„Mein Golfmobil!", rief Abby, die vom schlammbespritzten Rücksitz stieg. „Ach du ... schaut euch an, was wir getan haben! Die Reifen stecken fest."

„Die Bremsen haben blockiert. Es tut mir so leid, Abs", sagte Yvette, in deren Augen wieder Tränen glitzerten. „Mein Gott, ich habe uns beinahe umgebracht!"

„Alles in Ordnung", beruhigte Noel sie und griff nach ihrer Hand. „Bis auf das überraschende Schlammbad und die Tatsache, dass uns jemand rausziehen muss, ist alles in Ordnung. Wir brauchen nicht in Panik zu verfallen."

„Wo ist mein Telefon?", rief Abby, die wild in ihren Taschen herumwühlte. „Ich glaube, ich habe mein Telefon verloren. Heiliger Hexenbastard – wie sollen wir hier rauskommen? Es sind über fünf Kilometer zurück zu Dads Haus."

„Entspann dich. Ich habe meins hier", sagte Noel und starrte auf ihre Kontakte. „Hat Clay Zeit?"

„Eigentlich schon", sagte Abby.

Noel rief seine Nummer auf und drückte auf Anrufen. Nur dass die Stimme am anderen Ende nicht die von Clay war. „Hilfssheriff Baker", sagte Noel. „Gibt es einen Grund, warum du ans Telefon meines zukünftigen Schwagers gehst?"

„Ja", sagte er mit erheitertem Unterton. „Clay und ich wollten gerade los, um uns ein Bier zu holen, und dein Name ist auf seinem Telefon erschienen anstatt auf meinem. Ich war womöglich ein wenig eifersüchtig."

„Eifersüchtig?", wiederholte sie und verdrehte die Augen. „Jetzt komm schon. Mach dich nicht lächerlich."

Er lachte leise. „Das Herz lässt sich nicht beherrschen, Noel. Jetzt sag mir, was mein Kumpel Clay für dich tun kann, das ich nicht hinkriege?"

„Darum geht es doch gar … Äh …“ Verdammt. Sie wollte ihm nicht erzählen, dass sie in den Graben gefahren waren. Sobald sie das tat, würde er losfahren, um ihnen zu helfen, und sie sah aus wie ein verdrecktes Meeresungetüm aus der schwarzen Lagune.

„Wir brauchen jemanden, der uns abschleppt“, brüllte Abby. „Steig in dein Auto und mach dich hier rüber.“

„Abby!“, flüsterte Noel mit gedämpfter Stimme. „Psst.“

„Was? Wir brauchen Hilfe. Wenn er bei Clay ist, findet er es sowieso raus.“

Noel seufzte. Ihre Schwester hatte recht.

„Was war das? Ihr braucht jemanden, der euch abschleppt? Wo seid ihr?“, fragte er plötzlich beunruhigt. „Seid ihr mit jemandem zusammengestoßen? Ist jemand verletzt? Ich brauche mehr Einzelheiten, Noel.“

„Niemand ist verletzt“, sagte sie. „Wir waren mit dem Golfmobil unterwegs und …“

„Ihr habt ein Rennen veranstaltet.“ Der Vorwurf sorgte dafür, dass sie das Gesicht verzog, und sie fühlte sich, als wäre sie wieder sechzehn und gerade dabei erwischt worden, wie sie das Familienauto ausborgte.

„Ja, aber wir hatten den Unfall nicht beim Rennen“, sagte sie abwehrend. „Tatsächlich sind wir Wanda und Hanna davongefahren.“

„Aber ihr hattet einen Unfall? Wie?“

Sie rang nach Luft, zuckte zusammen und sagte: „Yvette ist gedriftet.“

„Unsere Frauen stecken im Graben fest", sagte Drew zu Clay, nachdem er das Telefonat mit Noel beendet hatte.

„Im Ernst? Das Golfmobil liegt im Graben?", fragte Clay. „Ich wusste, dass so etwas passieren würde. Abby hat den Verstand verloren, wenn es um dieses Ding geht."

„Abby ist nicht gefahren", sagte Drew, der von seinem Hocker glitt. Er hatte auf dem Weg aus Eureka zurück in die Stadt kurz vor Sperrstunde in der Keating Hollow Brewery vorbeigeschaut. Sie hatten sich gerade ein paar Biere genehmigen wollen, als er Noels Namen auf Clays Telefon hatte aufleuchten sehen. „Es war Yvette."

„Gütiger Gott. Sie hat ihre Schwestern mit ihrem bekloppten Golfmobilwahn angesteckt." Clay schnappte sich die Schlüssel. „Ziehen wir sie da raus. Wo sind sie?"

„Unten am Fluss." Drew folgte ihm aus der Brauerei.

„Aber natürlich." Draußen wanderten ihre Blicke zwischen Clays Jeep und Drews SUV hin und her. Sie würden nicht alle fünf in den Jeep Wrangler passen. „Ich fahr dir nach", erklärte

Clay Drew. „Wir werden nicht alle in mein Auto passen, aber wir brauchen es, um das Golfmobil nach Hause zu schleppen. Zum Glück habe ich den Anhänger noch nicht zurückgegeben, den ich geliehen hatte, als wir es letzten Monat abgeholt haben."

„Glückliche Fügung", sagte Drew kichernd. „Ich schätze, in Anbetracht der jüngsten Ereignisse solltest du dir einfach einen eigenen kaufen."

„Da ist was dran", sagte sein Freund. Dann schaute er Drew durch zusammengekniffene Augen an. *„Unsere* Frauen? Sprichst du etwa von Abby und Noel?"

Drew hatte gehofft, dass Clay dieser kleine freudsche Versprecher nicht aufgefallen war. Er war sich nicht sicher, wann er angefangen hatte, sich Noel als die seine vorzustellen, aber so war es eben, und davon konnte er jetzt auch nicht mehr zurück. Er schätzte, es war besser, dazu zu stehen. Clay würde ihn sowieso nicht vom Haken lassen. „Ja. Abby und Noel."

„Seit wann ist Noel deine Frau?", fragte Clay, während er seinen Jeep entriegelte und sich auf den Fahrersitz setzte.

„Ich schätze, seit irgendwann heute. Wir, äh, hatten da einen Augenblick."

„Einen Augenblick?" Clay lachte. „Ist das ein Geheimcode für miteinander schlafen?"

„Spar dir die schmutzigen Gedanken, Garisson." Drew schüttelte den Kopf und zog sich in sein SUV zurück. „Das heißt nur, dass wir jetzt mehr als nur Freunde sind. Wir haben morgen Abend ein Date."

„Na, das war aber verdammt nochmal überfällig", sagte Clay. Sie koppelten rasch den Anhänger an den Jeep. Dann knallte Clay seine Tür zu und fuhr los Richtung Fluss.

Sie mussten nicht lange nach den Townsend- Schwestern

suchen. Yvette hatte mit ihrer Magie ein kleines Feuer errichtet, sodass sie mühelos dieser Wegmarke folgen konnten.

Drew fuhr mit seinem SUV neben den Frauen ran, die um die hastig ausgehobene Feuergrube standen. „Braucht ihr ein Taxi?"

Noels Gesicht erhellte sich zu einem Lächeln, und Drew musste ein Lachen unterdrücken. Sie war völlig verdreckt, Schlamm bedeckte die Hälfte ihres Körpers und war in ihr Haar geschmiert. Aber dieses Lächeln ... sie strahlte vor Freude. „Du hast keine Ahnung, wie unglaublich froh ich bin, dich zu sehen."

Er sprang heraus und öffnete ihr die Tür. „Raus mit dir aus der Kälte. Ich helfe Clay dabei, das Partymobil rauszukriegen."

Noel wollte schon auf dem Vordersitz Platz nehmen, hielt dann aber inne und wandte sich wieder Drew zu. „Ich werde alles mit Schlamm eindrecken. Hast du ein Handtuch oder so was?"

Er schüttelte den Kopf. „Mach dir deswegen keine Sorgen. Die Ledersitze werden schon wieder sauber."

Sie stöhnte. „Das tut mir so leid."

„Mir nicht." Er zwinkerte ihr zu und wandte sich an Abby und Yvette. „Ihr könnt euch gerne dazugesellen."

Abby schüttelte den Kopf. „Ich werde Clay mit meinem Baby helfen."

„Und ich sorge dafür, dass er Licht hat", fügte Yvette hinzu.

„Himmel. Ich kann doch nicht nur hier rumsitzen, während ihr alle arbeitet", sagte Noel und stemmte die Autotür auf.

„Schon gut, Noel", erwiderte Abby. „Ich glaube, sonst gibt es nichts mehr zu tun. Wir rufen, wenn wir etwas brauchen."

Sie zögerte einen Augenblick lang, aber als Drew mit einem Handgriff die Heizung anstellte, lehnte sie sich zurück und sagte: „Okay. Dann sitze ich es halt aus."

Verdammt, ist sie süß, dachte Drew, während er dastand und sie anschaute. Die Tatsache, dass ihre Wangen mit Schlamm beschmiert und ihre Haare ein zusammengebackener Dreckhaufen waren, ließ sie nur noch authentischer erscheinen. In seinem Geist blitzte eine Vision davon auf, wie er sie aus ihren Kleidern schälte. Was hätte er nicht gegeben, derjenige zu sein, der den ganzen Schlamm von ihrer makellosen Haut wusch.

„Erde an Drew", rief Clay. „Willst du das heute Abend fertig kriegen, oder brauchen wir einen neuen Termin?"

Er verlegte seine Aufmerksamkeit ruckartig auf seinen Freund. „Hä?"

„Golfmobil?" Clay deutete auf das Fahrzeug, das schief im Graben steckte. „Willst du es an die Kette hängen, damit wir das Ding dort raus ziehen können?"

„Stimmt." Er warf einen letzten Blick auf Noel, lächelte und machte sich dann an die Arbeit.

Zwanzig Minuten später hatten sie den Wagen auf den Anhänger geladen. Zum Glück hatte Abbys „Baby" nur einen Platten zu vermelden, und Clay hatte versprochen, es in den nächsten ein oder zwei Tagen wieder flott zu kriegen.

„Du bist der Beste", sagte sie zu ihrem Verlobten und nickte dann Yvette zu. „Du kannst das Feuer jetzt löschen. Wir sind bereit zum Aufbruch."

„Verstanden." Das Feuer erlosch flackernd, und Yvette machte sich zum SUV auf.

„Vette, wir nehmen dich mit", schlug Abby vor. „Dein Haus liegt auf dem Weg."

Tatsächlich wohnte Yvette ungefähr gleich weit von Abby und Noel weg, sodass es nicht wirklich entscheidend war, wer sie mitnahm. Aber es war ziemlich klar, dass Abby keinen Widerspruch dulden würde.

„Außerdem", fuhr Abby fort, „habe ich meinen Wein aus Privatlese auf deinem Küchentresen stehen lassen. Ich habe morgen Abend Pläne dafür."

Noel schüttelte den Kopf und murmelte tonlos vor sich hin. Etwas, das ziemlich ähnlich wie *Schwachsinn* klang.

„Gut", sagte Yvette und stieg in den Jeep. Clay hupte, als er wegfuhr.

Abby steckte den Kopf aus dem Fenster und rief: „Habt Spaß, ihr beiden. Und wenn ich Spaß sage, meine ich nicht Scrabble."

„Deine Schwester ist stressig", sagte Drew, sobald er in das SUV gestiegen war.

„Sie hat etwas viel getrunken." Noel schnallte sich an. „Ich schätze, dafür kriegt sie morgen die Rechnung."

Drew startete das SUV und folgte den Lichtern des Jeeps auf dem Golfmobilweg. „Hat sie nicht einen Trank gegen Kater oder so was?"

„Na klar, aber nur, wenn sie fit genug ist, um ihn auch herzustellen. Wenn sie im Eimer ist, ist ihre Magie nicht ganz auf der Höhe." Noel lächelte selbstgefällig. „Das geschieht ihr recht. Sieh dir an, was für einen Schlamassel sie uns eingebrockt hat."

Drew warf einen Blick zu ihr hinüber, weil er ihre Gesellschaft aufrichtig genoss. Sie war entspannt und ließ zu, dass er sie ohne ihre üblichen Verteidigungsmechanismen sah. Er konnte nicht anders, als sie sogar noch mehr zu wollen. „Du hattest aber auch Spaß, oder?"

„Klar." Sie warf den Kopf zurück und lachte. „Es war großartig. Ich habe das Gefühl, wir werden diese Geschichte noch jahrelang erzählen."

Drew nickte und hoffte stillschweigend, dabei an ihrer Seite zu sein und sie zu hören.

Allzu bald parkte Drew das SUV vor der Pension. Ehe sie etwas sagen konnte, sprang er heraus und lief herum, um ihr die Tür zu öffnen.

„Das hättest du nicht tun müssen, Drew", sagte sie und lächelte ihn schüchtern und verletzlich an.

„Wenn das bedeutet, dass du mich nochmal so anlächelst, dann doch, dann musste ich es auf alle Fälle tun." Sanft nahm er ihre Hand in seine und ging mit ihr zur Eingangstür.

Im Licht ihrer Verandabeleuchtung schaute sie an sich hinab und verzog das Gesicht. „Oh, bei der Göttin. Ich kann nicht glauben, dass du mich so siehst. Ich sehe aus wie ein Sumpfmonster."

„Du siehst süß aus", sagte Drew und legte ihr eine Hand an die Wange. „Und, Noel?"

„Ja", erwiderte sie atemlos.

„Ich bin wirklich froh, dass dir nichts passiert ist." Er legte den Kopf schief und streifte ihre Lippen mit seinen.

Nur einen Augenblick lang zögerte sie, aber als er ihre Lippen sanft mit seiner Zunge öffnete, lehnte sie sich an ihn und schmiegte sich in seine Arme. Er legte ihr einen Arm um die Taille und zog sie an sich, damit er jeden Quadratzentimeter ihres weichen Körper spüren konnte, der sich an seinen presste.

„So perfekt", flüsterte er und küsste sie wieder, labte sich an ihrem leichten Zitrusduft.

Sie kicherte und zog sich ein Stück zurück. „Perfekt? Ich glaube, du hast ziemlich niedrige Anforderungen, Hilfssheriff Baker. Es sieht aus, als hätte ich dich völlig eingesaut."

Mit einem Blick hinab auf seine Jeans und sein T-Shirt, die Zivilkleidung, die er sich angezogen hatte, ehe er am Nachmittag nach Eureka aufgebrochen war, zuckte er die

Schultern. „Mit dir mach ich mich doch jederzeit gerne schmutzig, Noel."

„Gute Antwort", sagte sie leise. Sie schlang ihm die Arme um den Hals, und als ihre Lippen diesmal auf seine trafen, waren sie von Leidenschaft erfüllt. Drew was sich sicher, er würde sie nie wieder gehen lassen.

KAPITEL 18

Als Drew am nächsten Morgen aufwachte, spürte er immer noch Noels Lippen auf seinen. Er hatte das letzte Quäntchen seiner Willenskraft gebraucht, um ihr nicht ins Haus zu folgen. Bei Gott, gewollt hätte er. Aber es war nicht der richtige Zeitpunkt. Er wollte sich nicht so stark auf sie einlassen, während er an dem Fall mit der Suche nach ihrem Ex arbeitete. Zumindest nicht, solange sie nicht darüber informiert war. Das würde er ihr am nächsten Abend während ihres Dates erzählen.

Nach einer raschen Dusche zog er sich wieder zivile Kleidung an, schnappte sich eine Tasse Kaffee und rief im Büro an, um Clarissa wissen zu lassen, dass er heute nicht in der Stadt sein würde. Dann brach er auf zum Yachtmen's Harbor, um der Spur zu folgen, die er von Sally im *Pies, Pies und noch mehr Pies* erhalten hatte. Als er mit dem SUV auf den Parkplatz fuhr, fiel ihm das Schild vom *Pacific Cove Bootsverleih* ins Auge. Er nickte. Das ergab Sinn. Denn es war der zweite Ort, an dem man Xavier neben dem Moon River Inn gesehen hatte.

Die Sonne schien, was an der Küste im frühen Dezember

eine Seltenheit war, während Drew sich auf den Weg zu dem Häuschen mit dem Bootsverleih machte.

Eine junge Brünette saß auf einem Hocker hinter dem Tresen. Sie lächelte Drew breit an, winkte ihn mit den Fingern näher und sagte: „Na, wen haben wir denn da, mein Hübscher?"

„Hallo ..." Drew spähte auf ihr Namensschild. „Whitney. Ich hatte gehofft, dass Sie mir bei etwas helfen könnten."

„Für Sie? Was immer Sie wollen." Sie beugte sich vor und stützte sich auf die Ellenbogen. „Brauchen Sie ein Boot? Sind Sie unterwegs, um ein wenig zu fischen?"

„Nein. Danke. Ich bin Hilfssheriff Baker, und eigentlich suche ich nach jemandem." Er zog zuerst seinen Ausweis und dann Xaviers Foto heraus. „Können Sie mir sagen, ob Sie diesen Mann gesehen haben?"

Ihr kokettes Lächeln verdüsterte sich in dem Augenblick, als sie das Foto musterte. „Ja. Das ist der Kerl, der Xavier getötet hat."

Drews Augenbrauen hoben sich schlagartig. „Sie meinen den Mann, den man in Trinidad am Strand gefunden hat?"

„Ja. Den." Sie lehnte sich ruckartig zurück und kreuzte die Arme über der Brust. „Nannte sich Victor."

Drew musterte sie nur einen Augenblick lang, dann fragte er: „Warum glauben Sie, dass er Xavier getötet hat?"

„Es sind immer die Stillen, vor denen man sich in Acht nehmen muss", sagte sie. „Die tun nämlich ganz lieb, und dann BÄM! Sind sie am Ende ein Stalker, oder ein Arschloch, das mit deiner besten Freundin ins Bett geht."

Huch, dachte Drew. *Da muss wohl jemand ein oder zwei Sachen verarbeiten.* Aus Fräulein Keck war Fräulein Irrational geworden. „Ich verstehe. Können Sie mir sagen, wann Sie Victor zum letzten Mal gesehen haben?"

„An dem Tag, an dem Xavier und er hier waren, um das Boot zu leihen. Sie wollten angeblich Thunfisch angeln. Das Boot ging raus, aber es kam nie wieder rein."

„Haben Sie gesehen, wie sie zusammen in das Boot gestiegen sind, bevor sie aufgebrochen sind?"

Sie schüttelte den Kopf. „Nein. Ich erledige nur den Papierkram. Ralph unten am Steg, den müssen Sie fragen."

„Verstanden." Drew machte sich ein paar Notizen. „Sie haben mir sehr geholfen, Whitney. Gibt es sonst noch etwas, das Ihnen zu diesem Tag einfällt, das Ihrer Ansicht nach wichtig sein könnte?"

Sie kniff die Augen zusammen, und ihre Stimme wurde hart, als sie sagte: „Ja. Xavier hat verdient, was er bekommen hat. Mir tut es nicht leid, dass er weg ist."

Die feinen Härchen in Drews Nacken stellten sich auf. „Was hat er Ihnen denn getan?"

Ihr Gesichtsausdruck verhärtete sich ebenfalls. „Sagen wir einfach, er konnte seine Hände nicht bei sich behalten."

„Und was ist mit Victor?"

„Er war nicht dabei, als das passiert ist, aber da sie Kumpels waren, bin ich mir sicher, dass es im scheißegal gewesen wäre. Männer sind das Letzte."

Da konnte ihr Drew nicht widersprechen. Er hatte bei seiner Arbeit schon zu viel Mist mitbekommen. Manche Männer waren wirklich das Letzte. Er nickte nur. „Tut mir leid, dass Ihnen das passiert ist. Und nochmal danke. Sie waren eine große Hilfe."

„Gern geschehen, Hilfssheriff Baker. Ich hoffe, Sie erwischen den anderen und bringen ihn für den Rest seines Lebens hinter Gitter."

„Ich werde mein Bestes geben, Ma'am." Er lächelte sie freundlich an und ging hinab zu den Booten. Es stellte sich heraus, dass Ralph sich nicht an Xavier oder Victor erinnern konnte, darum konnte er es knicken, eine Bestätigung dafür zu erhalten, dass die beiden an jenem Morgen zusammen gewesen waren. Falls Xavier seinen Partner getötet hatte, hatte er einen verdammt guten Job damit gemacht, dafür zu sorgen, dass es keine Zeugen gab. Nicht, dass Drew versucht hätte, einen Mord zu beweisen. Er musste bloß Xavier finden. Der Rest lag dann an jemand anderem in der Befehlskette.

Drew stieg wieder in sein SUV und setzte sich mit einem leicht frustrierten Gefühl hinters Lenkrad. Die einzigen Hinweise, die er auf der Suche nach Xavier gehabt hatte, waren ein kompletter Reinfall gewesen. Er war sich nicht mal sicher, wo er als nächstes weitermachen sollte.

Er holte sein Telefon heraus und wollte gerade Noel anrufen, um zu fragen, wie es ihr ging, als ein Anruf von Clarissa hereinkam. Er ging beim ersten Läuten ran.

„He, Boss. Ich habe da was für Sie", verkündete sie.

Drew schnappte sich Stift und Block und sagte: „Legen Sie los."

„Ich habe die Information aus der Geldbörse, die der Unbekannte bei sich trug. Der Führerschein ist eine Fälschung. Die Nummer ist erfunden, und die Adresse gibt es nicht einmal."

Drew mahlte mit den Zähnen. „Sonst noch was?"

„Die Kreditkarten waren alle Prepaid. In den letzten drei Tagen, seit man den Unbekannten gefunden hat, wurde nichts abgebucht, was ja auch perfekt passt, denn sie lagen in der Asservatenkammer. Sind Sie bereit für die Abbuchungen, die wir tatsächlich gefunden haben?"

„Ich bin ganz Ohr."

„Sunshine Hotel auf der East Street. Die letzte Abbuchung

kam vor einer Woche. Es gibt auch ein paar Abbuchungen von einem Laden namens *Pies, Pies und noch mehr Pies.*"

„Sonst noch irgendwo?", fragte er.

„Ja, ein Laden namens *Lilien und mehr.* Sieht aus wie ein Blumenladen."

„Merkwürdig." Drew notierte sich die Einzelheiten und sagte: „Danke, Clarissa. Wie läuft's in der Stadt?"

„Langweilig wie eh und je. Pauly schaut sich die Preise von Überwachungskameras für Ampeln an. Ich sage ihm die ganze Zeit, dass dafür kein Budget da ist, aber er meint, sie seien billiger, als einen Menschen zu bezahlen, der die Dinge im Auge behält. Ich bin mir nicht sicher, ob ihm klar ist, dass er sich aktiv dafür einsetzt, die einzige Sache, die er gut kann, durch technische Hilfsmittel ersetzen zu lassen."

Drew konnte ein erheitertes Schnauben nicht unterdrücken. „Das passt ja. Niemand sollte je sagen, dass Pauly Putzner nicht aufs Ganze geht. Falls er nochmal davon anfängt, sagen Sie ihm, dass ich dagegen bin, und dass er sich an die Arbeit machen soll."

„Mache ich."

Drew beendete den Anruf und fuhr mit seinem Auto auf dem Highway 101 nördlich in Richtung Sunshine Hotel. Das Sunshine, wie es die Ortsansässigen nannten, war ein großes viktorianisches Haus mitten im Stadtzentrum. Es war eine Frühstückspension, ein wenig wie Noels Laden, nur größer. Es hätte sich gar nicht stärker vom Moon River Inn unterscheiden können.

Da es keinen Parkplatz gab, fuhr Drew sein SUV etwa einem Block entfernt an den Straßenrand und lief zum Hotel. Er war etwa zwanzig Schritte vom Eingang entfernt, als ein vertrauter blonder Mann nach draußen auf den Bürgersteig trat. Drew musterte den Mann nur einen Augenblick lang, dann rief er: „Xavier?"

Der Mann hielt inne und warf einen Blick zurück. Als er den Hilfssheriff sah, war in seinem besorgten Blick ein Wiedererkennen zu sehen. Drew winkte, während er auf ihn zuging, und hatte vor, sich zu benehmen, als wären sie nur alte Freunde, die einander begegneten, aber Xavier fiel nicht darauf herein. Plötzlich scherte er aus und lief über die Straße direkt in den fließenden Verkehr. Ein Auto wich ihm aus und verfehlte ihn nur knapp. Ein weiterer Fahrer stieg auf die Bremse, und ein dritter hupte lautstark, wobei er wilde Flüche aus dem Fenster rief.

Xavier ignorierte das alles und eilte auf ein schwarzes Honda-SUV zu.

„Heiliger Hexenb…" Drew wusste, dass er Xavier auf keinen Fall einholen würde, ehe er in sein SUV stieg, darum rannte er zurück zu seinem eigenen Fahrzeug. Als er gerade den Schlüssel ins Zündschloss schob, raste der Honda an ihm vorbei, unterwegs in die entgegengesetzte Richtung. Drew drehte sich auf seinem Sitz und versuchte das Nummernschild zu sehen, doch es war unleserlich, und er bekam nur die ersten drei Nummern mit. 7BN. Er wollte schon losfahren, war aber gezwungen, auf den Verkehr zu warten, der an ihm vorbeifuhr. Er trommelte ungeduldig mit den Fingern auf das Lenkrad und murmelte: „Komm schon, komm schon!"

Schließlich gab es eine kleine Lücke im Verkehr, und Drew machte eine illegale Wende, um dem Honda zu verfolgen. Er sah das Fahrzeug einen Block weiter vorne, wo es an einer Ampel wartete. Aber Xavier hatte ihn wohl gesehen, denn der schwarze Honda fuhr über die rote Ampel, schlängelte sich durch den Verkehr und bog nach rechts ab, sodass er um die Ecke verschwand. Drew machte einen auf Rennfahrer, so gut er konnte, und trat aufs Gaspedal, doch als er um die Ecke fuhr, war der Honda weg.

Drew fluchte vor sich hin, verärgert, dass er ihn verloren und nicht einmal das volle Nummernschild erkannt hatte. Ihm war jedoch ein Barcode in der Heckscheibe aufgefallen. Es war ein Mietwagen. Und zusammen mit dem ersten Teil des Nummernschilds ergab das etwas, womit der arbeiten konnte.

Der Hilfssheriff fuhr durch die Innenstadt, suchte mindestens fünf Mal nach dem Honda, bevor er aufgab und sich zu *Lilien und mehr* aufmachte. Der Blumenladen, falls man ihn überhaupt als solchen bezeichnen konnte, war mehr ein 24-Stunden-Laden in der Nähe einer Tankstelle gleich vor der Stadt. Davor standen eimerweise Blumen, aber nichts, was nach einem Gesteck ausgesehen hätte. Drew ging hinein und fragte nach Xavier, aber der tätowierte Mann hinter dem Kassentresen zuckte nur mit den Schultern und las in seinem High-Times-Magazine weiter.

Da ihm die Hinweise ausgingen, fuhr Drew zurück zum Sunshine Hotel, parkte sein Fahrzeug in einer Seitenstraße und begab sich in das kleine Café gegenüber des Hotels. Falls Xavier zurückkam, würde Drew auf ihn vorbereitet sein. Sobald er saß, einen Kaffee vor sich, rief er Clarissa an.

„Hallo nochmal, Boss. Was brauchen Sie?"

„Sie müssen für mich Informationen über ein unvollständiges Nummernschild einholen. Es ist ein Mietwagen. Besorgen Sie mir jegliche Information, die Sie finden." Er ratterte die Details herunter.

„Ich bin dran", sagte sie.

Das schrille Geräusch des klingelnden Telefons ließ Noel zusammenfahren. Sie litt an einem dumpfen Kopfschmerz, den sie ihren schlechten Entscheidungen in der vorigen Nacht zu verdanken hatte. Die Mischung aus Wein und Moscow Mules war keine gute Idee gewesen. Sie drückte sich eine Hand an die Stirn, nahm den Hörer ab und wurde vom Freizeichen begrüßt.

Sie hielt den Hörer von ihrem Ohr weg, schaute ihn finster an und legte wieder auf. Sie hatte nun schon zum zweiten Mal an diesem Morgen abgenommen, ohne dass am anderen Ende jemand gewesen wäre. Das Leben bestrafte sie eindeutig.

Die Klingel an der Eingangstür läutete, und Abby spazierte herein, den Kopf hoch erhoben und ein Lächeln auf dem Gesicht.

„Warum bist du heute Vormittag so glücklich?", fragte Noel.

„Ich bin immer noch selig vom Rennen letzte Nacht." Sie stellte eine große Kaffeetasse auf den Tresen. „Trink das. Das wird auch in deiner Welt wieder alles zurechtrücken."

Noel schüttelte den Kopf, da sie bereits zappelig von zu viel

Koffein war. „Ich hatte bereits zwei Tassen Kaffee, Abs. ich glaube, diesmal ist eine starke Dosis Arabica nicht mein Wundermittel."

„Ach, aber du hattest ja noch nicht meine Spezialmischung", erwiderte Abby geschmeidig. „Ein wenig Magie kann große Wirkung haben."

Noel schaute von ihrem Computer auf. „Du hast einen Anti-Kater-Trank mit Kaffee gemacht?"

Abby breitete die Arme aus und machte eine kleine Verbeugung. „Gern geschehen, liebe Schwester. Du hättest Yvette sehen sollen, bevor sie sich mein Gebräu einverleibt hat." Abby erschauerte gespielt. „Man hätte denken können, sie sei der wandelnde Tod. Aber jetzt geht's ihr gut und sie ist in ihrem Buchladen und bereitet den Weihnachts-Sonderverkauf morgen vor."

„Abgesehen vom Kater, wie geht es ihr?" Noel nahm einen Schluck von Abbys Kaffee und genoss den vielschichtigen, sanften Geschmack. Das Zeug war besser als das, was sie im Incantation Café auf den Tisch brachten, und das hieß schon was. „Mmmh, Abs, das schmeckt köstlich."

„Ich habe auch mal Lichtblicke", erwiderte sie mit einem Lächeln. „Yvette geht es besser als gestern Abend, als wir sie abgeholt haben. Das ist allerdings nicht allzu schwer. Aber trotzdem, die Tränen sind getrocknet, und sie ist entschlossen, sich von Isaacs Drama nicht das Geschäft vermiesen zu lassen."

„Ich nehme an, Isaac ist gestern Nacht nicht nach Hause gekommen?", fragte Noel.

„Nein. Aber Yvette sagte, damit hätte sie auch nicht gerechnet. Sie sagt, wenn er sich etwas in den Kopf gesetzt hat, dann lässt er nicht locker."

„Kling vertraut", sagte Noel. „Sie passen schon gut zusammen."

„Haben sie früher immer", stimmte Abby zu. Sie beäugte die Tasse in Noels Hand. „Wie geht es mit den Kopfschmerzen?"

„Hm?" Noel warf einen Blick auf die inzwischen halb geleerte Tasse, die sie immer noch in der Hand hatte, und grinste dann. „Sie sind weg. Verdammt aber auch, kleine Schwester. Du bist ein Genie. Du könntest ein Vermögen machen, wenn du diese Wunderkur abpackst und verkaufst."

„Das hat Clay auch gesagt." Sie lehnte sich an den Empfangstresen und schlug die Beine an den Knöcheln übereinander. „Aber ich bin mir nicht sicher, ob der Trank schon bereit für seinen großen Auftritt ist. Wir denken darüber nach, ihn zum Mitnehmen in der Brauerei anzubieten."

Noel kicherte. „Ich sehe schon den Slogan vor mir. *Willkommen in der Townsend Keating Hollow Brewery ... Wo das Bier süffig ist und der Kaffee die Fehler der letzten Nacht wiedergutmacht.*"

„Nett." Sie grinste Noel an. „Okay. Jetzt aber mal Tacheles. Was ist gestern Nacht mit Drew passiert?"

„Nichts", sagte Noel, ein wenig zu rasch. „Er hat mich einfach hier abgesetzt."

„Ach?" Abby hob neugierig eine Augenbraue. „Habe ich euch beide deshalb auf deiner Veranda rumknutschen gesehen, nachdem wir Yvette rausgelassen haben?"

„Wir haben nicht herumgeknutscht", beharrte Noel. Dann stutzte sie ein wenig, während sie verarbeitete, was ihre Schwester gesagt hatte. „Ihr seid an der Pension vorbeigefahren, nachdem ihr Vette rausgelassen habt?"

„Ja, und?"

„Und ... ihr habt mir nachspioniert! Himmel, Abby. Es gab keinen Grund, letzte Nacht nochmal zurückzufahren, und das weißt du. Du wolltest nur sehen, ob ich den Hilfssheriff rein bitte, oder?"

„Also gut." Abby hob die Hände in gespielter Verzweiflung. „Ich gebe es zu. Aber es war doch nicht meine Schuld, dass es hier zu massiven Umtrieben in der Öffentlichkeit kam. War ja nicht so, als hättet ihr versucht, euch vor irgendwem zu verstecken. Ihr wart genau unter deiner Verandalampe."

Noel kicherte wie ein Schulmädchen. Das Hin und Her mit ihrer Schwester machte ihr einen Heidenspaß. Ja, sie war ein wenig verstimmt, dass Abby ihr und Drew absichtlich hinterherspioniert hatte, aber es hatte ihr gefehlt, ein Herz und eine Seele mit ihrer Schwester zu sein, einander gutmütig zu necken, und am allerwichtigsten, das offensichtliche Verlangen zu haben, sich darum zu kümmern, dass eine jede von ihnen glücklich war. Das Wissen, dass es jemanden gab, der einem zu tausend Prozent den Rücken deckte, war unbezahlbar. „Womöglich war es mir egal, wer uns in diesem Augenblick gesehen haben könnte."

„Offensichtlich."

Wieder klingelte das Telefon der Pension. Noel schnappte sich den Hörer. „Keating Hollow Inn."

Schweigen.

„Hallo?"

Nichts.

„Jemand da?"

Klick.

Noel schaute das Telefon finster an und legte den Hörer ein weiteres Mal auf. „Das ist heute das dritte Mal, dass jemand angerufen und aufgelegt hat."

„Echt? Wie unhöflich", sagte Abby und strich sich über ihren Pferdeschwanz.

„Es ist unheimlich. Ich habe das Gefühl, als hätte ich einen Stalker oder sowas."

„Hörst du jemanden atmen?" Abby schnappte sich einen der Hexenkekse, die Drew am vorigen Tag auf den Tresen gestellt hatte.

Noel schüttelte den Kopf. „Nein. Die ersten beiden Male wurde aufgelegt, bevor ich auch nur etwas sagen konnte. Und dieses Mal … wirkte es, als wolle derjenige am anderen Ende der Leitung entscheiden, ob er etwas sagen sollte, hat es dann aber doch nicht getan."

Abby zuckte mit den Schultern. „Vielleicht hat jemand eine soziale Phobie und arbeitet sich vor, um nach einem Zimmer zu fragen."

„Vielleicht. Aber wenn es das ist, kann er auch online buchen."

„Dann weiß ich es auch nicht." Abby wedelte mit ihrem Keks. „Der ist lecker. Die solltest du immer anbieten."

Noel spürte Schmetterlinge im Bauch, als sie sagte: „Die hat Drew gekauft."

Abby fasste sich ans Herz. „Meine Güte. Noch liebenswürdiger kann man ja kaum sein."

Nein. Konnte man wirklich nicht.

„HEY, SÜẞE", sagte Noel, als Daisy ins Auto stieg. „Wie war dein Tag?"

Sie schaute ihre Mutter nicht an, als sie sagte: „Er war okay."

Noel runzelte die Stirn. Etwas stimmte mit ihrer Tochter nicht. Es war Freitag, die Schule war gerade zu Ende, und Daisy plante, an diesem Abend bei Olive zu übernachten. Noel hätte erwartet, ihre Tochter würde im Dreieck springen. „Ist was passiert?"

„Nein." Daisy legt die Arme um ihren Rucksack und starrte auf ihren Schoß hinab.

Noel drängte sie in dieser Sache nicht, während sie vorsichtig durch die Reihe der Autos steuerte, mit denen Schüler abgeholt wurden, aber sobald sie zuhause ankamen, gab sie Daisy den Auftrag, Buffy aus ihrer Box zu lassen und mit ihr raus zu gehen. Ihre Tochter tat, wie geheißen, und wurde etwas lebendiger, sobald sie das Gesicht in Buffys scheckigem Fell vergrub, aber Noels sonst so überschwängliches Kind wirkte abwesend.

„Willst du eine heiße Schokolade? Wie wär's mit einem Snack?", fragte Noel, die bereits das Kakaopulver aus dem Schrank nahm.

„Nein, danke, Mami. Ich spiele einfach nur mit Buffy", sagte Daisy und ließ ihre Mutter mit weit offen stehendem Mund in der Küche zurück.

„War das meine Tochter?", fragte Noel ins Nichts hinein. Sie schob den Kakao zurück in den Schrank und ging ins Wohnzimmer.

Daisy lag auf dem Boden, den Kopf auf ein kleines Kissen gestützt, und streichelte Buffy, die auf ihrer Brust lag.

Noel setzte sich neben ihre Tochter und kraulte Buffy hinter dem Ohr. „Was ist los, Kleine? Ist alles in Ordnung?"

„Ja", erwiderte sie, schaute ihre Mutter jedoch nicht an.

„Bist du müde nach deinem Abend mit Tante Faith? Haben Xena und Buffy dich wachgehalten?"

Sie schüttelte den Kopf. „Sie haben beide bei mir geschlafen. Tante Faith hat gesagt, es war die erste Nacht, die Xena durchgeschlafen hat, seit sie sie bekommen hat." Daisy warf einen Blick auf ihre Mutter und lächelte sie schwach an. „Ich glaube, mich mag sie am liebsten.“

Noel kicherte. „Da hast du wohl recht.“ Selbst nach diesem kleinen Aufflackern der Lebensfreude war Daisy in ihrer Verfassung so niedergeschlagen, dass Noel Sorge hatte, ihre Tochter würde ihr etwas vorenthalten. Sie war gut drauf gewesen, als Noel sie am Haus ihres Dads abgeholt und an der Schule rausgelassen hatte. Vielleicht war sie einfach erschöpft. Daisy übernachtete nicht so oft anderswo und erst recht nicht, wenn am nächsten Tag Schule war. Vielleicht war das ein Fehler gewesen. Was immer es war, Noel war nicht wohl dabei, sie zu Abby zu schicken, während sie einen Abend mit Drew verbrachte. Nicht, wenn Daisy sich so offensichtlich anders benahm.

„Hör mal zu, Daisy“, sagte Noel. „Was hältst du davon, wenn wir beide uns einen tollen Mutter-Tochter-Abend machen? Wir können hierbleiben, Lasagne kochen und weihnachtliche Muffins backen. Willst du vielleicht die *Eiskönigin* sehen?“

Daisy richtete sich ruckartig auf, die Augen aufgerissen und entsetzt. „Aber Mama. Ich gehe doch zu Olive, weißt du das nicht mehr? Wir haben doch die Welpen-Übernachtung.“

„Ich weiß, aber wenn du zu müde bist, können wir das an einem anderen Abend machen“, sagte Noel ganz vernünftig.

„Ich bin nicht müde.“ Sie schlang die Hände um Buffy und drückte sie fest an sich. „Außerdem freut sich Buffy schon so auf das Treffen mit Endora.“

Noel unterdrückte ein Kichern. Endora war Olives kleiner Golden Retriever, und Noel war sicher, dass es Daisy war, die sich darauf freute, sie zu sehen. „Okay. Schon gut. Du kannst zu Tante Abby und die Welpen-Übernachtung machen. Ich will nur nicht, dass du es übertreibst.“

„Mir geht's gut", wiederholte Daisy und stand auf, um Buffy in ihr Zimmer zu tragen.

„Also gut." Noel ließ ihre Tochter in Ruhe und verschwand in die Küche, um trotzdem Muffins zu backen. Nur weil Daisy sich keinen Zuckerrausch geben wollte, musste das nicht auf Noel zutreffen.

Eine Stunde später erschien Daisy in der Küche, ihre Übernachtungstasche in einer Hand und den leeren Rucksack in der anderen. Wortlos übernahm sie es, das Hundefutter, die Leckerlis und ein paar von Buffys Bällen einzupacken, außerdem noch Buffys Decke aus ihrer Hundebox. Als sie alles hatte, schob sie sich den Rucksack auf die Schulter und sagte zu ihrer Mutter: „Wir sind jetzt fertig."

Noel brachte kein Wort heraus. Sie hatte einen zu großen Kloß im Hals. Himmel, wie süß war das denn? Ihre Tochter war der liebenswerteste Mensch auf dem Planeten. Noel ging in die Hocke und zerzauste die dunklen Locken ihrer Tochter. „Du bist die beste Hundemutter auf der ganzen Welt. Weißt du das?"

Daisy strahlte.

„Komm her." Noel breitete die Arme aus, und ihre Tochter ließ sich hineinfallen, hielt sich ganz fest.

„Ich hab dich lieb, Mama", sagte Daisy, ihre Stimme gedämpft an Noels Schulter.

„Ich hab dich auch lieb, Kleines."

Sie hielten einander lange fest, bis sich Noel zurückzog und Daisy in Augenschein nahm. Ihre Augen strahlten, und ihre Wangen waren rosig. Sie wirkte nicht müde oder verunsichert. Trotzdem, obwohl Noel es nicht greifen konnte, wusste sie, dass mit ihrer Tochter etwas nicht stimmte.

Dann grinste Daisy sie an und deutete auf ihren Hund im Flauschball- Format. „Buffy ist bereit zum Aufbruch."

Der Welpe saß zu Noels Füßen, die Zunge hing ihm heraus, und der Schwanz wedelte. Sofort als Noel auf sie hinabschaute, stürmte Buffy zur Tür und bellte.

Noel lachte. „Dann komm mal. Ich bin mir sicher, Endora kann es kaum erwarten, dass ihre Spielkameradin kommt."

Zehn Minuten später wurden Noel, Daisy und Buffy im Hause Garrison willkommen geheißen. Sobald sie eingetreten waren, liefen Olive und Daisy kreischend davon, ihre beiden Welpen auf den Fersen. Was immer Daisy auf der Seele gelegen hatte, schien verschwunden zu sein, sobald sie Olive gesehen hatte. Noel stieß ein erleichtertes Seufzen aus. Wenn es das Zusammensein mit ihrer zukünftigen Cousine war, was sie brauchte, war Noel nur zu gern bereit, es zu unterstützen.

„Du wirst einen spannenden Abend haben", sagte Noel zu Abby. „Zwei schreiende Kinder und ihre Hunde. Bist du sicher, dass du keine Hilfe brauchst?"

„Probier es gar nicht erst, Noel Townsend. Du hast heute Abend ein Date. Olive hat dich bereits enttarnt. Sieht aus, als hätte jemand seine Tochter überreden wollen, zuhause zu bleiben, um nicht zum Date zu müssen." Abby machte ein missbilligendes Geräusch. „Nicht unter meiner Aufsicht, meine Liebe. Wie lange hast du auf dieses Date gewartet? Jahrelang, oder?"

„Abby …", sagte Noel mit einem Seufzen.

„Spar dir das, große Schwester", erwiderte sie mit einem Kopfschütteln. Dann stieg sie in einen Vortrag darüber ein, dass Noel sich nicht ewig vor der Liebe abschirmen konnte, dass sie doch wissen musste, dass Beziehungen zu Erwachsenen auch wichtig waren, und dass sie es verdient hatte, geliebt zu werden.

Noel ließ sie einfach weiterreden, denn es schien, als würde Abby aus Erfahrung sprechen. Als sie schließlich eine Pause machte, legte ihr Noel eine Hand auf den Arm und sagte: „Abs, ich weiß diese … äh … Anfeuerungsrede zu schätzen, aber ich habe nicht versucht, mich vor meinem Date mit Drew zu drücken. Ich habe mir nur Sorgen um Daisy gemacht. Sie war ziemlich lustlos, als ich sie von der Schule abgeholt habe. Und als wir nach Hause kamen, schien sie müde oder gestresst zu sein. Ich wusste nicht, was los war, aber als ich vorgeschlagen habe, dass wir zu Hause bleiben, hat sie diesem Vorschlag eine ziemlich heftige Absage erteilt. Und offensichtlich ist sie begeistert davon, hier zu sein. Also … hilfst du mir nun aussuchen, was ich anziehen soll, oder hältst du mir weiterhin Vorträge?"

„Oh", sagte Abby mit überraschter Miene. Dann räusperte sich. „In diesem Fall müssen wir shoppen gehen."

„Ich glaube nicht, dass wir dafür Zeit haben", sagte Noel.

„Klar haben wir die." Abby bewegte sich durch den Gang und winkte, um ihre Schwester zum Folgen zu animieren.

Noel betrat hinter ihr das Schlafzimmer. Es war ein ziemlich maskuliner Raum mit dunkler, moderner Möblierung, einer beigen Bettdecke und einem sandfarbenen Teppich. Wären da nicht Kerzen auf der Kommode und den Nachttischen gewesen, und die bunten Bilder, die die Sonne zeigten, die durch Mammutbäume fiel, wäre es ein komplettes Junggesellenzimmer gewesen.

„Was machen wir hier drin?", fragte Noel ihre Schwester.

Abby grinste und öffnete die Schranktüren. „Wir möbeln dich komplett auf."

Noel hob eine Hand und wollte schon rückwärtsgehen. „Ich weiß nicht …"

„O nein, das wird nichts. Du gehst nicht in Jeans und einem Sweatshirt auf dein erstes offizielles Date seit Ewigkeiten."

Noel verdrehte die Augen. „Er hat bereits gesehen, wie ich

mit Schlamm beschmiert bin. Ich glaube nicht, dass ihn meine Jeans stört. Du hast uns doch auf der Terrasse gesehen, weißt du noch?“

„Stimmt.“ Abby neigte den Kopf zur Seite und musterte ihre Schwester. „Geben wir ihm doch trotzdem was, das ihm den Mund wässrig macht, oder?“

Noel hörte ihrer Schwester zu, die darüber plauderte, wie sie sich für sie freute, und wie großartig es wäre, wenn Noel und Drew zusammen kämen.

„Wir könnten ein Doppel-Date veranstalten“, sagte Abby mit freudiger Miene. „Das wäre doch ein Riesenspaß! Immerhin sind Clay und Drew beste Freunde. Wir hätten keine komischen Momente zwischen unseren Partnern, wenn wir was zu viert unternehmen. Es wäre wie in alten Zeiten.“

„Nicht ganz wie in alten Zeiten, Abby“, sagte Noel leise. „Dafür müsste Charlotte hier sein.“

Abby ließ eines der Kleider fallen, die sie gerade aus dem Schrank geholt hatte, und wirbelte herum, einen entsetzten Ausdruck auf dem Gesicht. „O Noel. Nein. Das habe ich überhaupt nicht gemeint.“

Noel setzte sich auf die Bettkante und war plötzlich erschöpft. Sie griff nach ihrer Handtasche, zog ein paar der Vitaminpillen heraus, die Gerry ihr gegeben hatte, und steckte sie sich in den Mund. Als sie schließlich zu ihrer Schwester aufschaute, standen Tränen in Abbys Augen. „Es tut mir leid, dass ich dich aus dem Takt gebracht habe“, sagte Noel, die sich furchtbar fühlte, weil sie überhaupt etwas gesagt hatte. „Ich bin nur … ich mache mir immer Sorgen, Drew könnte mich als Ersatz für Charlotte sehen. Und ich will ganz bestimmt nicht ihr Ersatz bei dir sein.“

„Das denkst du wirklich?“ Abby kam näher, um sich neben ihre Schwester zu setzen.

Noel zuckte mit den Schultern. „Sie war deine beste Freundin."

„*Du* warst meine andere beste Freundin, Noel", stieß Abby hervor. „Ich wollte nicht ein einziges Mal, dass du sie ersetzt. Ich wollte einfach nur *dich* zurück. Als ich weggegangen bin, habe ich dich verloren. Du wolltest nicht mit mir reden und hast mir nie verziehen, dass ich gegangen bin. Aber ich bin wieder da, und ich strenge mich an. Ich dachte, vielleicht … Teufel auch, es spielt keine Rolle, was ich gedacht habe. Ich liebe dich, Noel. Ich vermisse die Schwester und die Freundschaft, die wir hatten. Es tut mir leid, dass ich gegangen bin, aber ich habe nicht *dich* verlassen. Ich wollte vor dem Schmerz davonlaufen." Sie hob eine Schulter. „Aber das funktioniert offenbar nicht so wirklich. Ich schätze, man kann nur weiterziehen, wenn man sich der Vergangenheit stellt. Können wir das tun? Glaubst du, du kannst mir endlich vergeben?"

Schmerzen griffen nach Noels Herz, als sie sich daran erinnerte, wie verzweifelt sie gewesen war, als Abby die Stadt verlassen hatte. „Ich habe mit dir geredet. Du bist diejenige, die keine Anrufe mehr erwidert hat."

„Weil du ständig gefordert hast, dass ich hierher zurückkomme. Ich habe einfach Zeit gebraucht, Noel", sagte Abby, die müde klang. „Als ich später versucht habe, die Verbindung aufzunehmen, hattest du kein Interesse mehr."

Natürlich hatte Noel Interesse gehabt. Sie war einfach nur zu verletzt gewesen. Diese verdammten Tränen waren wieder da und kullerten lautlos ihre Wangen hinab. „Es tut mir leid, Abby. Ich habe dich einfach vermisst. Hier hat sich alles aufgelöst. Und ich … naja, als du gegangen bist, ist eine Menge Mist hochgekommen, aus der Zeit, als Mom uns verlassen hat. Mir ging es eine Weile richtig schlecht. Ich schätze, keine von uns hat sich in dieser Sache mit Ruhm bekleckert."

Abby nahm die Hand ihrer Schwester fest in ihre. „Dass du glaubst, ich hätte dich nicht vermisst, ist das letzte, das ich wollte. Das habe ich. Die ganze Zeit. Und ich habe ganz gewiss nicht *dich* verlassen. Nicht so, wie das, was Mom mit uns gemacht hat. Das muss dir klar sein. Du warst die Einzige, mit der ich reden wollte, als mein Leben außer Kontrolle geriet. Vielleicht hätte ich nicht so viel Zeit mit meinem nutzlosen Ex verschwendet, wenn ich dich bei mir gehabt hätte, damit ich nicht alles beschönige. Ich liebe Faith, aber sie ist zu nett."

Noel lachte. Faith hatte Zeit mit Abby und ihrem Freund in New Orleans verbracht, und obwohl Faith ihn nicht sonderlich gemocht hatte, hatte sie gezögert, es vor Abby anzusprechen. „Damit hast du vermutlich recht." Noel wandte sich an Abby. „Schließen wir einen Pakt."

„Was denn für einen Pakt?", fragte Abby.

„Dass wir, wenn sich eine von uns idiotisch verhält, der jeweils anderen einen Tritt in den Arsch geben. Wir daten keine Verlierer, und wir schweigen uns nicht mehr an. Wir reden darüber, auch wenn es uns umbringt."

„Abgemacht." Abby spukte sich in die Hand und streckte sie aus.

„Eklig." Noel rümpfte die Nase. „Was stimmt eigentlich nicht mit dir?"

„Wäre dir ein Blutpakt lieber?", fragte Abby.

Noel verzog das Gesicht und schüttelte den Kopf. Dann spukte sie sich in die Hand und schüttelte die von Abby. „Der Pakt gilt."

Als sie die Hände voneinander lösten, wischte sich jede von ihnen rasch die Handflächen an der Jeans der anderen ab. Abby legte den Kopf in den Nacken und lachte. Als sie wieder nüchtern wurde, sagte sie: „Verdammt, ich habe dich wirklich vermisst."

„Ich dich auch, Abs. Ich dich auch." Noel erhob sich und ging hinüber zu Abbys Schrank. „Und jetzt suchen wir was zum Anziehen, das nicht mit Spucke beschmiert ist."

KAPITEL 20

Nachdem er über fünf Stunden im Café auf der Lauer gelegen und darauf gewartet hatte, dass Xavier ins Sunshine Hotel zurückkehrte, warf Drew schließlich das Handtuch und machte sich auf den Weg zurück nach Keating Hollow. Es gab keine Garantie dafür, dass Xavier zurückkehren würde, besonders nicht jetzt, da ihm klar war, dass man ihn gesehen hatte. Wenn er versteckt bleiben wollte, bestand so gut wie keine Chance, dass er in nächster Zeit irgendwo in der näheren Umgebung auftauchen würde. Drew rief jedoch Sheriff Barnes an und ließ ihn wissen, wo und wann er Xavier gesehen hatte. Der Sheriff sagte, er würde den Ort unter Beobachtung stellen und ihn wissen lassen, falls sich etwas ergab.

In der Zwischenzeit hatte Drew auf einem Date zu erscheinen. Und er sollte verdammt sein, wenn er sich verspätete. Nicht nach letzter Nacht. Nicht, nachdem er sich unter Mühen von der Frau hatte losreißen müssen, die ihn allmählich irre machte.

Die Sohlen seiner Schuhe klickten auf dem gepflasterten

Bürgersteig, während Drew sich zum Keating Hollow Inn begab. Sobald er nach Hause gekommen war, hatte er sich rasch geduscht und rasiert, und sich dann eine Anzughose und ein Sakko angezogen. Er kam nicht umhin, sich zu fragen, ob er übertrieben hatte. Keating Hollow war im Großen und Ganzen eine Stadt, in der man es locker nahm. Und das traf, nebenbei gesagt, auch auf Noel zu. Sie hatte immer Stil, aber es war ein Stil mit Jeans und Stiefeln anstelle von Kleidern und hochhackigen Schuhen.

Und dennoch war es ein erstes Date, und er war entschlossen, sie umzuhauen. Drew betrat die Lobby des Keating Hollow Inn und blieb wie angewurzelt stehen, als er das umwerfende Wesen hinter dem Tresen erblickte.

Noel hatte sich die blonden Haare zu einer Art edlen Hochsteckfrisur gebunden, und sie trug ein dunkelviolettes Kleid, das ihre Kurven auf genau die richtige Art betonte.

„Hallo, du Schöne."

Sie sah auf, war offenbar überrascht, ihn dort zu sehen, dann breitete sich langsam ein Lächeln auf ihrem Gesicht aus. „Na, hallo auch, du Hübscher. Wer hätte denn gedacht, dass der Hilfssheriff sich so ansehnlich herausputzen kann?"

Drew marschierte zu ihr hinüber, nahm sie an der Hand und zog sie hinter dem Tresen hervor, sodass ihre Schnürstiefel zum Vorschein kamen. „Perfekt", sagte er. „Absolut bezaubernd."

„Jetzt übertreibst du aber. Hör auf, bevor du dich zum Narren machst", zog sie ihn auf.

„Niemals. Bereit?"

„Ja. Ich hole nur schnell meinen Mantel." Sie zog eine Wolljacke aus dem Schrank hinter ihr, dann rief sie: „Alec! Ich bin auf dem Weg nach draußen. Wir sehen uns morgen Vormittag."

Auf der anderen Seite der Lobby öffnete sich eine Tür, und ihr Mitarbeiter steckte den Kopf heraus. „Gute Nacht, Ms. Townsend“, sagte er. „Genießen Sie Ihren Abend.“

„Sie auch.“ Sie winkte ihm, dann folgte sie Drew nach draußen.

„Macht es dir etwas aus, wenn wir zu Fuß gehen?“, fragte er sie, während er ihr den Arm um die Taille legte und dabei den schwachen Zitrusduft genoss, der an ihr zu haften schien, wohin sie sich auch wandte.

„Überhaupt nicht.“ Noel lehnte sich an ihn. „Ich sehe unsere Stadt gerne mit den Weihnachtslichtern. Es wirkt einfach so … voller Freude.“

Voller Freude. Genauso fühlte er sich, nur dass er sich nicht sicher war, ob es an den Lichtern lag. Sie betrieben Smalltalk, während sie zum Restaurant unterwegs waren. Drew hatte sich um eine Reservierung gekümmert, und ihr Tisch wartete auf sie, als sie ankamen.

„Wein?“, fragte Drew.

Sie zögerte einen Augenblick, ehe sie ein nervöses Lachen von sich gab. „Ich bin mir nicht sicher, ob Wein nach letzter Nacht eine gute Idee ist.“

„Harter Morgen?“, fragte er erheitert.

„So war es, bis Abby mit ihrem magischen Anti-Kater-Trank aufgetaucht ist. Ich schwöre, sie hat im kleinen Zeh mehr Talent als der Rest dieser Stadt zusammen.“

„Was meinst du damit, Noel? Dass niemand anderes in der Stadt magische Fähigkeiten hat, die dich beeindrucken könnten?“

„Nicht ganz“, sagte sie mit einem Kichern. „Ich sage nur, dass Abby jetzt richtig in Fahrt gekommen ist, und sie ist schon wirklich krass. Wenn du mich also mit deiner Magie beeindrucken möchtest, musst du dich vermutlich ziemlich anstrengen."

„Herausforderung angenommen", sagte er.

Das Abendessen war eine köstliche Abfolge aus Hummersuppe, Thunfisch-Tatar und dem leckersten Steak, das Drew je hatte verspeisen dürfen. Und trotzdem war das Essen nichts im Vergleich zu der Freude, die es im bereitete, den Abend mit Noel zu verbringen. Bis es an der Zeit war, dass er die Rechnung bezahlte – er konnte doch nicht Noel die Rechnung für ihr erstes Date übernehmen lassen, ganz gleich, wie sehr sie widersprach –, fragte Drew sich, worauf er gewartet hatte. Warum hatte er zuvor beschlossen, dass sie tabu war?

Weil ihre Familie ihn an jemand anderen erinnerte, den er geliebt hatte. Nur dass inzwischen die Erinnerung an Charlotte nicht mehr so schmerzhaft war, wie sie es in der Vergangenheit gewesen war. Wenn er an sie dachte, beschwor er nicht mehr den Morgen herauf, an dem er sie in Abbys Atelier gefunden hatte, sah nicht mehr ihre ausdruckslosen Augen. Inzwischen erinnerte er sich, dass sie lebensfroh und entschlossen gewesen war, das Leben voll auszukosten.

Er runzelte die Stirn, fragte sich, wann es zu dieser Veränderung gekommen war.

„Was ist los, Drew?", fragte Noel.

„Hm?"

„Du warst doch gerade eben weg. Hast dich geistig einfach rausgezogen, als würdest du eine andere Dimension besuchen."

„Ich bin da", sagte er. „Ich habe darüber nachgedacht, was für eine wunderbare Mahlzeit wir gerade miteinander geteilt haben."

Ihre Miene war skeptisch, während sie die Augen zusammenkniff und sagte: „Irgendwie glaube ich nicht, dass das die ganze Wahrheit ist, aber es war eine wunderbare Mahlzeit, darum lasse ich es durchgehen."

Mit einem leisen Lachen stand er auf und hielt ihr eine Hand hin. „Komm und unternimm mit mir einen Verdauungsspaziergang. Ich will dir etwas zeigen."

Das erregte ihr Interesse. „Oh, eine Überraschung?"

„Sowas in der Art."

Noel hängte sich bei ihm ein, und Drew dachte, dass es sich vollkommen natürlich anfühlte, diese Frau an seiner Seite zu haben. Und dann wusste er, genau in diesem Augenblick, dass er es nicht schaffen würde, sie jemals wieder gehen zu lassen.

Die kalte Luft strömte über ihn hinweg, doch die spürte er kaum, während er diese wunderbare Frau an seinem Arm über die Hauptstraße führte. Sie gingen Arm in Arm durch ihre Stadt, die Stadt, in der sie aufgewachsen waren und von der er sicher war, dass sie beide im Laufe ihres restlichen Lebens dort bleiben würden. Sie beide hatten jeden Quadratzentimeter ihrer Selbst in die verzauberte Stadt eingebracht – sie mit ihrer Pension, und er mit seiner Verpflichtung, den Ort so sicher und frei von Verbrechen zu halten, wie es irgend möglich war. Er konnte sich keine zwei Menschen vorstellen, die besser zueinander gepasst hätten.

„Also, wegen dieser Schutzzauber, von denen ich gesprochen habe", sagte Noel und holte ihn aus seinen Gedanken.

„Schutzzauber?", fragte er, verwundert, ob er einen Teil der Unterhaltung versäumt hatte.

„Die für das Neujahrs-Festival. Darüber haben wir nie gesprochen."

Ihm fiel der Tag wieder ein, an dem Noel dazwischen gegangen war, als Shannon ihn vor *Ein Löffelchen Magie* festgesetzt hatte. Sie hatte erzählt, dass die Stadt zur

Neujahrsfeier ausgebucht war. „Stimmt. Wir haben darüber gesprochen, die Sicherheitszauber rund um die Stadt zu verstärken. Was ist damit?"

„Du brauchst Hilfe, oder? Pauly Putzner wirkt, als könne er nicht mal Wasser kochen, geschweige denn einen Zauber wirken. Lass mich einfach wissen, wann du dich darum kümmern willst, und ich helfe gerne."

„Wie wäre es gleich nach Weihnachten, bevor die Stadt zum Neujahrs-Festival voll wird?"

„Perfekt." Sie grinste.

„Und jetzt sei nett zu Pauly, Noel", zog Drew sie auf, erheitert und voller Vorfreude, mit ihr zu arbeiten, auch wenn es nur einen Tag lang war. „Kannst du dir vorstellen, eine Wasserhexe zu sein, und nicht einmal schwimmen zu können? Das muss doch wehtun."

Noel schnaubte vor Erheiterung. „Weißt du, er würde mir leid tun, wenn er nicht so ein Idiot wäre. Hast du mitbekommen, dass er heute Miss Maple einen Strafzettel verpassen wollte, weil sie vor dem Revier in zweiter Reihe geparkt hat?"

Drew runzelte die Stirn. „Nein. Warum hat sie in zweiter Reihe geparkt?"

„Sie hat weihnachtliche Geschenkkörbe aufs Revier gebracht. Je einen für dich, Clarissa und Pauly. Hast du deinen nicht bekommen?"

„Himmel, er ist wirklich ein Idiot." Drew fühlte sich mit einem Mal schuldig, weil er sie nicht in seine Aufgabe eingeweiht hatte, Xavier zu finden. Und nun, da er ihn gesehen hatte, war es doch nur fair, wenn sie erfuhr, dass er in der Nähe war, oder nicht? „Und nein, noch nicht. Ich war heute den ganzen Tag unterwegs."

„Oh, mysteriöse Sheriffs-Aktionen", sagte sie mit

leuchtenden Augen. „Hast du draußen böse Jungs verfolgt?"

„Vielleicht." Er nahm ihre Hand und zog sie hinab auf den Fußweg, der zum Fluss führte. „Hör mal, Noel, es gibt da etwas, das ich dir sagen muss."

Ihr heiterer Gesichtsausdruck verflüchtigte sich. „Uff. Das klingt ernst."

„Ist es." Er nickte zu der Bank am Flussufer. „Können wir uns ein paar Minuten lang hinsetzen?"

„Klar." Sie nahm Platz und wandte sich ihm zu, die Hände im Schoß gefaltet. „Ich muss zugeben, Drew, du machst mir gerade ein bisschen Angst. Was ist los, dass es so wichtig ist?"

Er holte rasch Luft und nahm ihre Hände in seine. „Vor ein paar Tagen kam der Bezirkssheriff zu mir. Er sagte mir, sie hätten Personalmangel und ihnen fehlen die Ressourcen, um nach Xavier zu suchen."

Sie blinzelte. „Also sucht niemand in Verbindung mit dem Mord an diesem anderen Mann nach ihm? Nicht einmal, um herauszufinden, ob er ihn kannte, oder wusste, wer mit ihm Streit haben könnte?"

„Doch." Drew schüttelte den Kopf. „Jemand sucht nach ihm. Darüber wollte der Sheriff mit mir sprechen. Er sagte, er wolle jemanden von außerhalb seiner Abteilung, der sich die Sache anschaut. Warum genau, hat er mir nicht verraten, aber ich habe einen Verdacht. Auf jeden Fall bin ich bis auf weiteres derjenige, der dafür verantwortlich ist, deinen Ex zu finden."

Noel zog ihre Hände aus seinen zurück und lehnte sich an die Bank.

Drew runzelte die Stirn, es juckte ihn in den Fingern, nach ihrer Hand zu greifen und sie wieder zu nehmen, doch wusste er, dass das nicht der richtige Zeitpunkt war.

„Was für einen Verdacht hast du?" Ihre Miene war hart und

verschlossen, ganz anders als die der Frau, die er im Lauf der letzten Woche näher kennengelernt hatte.

„Ich erzähle es dir, aber zuerst brauche ich ein Versprechen von dir", sagte er.

„Und das wäre, Drew? Dass ich trotzdem noch mit dir ausgehe, obwohl du schon seit ein paar Tagen davon wusstest und es mir erst jetzt erzählst?"

Uff. Eine derart heftige Reaktion hätte er nicht erwartet. Er hatte gerade erst mit der Ermittlung begonnen. Nur dass er … dass sie am vorigen Abend auf ihrer Veranda herumgeknutscht hatten und er es nicht erwähnt hatte. Trotzdem machte er nur seine Arbeit.

„Wenn ich dich nicht gefragt hätte, was du den ganzen Tag gemacht hast, hättest du es mir dann überhaupt erzählt?", fuhr sie fort.

„Noel", sagte er, verblüfft über ihren vorwurfsvollen Ton. „Natürlich hätte ich es dir erzählt. Ich wollte nur abwarten, bis es etwas zu erzählen gab. Warum bist du so verstört?"

Sie holte tief Luft und stieß sie langsam wieder aus. Dann schaute sie ihm mit kühlem Blick in die Augen. „Sollte es dir nicht aufgefallen sein, Hilfssheriff Baker, ich habe ein problematisches Verhältnis zum Vertrauen. Wenn der eigene Mann dich ohne eine Nachricht verlässt und dein liebster Mensch nicht mehr mit dir redet, obwohl du dir nichts hast zu Schulden kommen lassen, wirst du ein wenig abgebrüht."

Einen Augenblick lang erwiderte Drew nichts, während er verarbeitete, was sie gesagt hatte. „Du meinst Abby? Als sie aufgebrochen und in New Orleans gelandet ist?"

Ihre großen blauen Augen füllten sich mit Tränen, während sie ihn anfunkelte. „Nein. Nicht Abby. Sie hat nicht aufgehört, mit mir zu sprechen, sie hat einfach nicht mehr zugehört.

Auch wenn es garantiert keine Hilfe war, dass sie weggegangen ist."

„Dann …" Seine Stimme verstummte, als er sich an eine längst vergangene Unterhaltung am Ende eines Sommers erinnerte, den sie praktisch aneinandergeschweißt verbracht hatten. Seine eigenen Worte hallten in seinem Kopf nach. *Ich glaube nicht, dass wir das tun können, Noel. Es ist besser, wenn wir einfach Freunde bleiben.*

Nur dass sie keine Freunde geblieben waren. Auf jeden Fall keine echten. Sie begegneten einander in der Stadt und gingen höflich miteinander um. Sie betrieben Smalltalk über das Wetter, die Brauerei, wie es ihren Familien ging, aber nichts, das zu sehr unter die Haut ging, *nichts Echtes.* Nicht so, wie sie miteinander in jenem Sommer umgegangen waren, in dem sie beide Betreuer bei *Campus Pokus* gewesen waren, dem Ferienlager für junge Hexen. Im *Campus Pokus* hatten sie über alles gesprochen, darunter auch über Charlotte und den Schmerz, den ihr Verlust ihnen bereitet hatte; Drew, weil sie seine erste Liebe gewesen war, und Noel, weil sie sowohl eine Freundin als auch ihre Schwester verloren hatte, die mit ihrer Schuld und ihrem Schmerz nicht zurechtgekommen war.

Und wenn sie sich nicht mit den Nachwehen von Charlottes Tod beschäftigten, waren sie auf andere Weise füreinander da gewesen, hatten etwa ausgeknobelt, wie sie es anstellen sollten, ihre Träume zu verwirklichen. Sie hatte sogar damals schon ihren Plan mit ihm geteilt, die Pension zu eröffnen. Sie hatten einander so nahegestanden, dass, wo immer der eine war, der andere bestimmt nicht lange auf sich warten ließ. Aber dann hatte Drew den Fehler gemacht, sie zu küssen und war prompt durch die Decke gegangen, weil er überhaupt nicht für eine neue Beziehung bereit gewesen war, besonders nicht für eine

Beziehung mit der Schwester von Abby Townsend. Er hatte eine Menge Zeit damit verbracht, Abby etwas vorzuwerfen, das letzten Endes nicht einmal annähernd ihre Schuld gewesen war. Aber er hatte zu sehr gelitten, um das zu sehen.

Jahre später noch war es ihm schwergefallen, in der Nähe des Townsend-Haushalts zu sein, aber nur, weil die Erinnerungen eine zu große Last waren, nicht, weil er sie verabscheute oder ihnen Vorwürfe machte. Erst seit Abby zurück in die Stadt gekommen war, und er sich gezwungen gesehen hatte, sich mit ihr zu beschäftigen, war ihm klar geworden, dass der ganze Müll lediglich in seinem Kopf stattfand. Er war durch mit der Trauer um Charlotte. Er würde sie immer lieben, und auch das, was sie gehabt hatten, aber er war durch.

„Es tut mir leid, Noel. Du hast nicht verdient, wie ich dich behandelt habe", sagte Drew und starrte in ihre geplagten Augen. „Ich kann es nur damit entschuldigen, dass ich jung war und große Schmerzen litt. Ich glaube, es hat sich für mich angefühlt, als hätte ich Charlotte betrogen. Anstatt dir erklären zu wollen, was los war, bin ich einfach weggelaufen. Ich weiß, dass ich dich verletzt habe, und dafür entschuldige ich mich aufrichtig."

„Danke", sagte sie mit leiser Stimme, während sie auf den rauschenden Fluss hinausstarrte.

„Eines noch."

Sie richtete ihren Blick wieder auf ihn. In ihren Augen glitzerten immer noch unvergossene Tränen. „Was?"

„Du solltest wissen, dass ich nicht mehr dieser Mensch bin. Meine Zeit des Weglaufens ist vorbei." Er legte seine Hand an ihre Wange. „Ich weiß, worauf es in meinem Leben ankommt, und auf wen. Du darfst keinen Augenblick lang glauben, dass ich das vergessen werde."

Sie öffnete den Mund, schloss ihn wieder und schluckte dann sichtlich, während sich ihr Blick klärte. „Wer ist dir wichtig, Drew?"

„Du, Noel. Du und Daisy. Und darum bin ich entschlossen, deinen Ex zu finden."

Ihre Augenbrauen zogen sich zusammen, während sie ein finsteres Gesicht machte. „Du bist entschlossen, ihn für … mich und Daisy zu finden? Warum? Versuchst du, dich davor zu drücken, mit mir auszugehen, denn wenn es das ist …"

„Noel", sagte er leise mit einem schwachen, erheiterten Lächeln. „Ich versuche, mich auf gar keinen Fall davor zu drücken, mit ihr auszugehen. Eigentlich halte ich hier ein Plädoyer, damit du mich nicht fallen lässt."

Ihre finstere Miene hellte sich auf und wich etwas, das nach Verwirrung aussah. „Okay, also warum versuchst du, Xavier zu finden?"

„Damit du und Daisy einen Abschluss haben könnt. Ich weiß, dass dich das völlig zerrissen zurückgelassen hat. Und das liegt nicht nur an der Tatsache, dass er gegangen ist, sondern an der Art, wie er es getan hat. Du verdienst Antworten, aber noch wichtiger, auch Daisy verdient sie. Hat sie immer noch Albträume?"

Noel runzelte die Stirn. Sie konnte sich nicht daran erinnern, dass sie Daisys Ängste mit ihm besprochen hätte. „Woher weißt du davon?"

„Ich habe zufällig Abby und Clay darüber sprechen gehört, als sie ihre Tränke herstellte. Ich wollte nicht lauschen, aber es ist einfach passiert. Es tut mir leid, wenn dich das stört."

„Schon gut, Drew", sagte sie und tätschelte ihm das Knie.

Sein Blick kam auf ihrer Hand zum Ruhen. Sie berührte ihn wieder, und ihr Tonfall wurde weicher. Beides waren gute Zeichen. Aber er musste immer noch etwas beichten.

„Jetzt zu Xavier …", setzte er an.

„Hast du das Arschloch schon gefunden?", fragte Noel.

„Heute war ich nah dran."

Ihr Mund klappte auf. „Du … hast ihn gefunden?"

„In Eureka. Er war im Sunshine Hotel. Ich bin einer Spur nachgegangen und wollte gerade hineingehen, als er plötzlich da war. Er kam direkt aus dem Hotel heraus."

„Heiliger Strohsack", flüsterte sie. „Was hast du gemacht?"

„Leider hat er mich gesehen. Ich war zivil gekleidet, und er erkannte mich offensichtlich, denn er ist geflohen. Er sprang in sein SUV und fuhr wie ein Irrer über den Highway 101 davon. Ich wollte ihm folgen, aber ich musste erst zu meinem Fahrzeug zurück, und bis ich eine Kehrtwende gemacht hatte, war er weg. Ich habe den ganzen Tag gewartet, um zu sehen, ob er noch einmal auftauchen würde, aber so viel Glück hatte ich nicht. Dann kam ich hierher zurück und habe meine Liebste zum Abendessen ausgeführt."

Sie grinste. „Versuch nicht, mich herauszulocken, aus dieser … was immer das für eine irre Laune war, in die ich da gerade abgeglitten bin."

„Aber es funktioniert."

Ihr Grinsen wich einem Lächeln, als sie Drew anschaute.

„Da ist es ja, dieses Lächeln, das mir inzwischen so gefällt." Er strich mit dem Daumen über ihr Kinn und beugte sich vor, um ihr einen Kuss auf die Wange zu hauchen. Als er sich zurückzog, deutete er auf den Fluss.

Noel stieß ein leises, überraschtes Keuchen aus. „Das … das machst doch du, oder?"

Er zuckte mit einer Schulter, während er sich auf das komplizierte Wasserspiel konzentrierte, das er nur mit seinen Gedanken heraufbeschworen hatte. Wasserfontänen schossen direkt nach oben in die Luft und bildeten einen Stiel, während

Wassertropfen durch die Luft tänzelten, um die Blütenblätter eines Gänseblümchens zu formen.

„Drew", flüsterte sie, ihre Stimme kaum hörbar. „Das ist womöglich das Liebste, was je jemand für mich getan hat."

Er ließ seine Hand in ihre gleiten und sagte: „Ich hoffe einfach, dass ich die Gelegenheit bekomme, mich selbst zu übertreffen."

Sie warf einen Blick hinab auf ihre verbundenen Hände. „Du bist so lieb. Aber es gibt auch ein paar Dinge, die ich dir sagen muss."

„Okay. Los."

„Ich habe dir bereits erzählt, dass ich ein problematisches Verhältnis zu Vertrauen habe", sagte sie.

„Ja, hast du." Er begegnete ihrem Blick und starrte sie durchdringend an. „Ich bin ein Mann mit Geduld."

„So sieht es aus, Andrew Baker, der bist du wirklich. Aber wenn wir das weiter treiben wollen, gibt es etwas, das ich klarstellen muss."

„Sag es mir, Noel", erwiderte er, bereit zu akzeptieren, was immer sie zu sagen hatte.

„Ich glaube einfach nicht, dass ich das tun kann, wenn ich im Vergleich zu Charlotte immer die zweite Geige spiele."

Drew zuckte zurück, kurzzeitig erstarrt durch ihre Worte.

„Drew, ich …"

„Gebe ich dir das Gefühl, dass du meine zweite Wahl bist?", fragte er ein wenig verletzt und ziemlich verwirrt. Er hatte seit langer Zeit nicht mehr von Charlotte gesprochen.

Noel war ein paar Augenblicke still und sagte schließlich: „Nein. Nicht im Augenblick. Aber ich war schon mal an diesem Punkt."

„Noel … das ist lange her."

Sie nickte. „Da hast du recht. Ist es. Und ich bin vermutlich nicht fair, aber ich kann nicht anders, als vorsichtig zu sein." Sie verzog das Gesicht und schaute weg. „Es tut mir leid. Ich wollte nicht, dass dieser Abend so läuft."

Drew zog ihre Hände zu seinen Lippen empor und küsste ihre Finger. „Mir nicht."

„Nicht was?"

„Mir tut es nicht leid. Der Abend ist genauso gelaufen, wie ich es mir erhofft hatte." Er lächelte sie sanft an. „Ich habe kein Problem damit, dir zu versichern, dass du, Noel, hinter niemandem zurückstehst. Nicht jetzt, und niemals wieder. Vor all den Jahren, als wir befreundet waren, musste ich einfach noch genesen. Ich werde nicht leugnen, dass ich ein paar Narben habe, aber wer hat die nicht?"

Sie verfestigte den Griff um seine Finger, erwiderte aber nichts.

„Wenn du bereit bist, diese Sache weiterzutreiben, wenn du glaubst, dass du mir vertrauen kannst, dann bin ich mit Haut und Haaren dabei."

„Mit Haut und Haaren?", fragte sie.

Er nickte. „Mit Haut und Haaren. Mit dir. Mir. Daisy. Buffy. Und dem Rest deiner gigantischen Familie."

Sie drückte ihm eine Hand an die Wange. In ihren Augen strahlte etwas, das sehr nach Liebe aussah, etwas, das ihn schon seit sehr langer Zeit nicht mehr angestrahlt hatte. Dann sagte sie: „Ich bin auch dabei."

Er stieß Luft aus, von der er nicht gewusst hatte, dass er sie angehalten hatte, und legte seinen Mund auf ihren, goss sein ganzes Herz hinein, und stellte sicher, dass sie wusste, dass er der Ihre war. Er hatte es ernst gemeint, als er gesagt hatte, dass er mit Haut und Haaren dabei war, und davon gab es jetzt kein Zurück mehr.

„Hui", sagte sie, als sie sich schließlich voneinander lösten. „Das war ja mal ein Kuss."

„Wo der herkam, gibt es noch mehr", sagte er und beugte sich wieder vor.

Sie lachte nur, während sie aufstand und ihn von der Bank hochzog. „Bring mich nach Hause, Drew."

Enttäuschung brach über ihn herein. Er war nicht darauf vorbereitet, dass das Date schon vorbei war, noch nicht einmal annähernd.

Ihr Lächeln wurde breiter, während sie den Kopf schüttelte. „Schau mich doch nicht an, als hätte ich dir gerade dein Hündchen geklaut. Ich will dich mit nach Hause nehmen."

„Oh, ich verstehe." Dann grinste er auf sie hinab und sagte: „Ich kann es kaum erwarten, zu sehen, was unter dem Kleid ist."

„Darauf möchte ich wetten." Sie zwinkerte ihm zu, machte ein paar Schritte rückwärts, und ging dann voraus auf den Weg zu ihrem Haus.

KAPITEL 21

Noel begab sich auf den Weg hinauf zu Abbys Haus. Sie hatte zwei Tassen Kaffee und eine Tüte mit süßen Teilchen in der Hand. In der vorigen Nacht hatte sie nicht viel Schlaf abbekommen, dennoch waren ihre Schritte energiegeladen. Es ließ sich kaum sagen, ob ihre neu gewonnene Energie eine direkte Folge der Nacht mit Drew war, oder der Zusatzvitamine, die sie nahm, aber wenn sie hätte wetten müssen, hätte sie darauf getippt, dass es Drew war, der sie mit zusätzlicher Kraft versorgte. Dass sie mit ihm endlich den nächsten Schritt unternommen hatte und in seinen Armen aufgewacht war, hatte sie nicht nur glücklich gemacht, sondern sie auch auf merkwürdige Weise zu sich selbst finden lassen. Es fühlte sich richtig an. Sie hatte Xavier geliebt, als sie zusammengelebt hatten, ehe er ihr Leben zum Einsturz gebracht hatte, aber selbst bei ihm hatte sie sich nie so harmonisch gefühlt.

Bevor Noel auf der offenen Veranda ankam, schlug Abby die Tür auf und sagte: „Aller Dank gebührt dir, süße

Himmelsgöttin. Uns ist der Kaffee ausgegangen, und ich brauche unbedingt mein Koffein."

Noel lachte und reichte ihrer Schwester einen Becher. „Ich habe auch Kuchen mitgebracht."

„Du bist ein Engel. Heb ein Stück für Yvette auf. Sie ist auf dem Weg hier rüber. Jetzt rein mit dir, damit du aus der Kälte rauskommst." Abby zog sie in das warme Haus. Olive und Daisy spielten leise im Wohnzimmer Karten, während Buffy und Endora zusammengerollt neben ihnen lagen.

„Äh, was hast du gemacht, hast du ihnen einen Beruhigungstrank verabreicht?", fragte Noel und winkte ihrer Tochter. „Hallo, Liebling. Hattest du Spaß?"

Daisy nickte und machte sich wieder ans Kartenspielen, offenbar kaum interessiert an der Tatsache, dass ihre Mutter eingetroffen war.

„Offensichtlich schon", sagte Noel und folgte Abby in die hell erleuchtete Küche hinten im Haus.

„Okay, also erstmal: Ich sterbe vor Neugierde. Ich will wissen, wie das Date gelaufen ist."

Ein breites Grinsen trat auf Noels Gesicht, während sie sagte: „Gut."

„Wie gut?", fragte Abby, die sie argwöhnisch musterte. „Gut in dem Sinne, dass ich, falls ich gestern Abend an deiner Pension vorbeigefahren wäre, euch beim Herumknutschen auf der Veranda gesehen hätte? Oder so gut, dass ich Drews Auto heute Morgen auch noch davor hätte parken sehen?"

Noel wurde rot, und ihr Inneres wurde weich, während sie daran dachte, wie Drew sie heute Morgen mit heißen, leidenschaftlichen Küssen geweckt hatte. „Äh, sein Auto hat draußen geparkt."

„Ja! Wurde aber auch Zeit, dass du ein bisschen Spaß hast", sagte Abby mit einem fiesen Glitzern in den hellblauen Augen.

Aber allzu rasch verblasste ihr Lächeln, und sie fuhr fort: „Ich freue mich wirklich für dich, Noel, und ich will dir deine gute Laune nicht verderben, aber ich muss dich über ein paar Dinge auf den neuesten Stand bringen."

Noel setzte sich an Abbys Küchentresen und packte den Kuchen aus, während sie versuchte, nicht in der Angst zu versinken, die ihr plötzlich entgegen grinste. „Ist es Dad?"

Abby schüttelte den Kopf. „Nein. Sein Knöchel tut noch weh, aber abgesehen davon geht es ihm gut."

Noel stieß einen erleichterten Seufzer aus. Mit allem anderen konnte sie leben. „Okay. Ich bin bereit."

„Die letzte Nacht war ein wenig unruhig", sagte Abby und setzte sich neben ihre Schwester. „Ich habe Daisy wie immer ihren Beruhigungstrank gegeben, aber gleich nach Mitternacht wachte sie auf und rief nach ihrem Vater."

Noel seufzte frustriert. „Ja. Das passiert manchmal. Nicht mehr so oft wie früher, aber es passiert. Hat sie sich beruhigt?"

„Ja, aber sie schrie, er solle sie nicht *nochmal* verlassen. Das sagte sie immer wieder, als wäre er zurückgekommen. Ich denke, sie hat womöglich mitgehört, wie du oder jemand anderes darüber reden, dass er in der Nähe ist, denn dieses Mal hat es sich einfach … anders angefühlt. Intensiver."

Seit Abby bei Clay eingezogen war, hatten sich Daisy und Olive gut angefreundet, und Daisy hatte im letzten Monat zwei- oder dreimal dort übernachtet. Das war nicht Abbys erster Auftritt in Sachen Albtraum. Noel biss sich auf die Unterlippe. „Das ist möglich, aber ich passe sehr gut auf, nicht über ihn zu reden, wenn sie da ist. Meinst du, sie könnte vielleicht dich und Clay gehört haben?"

„Ich hoffe nicht", sagte Abby mit gerunzelter Stirn. „Wir passen auch ziemlich auf. Wir sprechen nicht einmal über ihn, wenn Olive da ist."

Noel nickte. „Wenn er wirklich in Eureka herumhängt, schätze ich, dass wir seine Anwesenheit ohnehin nicht geheim halten können. Ich hoffe bloß, er hält sich verdammt nochmal fern. So ein gebrochenes Herz braucht sie nicht noch einmal."

„Du genauso wenig", sagte Abby und lächelte sie mitfühlend an.

Noel wedelte mit der Hand. „Mir kann er nicht mehr wehtun. Ich bin über ihn hinweg. Ich mache mir nur Sorgen um Daisy. Wie hast du sie beruhigt?"

„Ich habe ihr etwas mehr von dem Trank gegeben. Sie hat sich beruhigt, konnte aber nicht wieder einschlafen und fragte ständig nach Buffy. Ich gab letztendlich nach und ließ sie zusammen ins Bett. Innerhalb von fünf Minuten war sie weg."

Noel lächelte. „Diese beiden … ich hätte daran denken sollen, dir zu sagen, dass Buffy inzwischen auch bei uns in Daisys Bett schläft. Das hätte es dir vielleicht erspart, von einem Albtraum geweckt zu werden. Bei uns zu Hause hatte sie keinen mehr – seit der ersten Nacht, als wir Buffy zu uns geholt haben. Sie ist zu Daisys Trösterin geworden. Und sie ist ein so guter Hund. Nach dem ganzen Gezicke, weil Dad sie uns aufgezwungen hat, sollte ich ihm wirklich ein großes Dankeschön vorbeibringen."

„Sowas wie einen Hund?" Abby lachte.

„Das würde ihm recht geschehen."

„Abby? Noel?" Yvette marschierte in die Küche, einen großen Briefumschlag in der Hand. Ihre Augen waren trocken, aber sie waren rot und aufgequollen, als hätte sie noch gerade eben heftig geweint.

„Hey", sagte Noel, sprang auf und nahm ihre große Schwester in den Arm. „Was ist los?"

Sie holte ganz tief Luft. „Ich brauche einfach nur etwas Zeit mit meinen Schwestern."

„Die sollst du kriegen", sagte Abby. „Kann ich dir etwas bringen? Tee? Wein? Eine Schaufel?"

Yvette stieß ein überraschtes Lachen aus und ließ sich auf einen der Barhocker fallen. „Die Schaufel und irgendwas mit Zucker drin."

„Kommt sofort." Noel schob ihr ein Stück Kuchen rüber. „Um die Schaufel muss sich Abby kümmern. Also, was ist los?"

Sie warf den Umschlag auf den Tresen. „Isaac hat die Scheidung beantragt. Das hier hat er netterweise heute Morgen eigenhändig vorbeigebracht." Ihre Lippen verzogen sich zu einer Grimasse. „Er sagte, er wolle es erklären, und dass er nie vorgehabt hätte, mir weh zu tun. Alles nur wegen dieser blöden Mitgliedschaft im Fitnessstudio, die ich ihm geschenkt habe."

Noel und Abby tauschten einen wissenden Blick aus. Sie wussten beide, wohin das führen würde.

„Wer ist es?", fragte Abby. „Diese Frau, die Yogaunterricht gibt? Oder die, die die Teilnehmer auf dem Ergometer quält? Ich weiß, es ist die Empfangsdame. Die tatscht immer alle ein wenig zu enthusiastisch an."

„Ich bezweifle, dass sie es ist", sagte Noel an Abby gewandt. „Sie hat eine Freundin."

„Oh." Abby runzelte die Stirn. „Dann wohl weniger wahrscheinlich."

„Es ist jemand aus der Buchhaltung", sagte Yvette, die komplett niedergeschlagen klang. „Sie sind sich in einem Kurs begegnet."

„Moment", sagte Noel verwirrt. „Ich dachte, Jake Johnson wäre sein Buchhalter."

„Das ist richtig", sagte Yvette, und in ihren Augen funkelte quälende Traurigkeit.

„Isaac verlässt dich für Jake?", platzte es aus Abby heraus. „Du nimmst mich doch auf den Arm."

„Isaac sagt, er wollte nicht, dass das passiert." Yvette stach ein Stück vom Kuchen ab, aß es aber nicht. „Was soll das überhaupt heißen … er wollte nicht, dass das passiert? Ist er eines Abends einfach in Ohnmacht gefallen und mit einem anderen Mann im Bett wieder wach geworden? Ich weiß einfach nicht … wie konnte er mir das antun?"

Noel strich über Yvettes wildes braunes Haar und sagte: „Es tut mir so leid, Vette. Ich bin mir sicher, er meint einfach, er wollte dir nicht wehtun. Das macht es aber nicht besser, dass er dich betrogen oder sich in jemand anderen verliebt hat."

Sie saß auf dem Hocker und starrte geradewegs ins Nichts. „Warum habe ich das nicht geahnt?"

„Was ahnen, meine Liebe?", fragte Noel. „Dass er an Männern interessiert ist, oder dass er eine Affäre hatte?"

Sie drehte sich ein Stück um und starrte Noel in die Augen. „Beides."

„Weil er es vor dir versteckt hat", sagte Abby. „Das ist nicht deine Schuld. Du hast nichts falsch gemacht, okay? Verstehst du das, Yvette? Vielleicht hat dich Isaak wirklich geliebt, und liebt dich sogar noch. Ich weiß, dass du das gerade nicht hören willst, aber wenn er sich mehr für Männer interessiert, dann tut er dir einen Gefallen. Einen Großen. Du verdienst jemanden, der mit Haut und Haaren, voll und ganz in dich verliebt ist und auf dich steht, und zwar nur auf dich."

„Aber ich habe ihm elf Jahre meines Lebens geschenkt. Elf Jahre!", rief sie. „Das habe ich nicht verdient. Ich war eine tolle Ehefrau. Ich hoffe, Jake zerreißt ihm sein Herz."

„Oh, meine Liebe", sagte Abby und schlang die Arme um sie. Noel tat es ihr nach, und die beiden hielten Yvette und gaben ihr Bestes, um zu verhindern, dass sie zerbrach.

KAPITEL 22

Drew saß an seinem Schreibtisch und ging ein paar Notizen durch. Er hatte die letzten drei Tage damit verbracht, Xavier hinterherzuschnüffeln. Das unvollständige Nummernschild hatte einen Treffer im System gehabt, und sie hatten inzwischen einen Alarm ausgegeben, dass die Person, die den Honda gemietet hatte, verdächtig in einem ungeklärten Fall war. Sie hatten in den letzten paar Tagen vier Tipps erhalten, und Drew verbrachte den Großteil seiner Zeit damit, ihnen drüben in Eureka nachzugehen.

Obwohl er ein Kino, einen Fisch-Imbiss, einen Waschsalon und eine Drogerie überprüft hatte, hatte Drew bisher nichts gefunden. Laut der entsprechenden Mitarbeiter war Xavier weder zurück ins Moon River Inn, noch ins Sunshine Hotel, oder das *Pies Pies und noch mehr Pies* gekommen. Nun starrte Drew eine Karte an, um eventuell einen Aufenthaltsort in der Mitte festzulegen, wo Xavier sich eingeigelt haben könnte. Bis jetzt hatte er damit kein Glück gehabt.

Er erhob sich und lief auf und ab. Es war keine Hilfe, dass er Noel nicht aus dem Kopf bekam. Die Nacht, die sie zusammen verbracht hatten, hatte ihn durch und durch bewegt. Er hatte ihr gesagt, dass er mit Haut und Haar dabei war, und es auch ernst gemeint, doch nachdem sie die Nacht zusammen verbracht hatten, wusste er, dass er für immer verloren war. Sie hätte ihn nicht mehr loswerden können, auch wenn sie es versucht hätte. Noch nie hatte er eine Frau so sehr gewollt, wie er sie wollte. In den letzten paar Tagen hatte er stets eine oder zwei Stunden mit ihr auf der Schaukel auf ihrer Veranda verbracht. Und an beiden Abenden war es ihm schwergefallen, zu gehen. Aber sie hatte Daisy, und sie waren gerade erst zusammengekommen. Keiner von ihnen hielt es für angebracht, gleich mit Übernachtungen anzufangen.

Er warf einen Blick auf die Uhr. Es war kurz vor Mittag, und er hatte eine Verabredung zum Mittagessen. Er traf sich in ihrer Pause mit Noel an der Brauerei. Aber als er gerade hinausgehen wollte, summte sein Telefon. Es war das Büro in Eureka. „Baker."

„Sheriff, wir haben dieses Fahrzeug wieder gesichtet. Es parkt unten am Pacific Cove Bootsverleih. Bisher wurde niemand gesehen, auf den Andersons Beschreibung passt."

„Danke. Ich bin unterwegs." Er setzte Clarissa davon in Kenntnis, dass er auf dem Weg nach draußen war, und rief Noel an. Als sie nicht ranging, schickte er ihr eine Nachricht und sprang in sein SUV.

Fünfundzwanzig Minuten später fuhr Drew auf den Parkplatz der Pacific Cove Marina und sah den Honda beinahe sofort. Er stand gleich an der Ausfahrt. Und verdammt, wenn das kein Glück war. Xavier saß auf dem Fahrersitz, und er starrte Drew direkt an. Drew starrte zurück. Als Xavier nicht losfuhr, parkte Drew sein SUV neben dem Honda und drückte auf den Knopf, um das Fenster herabzulassen.

„Xavier", sagte Drew. „Ich habe nach Ihnen gesucht."

Der Mann im Honda machte eine Pause, ehe er sagte: „Sieht so aus, als hätten Sie mich gefunden." Er hob eine Augenbraue und fügte an: „Glauben Sie, Sie können mithalten?"

Dann schoss der Honda aus dem Parkplatz, wobei er einer ganzen Reihe von Fahrzeugen die Vorfahrt nahm.

„Verdammt!" Drew trat aufs Gas, das hintere Ende seines Autos schlingerte, während er wendete und sein Bestes gab, um an Xaviers Stoßstange dran zu bleiben. Der Honda wurde schneller, schlängelte sich durch den Verkehr, bog zu schnell um Kurven, nahm anderen rücksichtslos die Vorfahrt.

Drew packte das Lenkrad fester, entschlossen, ihn dieses Mal nicht zu verlieren. Aber dann bog der Honda scharf links ab, und Drew saß fest und musste warten, bis ein halbes Dutzend große Laster auf der Gegenfahrbahn vorbeigerauscht waren, die ihm den Weg abschnitten. Sobald sie vorbei waren, gab Drew Gas, wohl wissend, dass er Xavier vermutlich verloren hatte. Aber zu seiner Überraschung stand der Honda drei Straßen weiter an einem Stoppschild.

Da wurde Drew argwöhnisch. Warum hatte Xavier auf dem Parkplatz der Marina auf ihn gewartet? Und warum sorgte er dafür, dass Drew ausreichend Gelegenheit hatte, ihm zu folgen? Er hatte nicht vor, den Hilfssheriff abzuhängen. Denn sonst wäre er längst über alle Berge gewesen, nachdem er links abgebogen war.

Sein sechster Sinn meldete sich, und Drew wusste einfach, dass jemand in Gefahr war. Er wusste nicht, wer; er wusste nur, dass es jemand war, der ihm wichtig war. Es war dasselbe Gefühl, dass er in jener Nacht gehabt hatte, in der Charlotte gestorben war, und an dem Abend, an dem seine Mutter beinahe in einem Verkehrsunfall ums Leben gekommen war.

Er warf einen Blick hinüber auf sein Telefon und sagte: „Ruf Noel an."

Die Bluetooth-Verbindung sprang an, und das Geräusch, wie es bei ihr läutete, dröhnte aus den Lautsprechern seines Fahrzeugs. Sie hob beim zweiten Klingeln ab. „Hey, Drew. Ich dachte, du müsstest einer Spur in Eureka nachgehen. Hast du was herausgefunden?"

Er zögerte. Er wollte nicht, dass sie sich Sorgen machte, aber er wusste auch, dass sie in Vertrauensfragen nervös war. „Tatsächlich folge ich ihm gerade in diesem Augenblick."

Sie keuchte auf. „Zu Fuß?"

„Nein. Wir sind auf dem 101 Richtung Süden unterwegs. Ich weiß nicht, was los ist, aber es wirkt, als wolle er, dass sich ihm folge oder so, als würde er mich locken. Er hatte ausreichend Gelegenheit, mich abzuhängen."

„Drew, sei vorsichtig. Ruf Verstärkung. Wenn er irgendwie mit diesem Mord zu tun hat …"

„Mach dir keine Sorgen. Ich passe auf. Ich sehe mir nur an, wo er letztlich hinfährt, und dann rufe ich Verstärkung, falls ich sie brauche."

„Drew …"

„Hör zu, Noel. Ich rufe eigentlich an, weil ich einfach dieses Gefühl habe, dass zuhause irgendwas nicht stimmt. Ich will sichergehen, dass es dir und Daisy gut geht."

„Mir geht's gut. Daisy ist noch in der Schule. Ich bin mir sicher, ihr geht's auch gut, sonst hätten sie mich angerufen. Ich hole sie in zwanzig Minuten ab."

Erleichterung strömte durch ihn hindurch, aber das unbehagliche Gefühl war immer noch da. „In Ordnung. Ruf mich einfach an, nachdem du sie abgeholt hast, okay?"

„Mache ich. Und Drew?"

„Ja?"

„Sorg einfach dafür, dass du in Sicherheit bist. Ich werde es nicht tolerieren, dass Xavier mein Leben noch einmal auf den Kopf stellt."

„Alles klar, Liebling." Er drückte den Knopf, mit dem er den Anruf beendete, und folgte Xavier weiter abseits des Highways und über die Nebenstraßen von Humboldt County.

Schließlich fuhr der Honda zurück zur Stadt, und nachdem sie fünfundvierzig Minuten lang herumgefahren waren, bog Xavier auf den Parkplatz von *Pies, Pies und noch mehr Pies* ein.

Drew wusste nicht, was er von dieser neuerlichen Wendung der Ereignisse halten sollte. Er parkte sein SUV in der Nähe der Ausfahrt und ließ den Motor laufen, während er darauf wartete, was Xavier tun würde. Die Fahrertür öffnet sich, und Drew spannte sich an. Falls Xavier eine Waffe hatte, konnte alles passieren.

Als Xaviers Füße auf den Asphalt trafen, packte Drews Hand den Türgriff fester, während seine rechte Hand zur Elektroschockwaffe griff. Xavier schlug seine Tür im selben Augenblick zu, in dem Drew seine aufstieß. Drew sprang aus dem SUV und deutete mit der Elektroschockwaffe in Xaviers Richtung, während er die Tür als Schild nutzte.

Er war bereit, abzudrücken. Aber als er über die Tür zu Xavier schaute, stellte er voller Verblüffung fest, dass der Fahrer überhaupt nicht Xavier war. Seine Haut war ein paar Schattierungen dunkler, und seine Haare waren pechschwarz.

„Was zum Teufel?" Drew warf einen Blick auf das Nummernschild des Honda, und es bestätigte sich rasch, dass es der von Xavier war, dann lief er zu dem Kerl hinüber und hielt ihn an, kurz bevor er das Restaurant betrat. „Wo zum Teufel ist Xavier?"

„Wer?", fragte der Kerl verwirrt.

„Xavier … ich meine Victor. Der Kerl, der dieses Fahrzeug

hier fahren sollte." Drew deutete auf den Honda, kurz davor, jemandem den Kopf abzureißen. Er wurde hier ausgespielt. Er wusste, dass es Xavier gewesen war, den er an der Marina gesehen hatte. Die beiden Männer hatten Augenkontakt gehabt. Drew hatte das Gesicht des Mannes gesehen, eines Mannes, den er überall erkannt hätte, weil es beinahe ein Spiegelbild des Gesichts seiner Tochter war. Dieser Mann musste irgendwann mit Xavier das Fahrzeug getauscht haben, was bedeutete, dass man Drew einfach an der Nase herum geführt hatte.

„Ich habe keine Ahnung. Dieser Kerl, der sich Victor nannte, hat mir fünfzig Mäuse bezahlt, damit ich vierzig Minuten lang herumfahre. Er hat mir aufgetragen, das Fahrzeug hier zu parken, wenn ich fertig bin."

„Er hat ihnen einfach fünfzig Mäuse bezahlt, damit Sie herumfahren, und Sie haben das gemacht, ohne nachzufragen?", fragte Drew, die Augen argwöhnisch zusammengekniffen.

„He, Mann, ich muss die Stromrechnung bezahlen. Fünfzig Mäuse sind fünfzig Mäuse."

„Und Sie haben ihn noch nie zuvor gesehen?"

Der Mann schüttelte den Kopf. „Ich kam gerade vom Fischen, als er mich fragte, ob ich heute ein wenig Geld zusätzlich verdienen wolle. Mehr weiß ich nicht."

Drew kochte, als der Mann im Restaurant verschwand. Drew folgte ihm, schaute sich aber nur um, um zu sehen, ob Xavier drinnen wartete. Aber wie vermutet, war Xavier nirgends zu sehen. Drew zog sich zurück und lief hinüber zum Honda. Im Inneren sah er einen Hut, einen Schal, Handschuhe und eine zusätzliche Jacke. Er war sich sicher, dass er gesehen hatte, wie Xavier den Schal an jenem Tag getragen hatte, als er aus dem Sunshine Hotel gekommen war. Falls er ihn in die

Hände bekam, könnte er Xavier damit vielleicht aufspüren. Aber die Türen waren alle verschlossen.

„Verdammt", murmelte Drew. Er lief ins Restaurant und zwang den Mann, den Xavier angeheuert hatte, an seiner Stelle herumzufahren, ihn zurück zum Parkplatz zu begleiten.

„Ich habe Rechte", sagte der Mann mit einem finsteren Blick zu Drew.

„Ich könnte Sie auch festnehmen und zur Befragung reinholen. Oder Sie können diese Tür öffnen und mir den Schal reichen." Drew hatte eigentlich keine Begründung, um diesen Mann festzunehmen. Es gab keine Gesetze, die es ihm verboten, in der Stadt herumzufahren. Drew hatte keine Warnlichter eingeschaltet und ihn nicht gebeten, rechts ranzufahren. Aber er könnte ihn zur Befragung mitnehmen, und das würde er auch tun, wenn er sich weigerte.

„Gut. Himmel. Regen Sie sich wieder ab." Der Mann holte einen Schlüsselbund heraus und hatte die Tür im Nu geöffnet.

Drew griff ins Innere und schnappte sich die Kleidungsstücke. Jetzt brauchte er nur noch ein Gewässer. „Danke", sagte er zu dem Mann und lief dann zurück zu seinem SUV.

Der Elk River war in der Nähe, aber der Ozean würde ihm mehr Energie spenden. In einer spontanen Entscheidung raste Drew nach Norden zum nächsten Strand. Es war ein grauer Dienstagnachmittag, und zu Drews Erleichterung war der Strand leer. Je weniger Ablenkung, desto besser. Er parkte sein SUV, schnappte sich den Schal und lief zum Rand des Wassers. Reine Energie strömte aus den rauschenden Wellen in ihn hinein, füllte ihn an, ließ ihn in ihrer Intensität vibrieren.

Drew fiel im Sand auf die Knie, hielt den Schal mit beiden Händen und konzentrierte sich auf Xavier. Das Gesicht des Mannes blitzte vor seinem inneren Auge auf, glasklar. Dann war er dort, stand vor der Grundschule von Keating Hollow. Drew war in dieser Version erstarrt, war gezwungen, zuzusehen, wie Xavier die Arme nach Daisy ausstreckte, sie hochhob und sie beschützend dicht an sich gedrückt hielt, um dann loszulaufen.

„Nein!", rief Drew und rannte zu seinem Fahrzeug.

KAPITEL 23

Sofort, als Noel das Telefonat mit Drew beendet hatte, wurde sie nervös. Es war nicht ihr Ding, nagende Gefühle abzutun. Und die Tatsache, dass Drew in einer Ermittlung feststeckte, die ihren Ex betraf, machte sie so unruhig, dass sie sich die Schlüssel schnappte und zu ihrem Fahrzeug eilte. Wenn es gut lief, würde sie die erste in der Schlange der wartenden Elterntaxis nach Schulschluss sein. Sobald sie Daisy sicher an ihrer Seite wusste und Drew zurück in der Stadt war, würde sie sich wieder entspannen.

„Ich hole Daisy ab", rief sie Alec zu.

Er sah von seinem Platz hinter dem Check-In-Tresen auf. „Schon?"

„Ja. Ich will heute nicht in der Schlange festsitzen." Sie winkte und verschwand durch die Hintertür. Aber als sie auf den Schlüssel drückte, um ihre Autotür aufzuschließen, tat sich nichts. „Verflixt", murmelte sie und fügte *neue Batterie besorgen* auf ihrer geistigen To-Do-Liste an, während sie die Tür mit dem Schlüssel aufsperrte.

Sobald sie angeschnallt war, schob sie den Zündschlüssel

ins Schloss und … nichts geschah. „Nein. Das passiert jetzt nicht." Sie versuchte es noch einmal. Nichts. Das Auto war komplett tot. „Verdammt."

Frustriert sprang sie aus ihrem fünf Jahre alten SUV und lief zurück in die Pension. „Alec?"

„Hey, ich dachte, Sie wären weg", sagte er.

„Meine Batterie ist hinüber. Meinen Sie, Sie könnten mir Starthilfe geben?"

„Klar." Er legte seinen Stift ab und folgte ihr nach draußen. Während er seinen Truck neben ihr Fahrzeug stellte, holte Noel die Starthilfekabel heraus. Sie mussten ein wenig herummanövrieren, aber schließlich konnten sie die Kabel anschließen und bekamen ihr SUV zum Laufen.

„Danke", sagte sie, erleichtert, während sie in ihr SUV sprang. „Ich schulde Ihnen was."

Er winkte ab. „Machen Sie sich deswegen bloß keine Sorgen. Am Ende gleicht sich das alles aus."

Sie lächelte ihn an und fuhr von dem kleinen Parkplatz herunter. Als sie an der Ampel anhielt, schaute sie auf die Uhr und biss die Zähne zusammen. Das Überbrücken ihrer Batterie hatte länger gedauert, als sie gedacht hatte. Die Schule war schon zu Ende, und Daisy wartete sicher schon auf sie. Während sie an einer roten Ampel stand, überprüfte sie alle Einstellungen, die womöglich die Batterie leergesaugt haben könnten. Es dauerte nicht lang, bis sie merkte, dass ihre Lichtanlage von Automatik auf *ein* gestellt worden war. Noels Hände begannen zu zittern, während Sie das Lenkrad fester packte. Sie hatte niemals etwas an den Einstellungen geändert. Und da sie die Einzige war, die dieses Fahrzeug fuhr, hatte das wohl jemand anderes getan. War das Absicht, fragte sie sich?

War Xavier in die Stadt gekommen und hatte gezielt ihr Fahrzeug sabotiert, damit sie nicht weiterkam? Die

Vorstellung klang verrückt, aber das traf auch auf die Tatsache zu, dass er in Eureka gewesen war und gemeinsame Sache mit einem nicht identifizierbaren Toten gemacht hatte. Was in aller Welt hatte ihr Ex vor?

Noel fuhr etwas schneller zur Schule als erlaubt und versuchte, nicht durchzudrehen, als sie ganz am Ende der Abholschlange ankam. In diesem Augenblick wollte sie nur ihre Tochter nach Hause bringen, wo sie sie im Auge behalten konnte.

Die Schlange schien sich langsamer zu bewegen als ein Gletscher, aber in Wirklichkeit wusste Noel, dass es genauso schnell ging wie sonst auch. Sie fuhr schließlich um die Kurve und bekam freie Sicht auf die Kinder, die darauf warteten, abgeholt zu werden.

Ein Mann marschierte zur Schule, die Arme weit ausgebreitet.

Xavier.

Noel ließ das Fenster gerade rechtzeitig herab, um zu hören, wie ihr süßes Mädchen rief: „Daddy!"

„Nein!", schrie Noel, die das Wort in ihren Gedanken nachhallen hörte, während sie aus dem Auto sprang.

Daisy warf sich in Xaviers Arme. Er hob sie hoch und hielt sie fest.

„Setz meine Tochter sofort wieder ab", forderte Noel, und um sie herum kamen Windböen auf, als hätten sie einen eigenen Willen. Die Blätter in den Bäumen raschelten zornig. Ein Mülleimer fiel um und rollte weg. Kinder schrien erschrocken auf, überrascht von dem mächtigen Brausen, das von ihr ausging.

„Noel, halt!", befahl Xavier, während er zu ihr lief, Daisy fest in den Armen. „Zügle deine Magie. Niemand nimmt Daisy mit."

Sie glaubte ihm nicht. Warum sonst sollte er hier sein? „Gib sie mir."

„Nein." Daisy vergrub das Gesicht in seiner Schulter und klammerte sich fest, so sehr sie konnte. „Ich will nicht weg von Daddy."

Noel stand auf dem Bürgersteig vor der Grundschule, mit gebrochenem Herzen und stinkesauer. „Was glaubst du denn, was du hier machst?", fragte sie ihn, während sie ihre Tochter aus seinen Armen löste. „Du brichst ihr das Herz. Das ist dir klar, oder?"

„Nein, Mami, nein. Ich will Daddy", wimmerte Daisy, die die Beine um ihre Mutter schlang, während sie sich gleichzeitig erneut nach ihm streckte.

„Noel, bitte", sagte er. „Lass es mich erklären."

„Bist du wahnsinnig?" Sie flüsterte wütend. „Ich kann nicht glauben, dass du das getan hast. Wo dachtest du denn, dass zu sie hinbringst?"

„Nirgends", sagte er, hob die Hände und trat einen Schritt zurück. „Ich wollte euch beide einfach sehen."

„Also dachtest du dir, ich kreuze einfach mal an der Schule meiner Tochter auf? Hast du sie noch alle?" Sie marschierte hinüber zu einem Lehrer, der in ihre Richtung unterwegs war. Nachdem sie sich entschuldigt und die Lage kurz erklärt hatte, ging sie zurück zu ihrem Auto und verfrachtete Daisy auf dem Rücksitz. Ihre Tochter streckte sich nach ihrem Vater und wimmerte die ganze Zeit. Sobald Daisy angeschnallt war, küsste sie sie auf die Wange und versuchte, sie mit tröstenden Worten zu beruhigen, aber es gab nichts, das sie besänftigen konnte, und Noel wusste das.

Noel wandte sich an Xavier, der sich in der Nähe herumdrückte. „Steig ins Auto. Wenn du irgendwas versuchst, oder irgendwas sagst, das meine Tochter noch mehr aufregt, wirst du von mir kastriert, verstanden?"

Er nickte einmal und beeilte sich, in das Fahrzeug zu steigen, bevor sie es sich anders überlegte. Und das tat sie beinahe. Alles in ihr wollte ihn aus ihrem SUV zerren und ihn verprügeln. Wie konnte er es wagen, auf diese Weise an Daisys Schule aufzutauchen? Wie konnte er es wagen, sie sehen zu wollen, ohne zuerst mit Noel zu sprechen. Er hatte ganz schön Mumm.

Noel kochte auf dem ganzen Weg zurück zur Pension. Sobald sie aus dem Auto ausgestiegen waren, schnappte sie sich Daisys Hand und machte eine Kopfbewegung zu Xavier, mit der sie ihm bedeutete, ihr zu folgen. Aber anstatt nach drinnen zu gehen, führte sie ihn um das Haus herum und setzte sich auf einen der Verandastühle, während er sich auf der Schaukel niederließ. Daisy stürzte sich auf ihn und kuschelte sich an.

Noel konnte das kaum mitansehen. Sie wandte den Kopf ab und zitterte in der kühlen Nachmittagsluft. Wenn ihr schon kalt war, wie sehr musste dann Daisy frieren? Sie wedelte mit einer Hand, wodurch sich die Luft um sie herum sofort erwärmte.

„Deine Magie ist inzwischen stärker", sagte Xavier.

Sie zuckte mit den Schultern. „Ist sie immer, wenn ich wütend bin."

„Richtig … ich wollte nichts Böses", sagte Xavier und schlang den Arm um seine Tochter.

„Hast du deshalb mein Fahrzeug sabotiert? Das war schlau von dir, dass du es wie einen Fehler hast aussehen lassen", sagte sie. Ihre Stimme triefte vor Sarkasmus.

„Was meinst du damit, dein Fahrzeug sabotiert?" Er

runzelte verwirrt die Stirn. „Bist du nicht gerade zur Schule gefahren?"

„Die Batterie war leer, Xavier. Willst du ernsthaft leugnen, dass du es irgendwie geschafft hast, das Licht einzuschalten?"

Er schaute zur Seite und tappte nervös mit dem Fuß, während er sagte: „Ich wollte nur ein wenig Zeit, um mich zu verabschieden."

„Du bist schon eine Nummer, weißt du das? Hättest du mich nicht einfach fragen können? Oder hattest du Angst vor dem, was ich sagen würde?" Sie wollte auf ihn einprügeln. Hätte er nicht Daisy auf dem Schoß gehabt, hätte sie sich womöglich nicht zurückhalten können. „Ich wette, du warst derjenige, der in der Pension angerufen und dann aufgelegt hat."

Er holte tief Luft, antwortete ihr aber nicht. Darin sah sie eine Bestätigung. Noel verabscheute die Tatsache, dass Daisy bei dieser unaufschiebbaren Unterhaltung anwesend war. Sie und ihr Ex hatten einiges zu besprechen, und das meiste davon war nicht für Daisys Ohren geeignet. „Wohin bist du diesmal unterwegs, Xavier?"

„Nach Süden, denke ich."

„Nach Süden, denkst du?" Noel seufzte. „Daisy, Liebling?"

Ihre Tochter hob den Kopf und spähte zu ihrer Mutter.

„Du musst mal nach Buffy sehen. Kannst du das für mich tun?"

„Aber Daddy ist hier. Ich will nicht gehen", sagte sie, und ihre Stimme bröckelte, als würde sie ein Wimmern gerade so zurückhalten.

„Daddy und ich müssen ein paar Dinge unter Erwachsenen besprechen, Liebling. Ich weiß, dass du ihn vermisst, aber wir brauchen ein paar Minuten. Ich verspreche dir, dass er nicht geht, ehe ihr noch mehr Zeit miteinander verbringen könnt."

„Aber ich will nicht, dass du gehst", sagte sie und schaute mit Tränen in den Augen zu ihm auf.

„Ich weiß, Süße. Ich habe keine Wahl, aber ich werde nicht gehen, ohne mich zu verabschieden." Seine Miene war so fürsorglich und sanft, dass sich Noel nur noch mehr aufregte. Wo war dieser Mann die ganze Zeit gewesen?

Zögerlich verließ Daisy die Schaukel. Sie ging ganz langsam und warf ihrer Mutter finstere Blicke zu, ehe sie um die Ecke bog und außer Sicht verschwand. Ein paar Augenblicke später hörten sie die Hintertür aufgehen und zufallen.

Stille breitete sich zwischen ihnen aus. Noel starrte Xavier einfach an, wartete darauf, dass er sagte, wozu auch immer er hergekommen war.

Er räusperte sich. „Ich muss mich entschuldigen."

„Ja, musst du", sagte sie, die Arme vor der Brust verschränkt. „Aber nicht bei mir. Bei deiner Tochter."

„Bei euch beiden", beharrte er.

Sie schnaubte. „An mich ist das verschwendete Liebesmüh, Xavier. Nichts, was du sagst, wird das wieder gutmachen."

Er verzog das Gesicht und nickte zustimmend. „Ich weiß. Aber es tut mir trotzdem leid. So unendlich leid, dass es so schief gelaufen ist."

Sie blinzelte. „Es tut dir leid, dass es so schief gelaufen ist? Nicht, dass du weggegangen bist?"

„Natürlich tut es mir leid, dass ich weggegangen bin. Aber ich hatte keine Wahl. Ich musste. Sonst …" Er fuhr sich mit einer Hand durch das dichte Haar. Als er wieder aufschaute, flehten seine grünen Augen sie an. „Es gibt so viel zu erklären. Ich wollte nicht gehen. Ich musste. Bitte, Noel, hör einfach zu, während ich rede."

„Also gut. Ich höre." Ihr Tonfall war knapp und äußerst

skeptisch. Er konnte nichts sagen, was das alles besser gemacht hätte, aber sie konnte nicht leugnen, dass sie enorm neugierig war. Wo zum Teufel war er nur gewesen, und warum war er so plötzlich verschwunden?

„Es gibt ein paar Dinge, die du über meine Vergangenheit nicht weißt", sagte er.

„Offensichtlich."

„Ich meine, über meine Vergangenheit, bevor wir uns begegnet sind." Er beugte sich vor und schaute wieder weg.

„Du hast mir erzählt, du wärst in Oregon aufgewachsen", sagte sie. „Du warst Einzelkind, und deine Eltern sind bei einem Verkehrsunfall umgekommen."

Er wandte sich wieder ihr zu. „Nichts davon ist wahr."

Sie konnte nicht behaupten, dass sie überrascht war. Seine Vergangenheit war ausgelöscht. Es musste einen Grund geben, warum sie aus allen brauchbaren Aufzeichnungen verschwunden war. „Ich höre."

Xavier starrte ihr unmittelbar in die Augen und spuckte es aus. „Ich bin in einer Verbrecherfamilie aufgewachsen."

Ehrlich gesagt hatte sie genau das erwartet. Was denn auch sonst, wenn seine Vergangenheit so gut wie getilgt war? Aber es war dennoch ein Schlag in die Magengrube, der ihr das Atmen schwer machte. Schließlich zwang sie sich zu einer Antwort. „Bist du immer noch dabei?"

„Nicht freiwillig."

Sie schloss die Augen, nicht sicher, ob sie noch mehr hören wollte. „In diesem Fall solltest du vermutlich gehen. Es ist nicht sicher für Daisy." Oder für ihn, was das anging. Falls Drew hier auftauchen sollte, würde das für Xavier kein gutes Ende nehmen.

„Werde ich, aber es gibt Dinge, die ich vorher noch sagen muss", erklärte er.

„Dann lässt du sie jetzt lieber mal hören."

Und genau das tat er. Xavier erklärte, wie er, seit er acht Jahre alt gewesen war, von seinem Onkel dazu gezwungen worden war, als Drogenkurier zu arbeiten. Als Teenager war er dabei gewesen, als sein Onkel drei rivalisierende Drogendealer hingerichtet und die Tochter des Anführers gezwungen hatte, sich ihnen anzuschließen. Er hatte ein Interesse an ihr entwickelt und sie bedrängt, seine Freundin zu werden. Xavier hatte ihr bei der Flucht geholfen, bevor die Sache eskalieren konnte, und damals war auch er gegangen und hatte niemals zurückgeblickt. Ihm war es gelungen, eine Erdhexe ausfindig zu machen, die die Gabe besaß, Technologie zu manipulieren, und hatte diesem Mann unverschämt viel Geld bezahlt, um ihn verschwinden zu lassen. Kurz danach war er in Keating Hollow gelandet, in der Hoffnung, ein normales Leben führen zu können. Dann war er Noel begegnet.

„Also hast du dich entschieden, anständig zu werden. Schön für dich. Nur dass ich verdient hätte, von einer solchen Vergangenheit zu erfahren, *bevor* wir heiraten und eine Familie gründen, findest du nicht?"

Er nickte. „Ja. Aber ich wollte die Vergangenheit unbedingt hinter mir lassen. Ich hatte niemals die Absicht, in dieses Leben zurückzukehren."

„Und doch hast du es getan. Ich schätze, ich kann dir dafür danken, dass du mich und Daisy da nicht mit reingezogen hast."

Schmerz trat in seine grünen Augen, und der Mann wirkte, als wäre er völlig am Boden. „Darum bin ich weggegangen, Noel. Sie haben mich gefunden."

Noel atmete heftig ein, von irgendwo tief in ihrer Seele strahlten Schmerzen aus. Er hatte sie nicht verlassen, weil sie ihm egal geworden waren. Er hatte sie verlassen, um sie zu schützen. „Warum hast du es mir nicht gesagt?", flüsterte sie.

„Ich wollte nicht, dass du irgendwie damit in Verbindung kommst, Noel. Warum sollte ich mir das für dich und Daisy wünschen?"

„Aber ... wir haben dich geliebt."

Er glitt von der Schaukel, ging vor ihr auf die Knie und nahm ihre Hände. „Ich habe nie aufgehört, euch beide zu lieben. Niemals."

Sie starrte hinab auf ihre verbundenen Hände und wusste, dass sie dasselbe nicht von sich behaupten konnte. Die Liebe, die sie für ihn empfunden hatte, hatte sich in Abscheu verwandelt, in etwas, das Hass näher gewesen war als irgendeinem anderen Gefühl. Auf diese Tatsache war sie nicht stolz, aber nachdem sie gesehen hatte, wie ihre Tochter in so vielen Nächten leiden musste, weil sie ihren Vater vermisste, war es ihr nicht möglich gewesen, ihm zu vergeben. Vielleicht konnte sie jetzt, mit den Antworten, einen Weg finden. „Wo bist du all die Jahre gewesen?"

Er nahm ihre Hände fester, schloss die Augen und sagte: „Ich weiß es nicht richtig. Nicht lange, nachdem ich hier weggegangen bin, wurde ich unter Drogen gesetzt, und man hat mir ein Trank verabreicht, der mir meine Erinnerungen raubte."

Heiliger Strohsack. Das wurde ja immer schlimmer. „Und jetzt? Was ist passiert?"

Er schüttelte den Kopf. „Ich weiß es nicht genau. Bruchstückhaft kehrten Erinnerungen zurück, aber sie sind lückenhaft, um ehrlich zu sein. Victor hat meine Identität gestohlen, weil ich keine Vergangenheit besaß. Er war auch derjenige, der mir den Trank verabreicht hat. Dann ist seine Leiche aufgetaucht, und ich bin wieder zu mir gekommen. Als meine Erinnerungen allmählich zurückkehrten, bin ich hier gelandet. Du solltest wissen … ich habe Daisy letzte Woche getroffen."

„Du hast was?" Sie riss ihre Hände aus seinen, kurz davor, Feuer zu speien.

„Bitte, Noel. Ich war noch nicht ganz bei mir. Ich habe es nicht verstanden. Ich wusste nur, dass da etwas war … jemand, den ich unbedingt treffen musste. Ich bin hingegangen, habe sie gesehen, und eine Flut aus Erinnerungen stürzte über mir nieder. Ich dachte, sie hätte mich womöglich gesehen, aber sicher war ich nicht. Ich war so verwirrt. Ich ging, damit ich alles sortieren konnte."

Noel fühlte sich völlig überrollt. Die Geschichte war fantastisch und beinahe unglaublich. Aber zur selben Zeit wusste sie, dass er die Wahrheit sagte. Sie spürte es in den Knochen. „Ist das das einzige Mal, dass du hier in der Stadt warst, vor heute?"

Er schüttelte den Kopf. „Nachdem ich meine Erinnerungen sortiert hatte, bin ich hierher zurückkommen. Ich wollte dich sehen, mit dir reden, alles erklären. Aber …"

„Aber?" Ihr Herz hämmerte gegen ihre Rippen.

„Ich habe dich mit dem Polizisten der Stadt gesehen." Er ging zurück zur Schaukel und starrte auf den Boden. „Ich wusste, ich würde niemals mit dir reden können, wenn er um dich herum ist, darum habe ich auf den richtigen Zeitpunkt gewartet."

„Bis du ihn wild an der Nase herumführen konntest?", ergänzte sie.

Er nickte. „Wenn dein Freund mich festnimmt, besteht kein Zweifel daran, dass ich im Gefängnis lande. Ich bin mir ziemlich sicher, dass Victors ganze Verbrechen mir angelastet werden. Ich brauche Zeit, um das richtigzustellen."

„Und wenn du das tust?"

„Ich habe bereits beschlossen, dass ich mich an die Behörden wenden werde. Ich kann dieses Leben nicht führen. Ich will, was wir vorher hatten, Noel. Das war alles, was ich je wollte."

Sie starrte ihn an, ihr Herz war gebrochen. Dann schüttelte sie den Kopf. „Ich kann nicht zurück, Xavier. Nicht jetzt. Vermutlich niemals. Du hast mich belogen. Du hast mich verlassen. Aber noch wichtiger, du hast mir nicht vertraut. Und Daisy …" Ein leises Schluchzen steckte in ihrer Kehle fest. „Sie musste leiden, weil es uns aus heiterem Himmel traf. Es tut mir leid, aber das kann ich nicht noch einmal mitmachen."

Eine tiefe Traurigkeit strahlte von ihm aus, aber er stand auf und nickte. „Ich verstehe. Kann ich mich von meiner Tochter verabschieden?"

„Natürlich." Noel verschwand in der Pension, um Daisy zurückzuholen.

Ihre Tochter saß da, den Rücken an der Tür, die Arme um die Knie geschlungen, während sie lautlos weinte.

„Komm jetzt, Liebling. Dein Daddy wartet", sagte Noel.

Daisy lief aus der Tür wie der Blitz und zurück in die Arme ihres Vaters.

KAPITEL 24

Drew raste auf der zweispurigen Straße nach Keating Hollow, nahm die Kurven zu schnell und überholte alle, die ihm im Weg waren. Er hatte ganze sechs Mal versucht, Noel anzurufen. Jeder Anruf war direkt auf die Mailbox gegangen. Er hatte sogar versucht, in der Pension anzurufen, aber dort war er auf dasselbe Problem gestoßen. Mailbox.

Wo zum Teufel waren sie alle?

Dann hatte er Clay angerufen und ihn gebeten, bei seinen Mädels vorbeizuschauen. Leider traf sich Clay gerade mit einem Lieferanten in Eureka und war sogar noch weiter weg als Drew selbst.

Er packte das Lenkrad fester und fuhr direkt zur Schule. Sie war verlassen. Er hatte auch gar nicht erwartet, dass noch jemand da sein würde, und fuhr weiter. Endlich bog er auf den kleinen Parkplatz hinter der Pension ein. Er sprang aus dem Auto, lief zur Tür, aber ehe er reinging, hörte er einen Schrei von der Seite des Gebäudes kommen. Drew nahm eine sofortige Kursänderung vor und folgte den Geräuschen, die ein verängstigtes kleines Mädchen von sich gab.

Er bog um die Ecke und sah Xavier, der mitten auf der Veranda mit dem Rücken zu Drew stand. Er hatte Daisy auf dem Arm, die schrie: „Nein, Daddy, nein. Nein."

Zorn ergriff ihn. Wie konnte es Xavier wagen, nach Keating Hollow zu kommen, nachdem er Drew absichtlich in die Irre geführt hatte, nur um sein kleines Mädchen einzuschüchtern? Das würde er niemals wieder tun. Nicht, solange Drew aufpasste. „Xavier Anderson, lassen Sie Daisy gehen, sofort!"

Xavier setzte Daisy ab und drehte sich zu Drew um.

„Daisy, komm her, Kleine", rief Noel und schnappte sich die Hand ihrer Tochter, zog sie in ihre Arme, sobald sie sie zu fassen bekam.

„Bring Daisy rein, Noel. Ich übernehme von hier an", sagte Drew.

„Drew, ich …"

„Bitte, Noel. Geh jetzt", bat er und warf einen Blick auf ihr Kind. Wenn es mit Xavier schlecht lief, wollte er nicht, dass es vor Daisy passierte.

„In Ordnung. Aber bitte versucht, vernünftig zu sein", erwiderte sie und verschwand dann um die Seite der Pension.

„Es war ein Fehler, dass Sie hierhergekommen sind, Anderson", sagte Drew, seinen Elektroschocker in der Hand.

„Warum denn das, Baker?", fragte er mit einem verächtlichen Grinsen. „Etwa, weil Sie endlich den Mumm gefunden haben, sich an meine Familie ranzumachen?"

„Große Worte für den Mann, der sie verlassen hat."

„Sie wissen nichts über mich", sagte Xavier und funkelte ihn an.

„Ich weiß genug. Jetzt hoch mit den Händen. Ich nehme Sie fest."

„Den Teufel werden Sie tun. Ich war nur hier, um mich zu verabschieden. Jetzt bin ich hier raus."

„Wenn Sie sich auch nur einen Millimeter bewegen, schwöre ich bei der Göttin, dass ich Sie in weniger als zwei Sekunden niedergerungen habe. Verstanden?"

„Was ist denn, Baker? Hat es wehgetan, dass Sie den ganzen Tag lang völlig sinnlos in Eureka rumgefahren sind?"

Drew warf Xavier einen finsteren Blick zu, er hatte keinen Bock, darauf hereinzufallen. „Ich zähle bis drei. Wenn Sie sich nicht ergeben, setz ich Sie auf den Hosenboden, verstanden?"

Xavier stieß ein schnaubendes Lachen aus. „Los, machen Sie, und Sie finden schon raus, wie weit Sie das bei *meiner* Frau bringt."

„Ex-Frau", verbesserte Drew.

Xavier zuckte mit den Schultern, dann drehte er sich um und wollte gehen.

„Das ist Ihre letzte Warnung, Anderson. Bleiben Sie jetzt stehen, oder ich drücke ab."

„Tun Sie, was sie nicht lassen können, Baker", erwiderte er.

„Sie wollten es so", sagte Drew.

„Drew, nicht", rief Noel hinter ihm.

Aber es war zu spät. Drew hatte die Elektroschockwaffe bereits ausgelöst. Xavier fiel auf die Knie und dann auf mit dem Gesicht voran zu Boden.

„Drew! Was hast du getan?", flüsterte Noel rau.

Er warf einen Blick zurück zu ihr, durchaus überrascht von dem Zorn, der ihm entgegen blitzte.

„Nur meinen Job, Noel. Was hast du denn erwartet?"

„Fühlst du dich jetzt besser?"

Er warf einen Blick zu ihr empor. „Ehrlich gesagt, ja."

Sie kniff die Augen in seine Richtung zusammen und schüttelte den Kopf, wirkte enttäuscht und müde. „Es gibt Dinge, die du nicht weißt."

„Da bin ich mir sicher." Drew trat an Xaviers Seite und

starrte leidenschaftslos auf ihn hinab. „Du tust ihnen niemals mehr weh, verstanden?"

Xavier blinzelte einmal, als wolle er Drews Aussage bestätigen. Dann machte sich Drew an die Arbeit. Zwanzig Minuten später hatte er Xavier Anderson in die Einzelzelle der Stadt verfrachtet und Sheriff Barnes in Kenntnis gesetzt.

* * *

„DU VERSTEHST DAS NICHT", sagte Noel. Sie stand in Drews Büro, die Hände auf den Hüften, und funkelte ihn an.

„Ich denke schon", sagte er und versuchte, so vernünftig wie möglich zu klingen. „Du erzählst mir, dass er jahrelang zu einer Verbrecherfamilie gehört hat, und trotzdem glaubst du, ich sollte ihn einfach gehen lassen."

„Das meine ich doch gar nicht", beharrte sie. „Ich sage nur, dass es unnötig war, ihn mit diesem Elektroschocker niederzustrecken."

„Er wollte fliehen, Noel. Es war für alle das sicherste Vorgehen."

„Ich bin mir nicht sicher, ob ich deiner Meinung bin", gab sie mit erhitztem Tonfall zurück. „Er war nur hier, um Daisy Lebwohl zu sagen. Du hättest ihn nicht schocken müssen."

„Das weißt du doch nicht." Drew stand auf und drückte die Hände auf seinen Schreibtisch. „Eigentlich weißt du kaum etwas über ihn. Alles, was er gesagt hat, könnte eine neue Lüge sein."

„Ich kenne ihn, Drew. Er hat mich nicht angelogen. Er hat uns geliebt und versucht, das zu tun, was für uns das Beste war. Das muss doch irgendwie relevant sein."

Drew starrte sie einfach an und fragte sich, wo diese Person hergekommen war. War wirklich nur eine Unterhaltung mit dem Mann nötig gewesen, der ihr das Herz herausgerissen hatte und darauf herumgetrampelt war, damit sie ihm alles verzieh, was sie durchgemacht hatte? „Worum geht es hier wirklich?"

„Was?" Ihre Stirn legte sich verwirrt in Falten. „Ich weiß nicht, was du mir sagen willst."

„Liebst du ihn noch? Denkst du, dass jetzt, wo er sich entschuldigt hat, vielleicht etwas da ist, das sich retten lässt? Denn ich verstehe es wirklich nicht."

Sie starrte ihn mit offenem Mund an, und er musste sich zusammenreißen, um nicht zurückzuzucken. Das war offenbar die falsche Ansage gewesen. „Das kannst du doch nicht ernst meinen", erwiderte sie.

Er mahlte mit den Zähnen. „Was soll ich denn denken? Er hat zugegeben, dass er ein Krimineller ist, und du bist sauer, weil ich ihn nicht einfach gehen lasse. Ich verstehe nicht, was du dir von mir gewünscht hättest. Ich kann meinen Job nicht *nicht* machen."

Sie starrte ihn an, Enttäuschung stand in ihren hübschen blauen Augen. Dann ging sie zu seiner geschlossenen Tür. Sie hielt inne, warf einen Blick zurück und sagte: „Ich wollte von dir nur, dass du zuhörst."

Er öffnete den Mund zu einer Antwort, aber sie ging hinaus und schloss die Tür leise hinter sich.

KAPITEL 25

Drei Tage waren vergangen, seit Drew Xavier ins Gefängnis verfrachtet hatte. Und es war drei Tage her, dass Noel mit ihm gesprochen hatte. Er hatte ihr Nachrichten geschickt und gefragt, wann sie sich treffen konnten, und sie hatte ihm geantwortet, dass sie mehr Zeit brauchte. Sie hatte sich mit Daisy beschäftigen wollen.

Etwas, womit sie gar nicht gerechnet hatte, war jedoch die Tatsache, dass es Daisy vollkommen gut zu gehen schien. Es war, als hätte eine Kombination aus dem Treffen mit Xavier und der Tatsache, dass sie ihn sagen hörte, wie sehr er sie liebte und dass es nicht sein Wunsch gewesen war, sie zu verlassen, irgendwie ihre Ängste beruhigt. Klar, sie war aufgeregt gewesen, dass er gegangen war, aber Noel erkannte, dass bei ihrer Tochter irgendein Schalter umgelegt worden war. Ihr Vater war ihretwegen zurückgekommen, und genau das hatte sie gebraucht.

Es schadete auch nicht, dass sie nach Eureka fahren und ihn hatten besuchen können. Diese Entscheidung hatte Noel nicht auf die leichte Schulter genommen. Sie wollte nichts tun, was Daisy noch tiefer verletzen würde, aber Daisys Therapeutin hatte gesagt, es würde ihr vermutlich guttun, zu wissen, dass er sich nicht einfach wieder in Luft aufgelöst hatte. Darum hatte sie sich zusammengerissen und war hingefahren. Auf der Fahrt in die Stadt war Daisy sehr leise gewesen, aber auf dem Weg zurück ganz zufrieden. So verletzt Noel auch gewesen war, dass Xavier ihr nicht vertraut und sie belogen hatte, es fühlte sich nicht richtig an, ihm Daisy völlig vorzuenthalten. Sie hatte ein Recht, ihren Vater zu kennen und zu sehen.

Eigentlich tat ihr Xavier leid. Es war nicht seine Schuld, dass er in einer schrecklichen Familiensituation aufgewachsen war. Und er hatte versucht, sie hinter sich zu lassen. Die ganze Zeit, in der sie ihn gekannt hatte, hatte er niemals durchscheinen lassen, dass er etwas anderes war als ein gesetzestreuer Bürger.

„Was machst du, wenn Xavier einen Weg aus diesem Schlamassel findet, Noel?", fragte ihre jüngere Schwester Faith, während sie sich die blonden Haare geschickt zu einem französischen Zopf flocht.

Die vier Schwestern saßen an Yvettes Küchentisch und gingen die Pläne für Abbys bevorstehende Hochzeit durch.

Noel zuckte mit den Schultern. „Das hängt stark von ihm ab, schätze ich. Ich will, dass Daisy die Möglichkeit hat, Zeit mit ihm zu verbringen. Unabhängig von seinen Fehlern war er ein guter Vater."

Abby schaute von ihren Hochzeitsplanungsbüchern auf. „Sie meint, was wirst du wegen Drew machen?"

Noel runzelte die Stirn. „Was hat denn Drew mit Xavier zu tun?"

„Seid ihr denn nicht zusammen?", fragte Faith.

Waren sie das? Noel war sich nicht sicher, wo sie im

Moment standen. Sie hatten sich gewiss nicht getrennt, aber sie hatten auch noch keine Gelegenheit gehabt, miteinander zu reden. „Ich schätze schon. Wir hatten einen kleinen Streit, also werden wir sehen müssen, was passiert."

Abby rutschte herüber und legte ihre Hand auf die von Noel. „Wir machen uns nur Sorgen, dass du versucht sein könntest, wieder mit Xavier zusammenzukommen."

Noel blinzelte. „Wie kommt ihr denn darauf?"

„Weil er deine erste Liebe war", sagte Abby nüchtern.

„Und er ist der Vater deines Kindes", fügte Yvette an.

„Wir machen uns einfach Sorgen um dich", sagte Faith.

„Erste Liebe?" Noel stieß ein leises, schnaubendes Lachen aus. „Das glaubt ihr?"

„Ist er das nicht?", fragte Faith.

Noel schüttelte den Kopf. „Nein. Tatsächlich war der erste Mann, in den ich mich verliebt habe, Drew."

Ihre drei Schwestern lehnten sich alle mit verblüfften Mienen zurück. Schließlich räusperte sich Abby. „Willst du sagen, dass du Xavier nie geliebt hast, oder dass du und Drew irgendwann was laufen hattet, von dem niemand wusste?"

Noel lächelte geduldig. „Wisst ihr noch den Sommer, in dem ich Ferienlagerbetreuerin war?"

Yvette und Faith nickten.

„War ich da schon in New Orleans?", fragte Abby.

„Ja. Drew war auch da, und wir sind nicht zusammen gekommen, aber es war knapp. Und wir waren beste Freunde. Ich habe mich in diesem Sommer Hals über Kopf in ihn verliebt. Ich glaube, man kann berechtigterweise sagen, dass er auch Gefühle für mich hegte, aber er hat noch solche Qualen wegen Charlottes Tod gelitten, dass das Timing völlig daneben war. Als der Sommer vorbei war, sind wir getrennte Wege gegangen. Wir hatten immer noch freundlichen Umgang miteinander, aber Drew hat immer Abstand gehalten. Er brauchte sehr lange, um ihren Tod hinter sich zu lassen. Ich glaube nicht, dass es geholfen hat, Gefühle für eine Townsend zu haben."

„Noel", flüsterte Abby. „Das tut mir so leid. Das muss wirklich schwer gewesen sein."

„Vor allem, weil du nicht da warst", sagte Noel leise, während sie in ihre Tasse starrte.

Abbys Finger spannten sich um die ihrer Schwester an. Als Noel sie schließlich ansah, waren Abbys Augen randvoll mit Tränen. „Es tut mir so leid", sagte sie. „Du weißt, dass ich dich auch vermisst habe. Mehr als dir, glaube ich, klar ist. Mir ging es nur … mir ging es sehr ähnlich wie Drew. Ich war in meinem eigenen Schmerz gefangen. Ihr habt keine Ahnung, wie froh ich bin, wieder bei euch dreien zu sein. Ich habe so viel von eurem Leben verpasst."

„Das ist Schnee von gestern. Es tut mir leid, dass ich nicht gekommen bin, um dich zu besuchen", sagte Noel und meinte das völlig ernst. Wenn sie sich einfach um Abby bemüht hätte, nicht zugelassen hätte, dass die Wälle, die sie errichtete, sich immer weiter verfestigten, wären die Dinge vielleicht anders gelaufen. „Wir haben eine Menge aufzuholen."

Abbys Lächeln wankte, während sie nickte. All der Schmerz und die Wut der vergangenen Jahre hatten sich endlich verflüchtigt, nach dem Pakt, den sie in Abbys Zimmer geschlossen hatten. Jetzt mussten sie einfach wieder Boden unter die Füße bekommen.

„Okay, genug von Noels Drama." Yvette lächelte sie sanft an. „Ich habe gestern mit Isaac gesprochen."

Alle drei Schwestern drehten sich um und wandten ihr ihre uneingeschränkte Aufmerksamkeit zu.

„Und?", fragte Noel.

„Ich bin immer noch wütend, aber zumindest hasse ich ihn nicht mehr", erklärte sie. „Er kam vorbei, um sich zu entschuldigen, und fragte, ob wir reden können, darum habe ich ihn reingelassen. Kurz zusammengefasst ist es einfach so, dass er sich in Jake verliebt hat. Er sagte, er hätte irgendwie immer gewusst, dass er sich zu Männern hingezogen fühlt, aber dass er mich so sehr geliebt hätte, dass er einfach gedacht hatte, er könne es ignorieren. Und dann kam Jake. Er sagte, er hätte wirklich nicht gewollt, dass es passiert, aber dann war es einfach so. Leute, er hat mir erzählt, dass er sich für sich selbst schämt."

„Weil er dich betrogen hat?", fragte Abby. „Sollte er auch. Das geht überhaupt nicht in Ordnung."

„Nein. Ich meine, ja, er schämt sich für sein Verhalten und dafür, dass er nicht ehrlich zu mir war, aber er meinte, er würde sich dafür schämen, dass er Gefühle für einen anderen Mann hat."

„Was hast du gesagt?", fragte Noel.

Sie seufzte. „Ich habe ihm gesagt, dass er sich selbst gegenüber treu sein muss. Und dann habe ich ihm gesagt, dass ich ihn in jedem Fall lieben würde, und dass er sich nicht schämen solle." Tränen glitzerten in ihren dunklen Augen. „Es bricht mir das Herz, dass er sich so fühlt."

„Du bist ein sehr guter Mensch, Vette", sagte Abby.

„Sie hat recht", fügte Faith hinzu. „Es muss schwer gewesen sein, ihn zu unterstützen, wenn man bedenkt, wie sehr er dir wehgetan hat."

„Er wollte das nicht, und ich glaube ihm. Mein Herz ist einfach gebrochen. Aber ich will auch nicht, dass er eine Lüge lebt", sagte Yvette.

Noel schob ihrer Schwester einen Teller Kekse hin. „Heute können wir unsere Gefühle wegfuttern. Morgen finden wir vielleicht einen Weg, um mit unseren Exen Freundschaft zu schließen."

Yvette nickte. „Ich will ihn als Freund in meinem Leben nicht verlieren. Aber ich brauche Zeit."

„Bedeutet das, dass du Xavier vergibst?", fragte Faith Noel.

„Ja", sagte sie und meinte es auch so. „Aber wir werden nie wieder ein Paar. Wie es das Schicksal so will, liebe ich einen anderen."

Abby drückte sich eine Hand aufs Herz. „Wirklich? Liebe?"

„Ja." Noel spielte mit einem der Kekse herum. „Aber wer weiß, wie wir von hier an weitermachen."

„Du musst einfach mit ihm reden", sagte Faith. „Ich bin mir sicher, ihr kriegt das hin."

„Auf jeden Fall", fügte Abby hinzu. „Clay und ich haben ihn gestern Abend gesehen. Er wirkte erbärmlich. Erlöse den Mann aus seinem Elend, Noel. Er wollte dich und Daisy nur beschützen. Er liebt sie nämlich auch."

Noel nickte. Das wusste sie. Sie hatte nicht vergessen, dass er wie ein Irrer in die Stadt zurückgefahren war, ihr ein halbes Dutzend Nachrichten geschickt hatte, die ihr erst später zugestellt worden waren, und Clay angerufen hatte, damit er einsprang, als er gedacht hatte, Xavier würde sich ihr Kind schnappen. Er hätte Himmel und Hölle in Bewegung gesetzt, um für ihre Sicherheit zu sorgen. „Ich rede später mit ihm … nachdem wir den ganzen Hochzeitskram erledigt haben."

Abby jubelte, und sie lachten alle. Dann fragte sie: „Wie fändet ihr es, wenn Braut und Bräutigam in einem aufgemotzten Golfmobil zum Empfang kommen?"

KAPITEL 26

Drew lief in seinem Büro auf und ab. Er hatte gerade ein Telefonat mit dem Sheriff drüben in Eureka beendet und erfahren, dass alles, was Xavier Noel erzählt hatte, der Wahrheit entsprach. Nachdem sie seine Geschichte überprüft hatten, hatten sie ein verstecktes Areal oben im Norden in der Nähe von Crescent City gefunden, wo Xaviers Familie in den letzten fünf Jahren einen Drogenhandel aufgezogen hatten, und mit *Lilien und mehr* und dem Moon River Inn hatten sie ihr Drogengeld gewaschen. Davor hatten sie ihr Hauptquartier in Fresno gehabt, doch die Polizei hatte ihnen das Leben schwer gemacht und sie dazu gezwungen, sich eine neue Bleibe zu suchen.

Und noch wichtiger, es erwies sich, dass Victor Franks – der Mann, der Xaviers Identität gestohlen hatte – von einem konkurrierenden Dealer ermordet worden war. Xavier hatte damit nichts zu tun gehabt. In den letzten drei Jahren war Xavier ein Opfer gewesen, und man würde ihm keines der Verbrechen zur Last legen, die er begangen hatte, solange er als

Kronzeuge aussagte. Es war ein großer Deal und ein riesiger Gewinn für den Staat.

Drew marschierte aus dem Büro. „Ich gehe eine Runde, Clarissa."

„Hilfssheriff Baker …", sagte sie.

„Nicht jetzt. Ich muss mich um etwas Wichtiges kümmern." Er streckte sich schon zur Tür, erstarrte aber, als er ihre Stimme hörte.

„Drew?"

„Noel?" Er drehte sich um und blinzelte, um sich zu vergewissern, dass er keine Halluzinationen hatte. Hatte sie die ganze Zeit dort gestanden?

„Ich will dich nicht aufhalten, aber wenn du später Zeit hast …", setzte sie an.

„Ich habe jetzt Zeit." Er marschierte hinüber, legte ihr eine Hand auf den Rücken und führte sie ins Büro, ohne ein Wort zu Clarissa zu sagen.

„Es ist wirklich in Ordnung, wenn du gerade irgendwohin musst", sagte sie in dem Augenblick, als er die Tür schloss.

Er schüttelte den Kopf und führte sie zum Sofa, das an der gegenüberliegenden Wand stand. „Ich war unterwegs, um nach dir zu sehen. Ich habe Neuigkeiten."

Ihre Augenbrauen gingen ruckartig hoch. „Was für Neuigkeiten?"

„Ich hatte gerade den Sheriff drüben in Eureka am Telefon. Xavier ist vom Mord an dem Unbekannten freigesprochen."

Sie nickte, wirkte aber nicht überrascht. „Das ist gut."

„Und er wird Kronzeuge. Er geht für seine vergangenen Taten nicht ins Gefängnis und wird sogar Personenschutz erhalten, falls das nötig wird. Obwohl ich das bezweifle. Sie glauben, sie haben alle aus dem Verbrecherring dieser Familie erwischt."

„Das höre ich gern", sagte sie, ohne etwas preiszugeben.

Er warf einen Blick auf sie, versuchte abzuschätzen, wo sie in der ganzen Sache stand, wo sie mit ihm stand. Es gab nur eine Art, das herauszufinden. „Hör zu, Noel. Ich glaube, du hast eine Entschuldigung verdient."

Sie runzelte die Stirn und wollte schon etwas erwidern, aber ehe sie den Mund öffnen konnte, schnitt er ihr das Wort ab.

„An diesem Tag, an dem mich dein Ex wild durch die Gegend gejagt hat, war ich sicher, dass er Daisy etwas antun wollte. Ich verstehe jetzt, dass er mich einfach nur beschäftigt halten wollte, damit er mit euch beiden sprechen konnte, ohne dass ich dazwischen funke, aber das habe ich damals nicht gewusst. Und als ich diese Vision von ihm und Daisy hatte, bin ich durchgedreht. Ich bin mir sicher, das spielte in meine Reaktion hinein, als ich ihn mit euch beiden sah."

„Ich schätze schon", sagte sie und beobachtete ihn genau.

„Ich will nur …" Er holte tief Luft und setzte sich neben sie auf das Sofa, nahm ihre Hände in seine. „Ich muss mich bei dir entschuldigen. Ich war an diesem Tag komplett entnervt, aber du hattest recht, ich hätte mir die Zeit nehmen sollen, dir zuzuhören. Es tut mir leid, wenn es so ausgesehen hat, als wäre mir deine Meinung nicht wichtig. Denn sie ist mir sehr wichtig. Und ich schätze, ich muss zugeben, dass sich auch meine Unsicherheit bemerkbar gemacht hat. Wir haben gerade erst zueinandergefunden. Ich will dich und Daisy nicht verlieren."

Noel starrte ihn einen Augenblick lang an. Dann traten Tränen in ihre Augen und liefen lautlos ihre Wangen hinab.

„Noel, ich – wein doch nicht." Himmel, was hatte er getan? Er wischte die Tränen mit einer Hand sanft weg, nicht sicher, was er noch sagen sollte.

„Mir tut es auch leid", merkte sie schließlich an, während sie die letzten Tränen weg blinzelte. „Ich weiß, dass du einfach nur deinen Job gemacht hast. Dass du uns nur beschützt hast. Es war ein stressiger Tag. Daisy ... na, du weißt ja, dass sie überängstlich war, seit ihr Vater zum ersten Mal weggegangen ist. Ich hatte keine Ahnung, wie sie das alles verkraften würde."

„Du musst dich nicht bei mir entschuldigen, Noel", sagte er sanft. „Wie geht es Daisy mit alledem?"

Sie stieß ein leises Lachen aus. „Überraschenderweise besser als uns übrigen. Sie ist begeistert, dass er zurückgekommen ist, und scheint das alles gut wegzustecken. Wir haben ihn gestern in Eureka besucht. Ich bin mir ziemlich sicher, er wird irgendwo in der Nähe von Keating Hollow bleiben, vorausgesetzt, mit seinen Problemen mit dem Gesetz geht alles glatt."

„Was bedeutet das für euch?", fragte Drew vorsichtig. Sein Herz schlug ihm bis zum Hals. Falls sie entschied, dass sie den Versuch wagen musste, ihre Familie wieder zu vereinen, war es das für ihn. Er wäre dann überflüssig, und das auch zurecht. Familie war zu wichtig. Er würde nicht versuchen, sie zu etwas anderem zu überreden.

Sie zuckte mit den Schultern. „Ich schätze, das bedeutet Sorgerechtsvereinbarungen und Besuchspläne. Ich will, dass Daisy eine Beziehung zu ihrem Vater hat."

Ein winziges Körnchen Hoffnung nistete sich in seiner Brust ein. „Und du? Willst du eine Beziehung zu ihm?"

Sie lächelte ihn sanft an und drückte ihm ihre weiche Hand auf die stoppelige Wange. „Nur eine, die über Daisy läuft. Ich werde mir mit ihm verantwortungsbewusst die Elternschaft teilen, aber alles Übrige zwischen mir und Xavier ... da ist nichts drin. Mein Herz gehört einem anderen."

„Aber es hat früher ihm gehört", sagte Drew, der jetzt alles auf den Tisch bringen wollte. „Und ihr drei wart eine Familie. Es ist nicht zu spät, das zu reparieren."

Sie senkte die Hand und schaute ihn aus zusammengekniffenen Augen an. „Willst du mir etwa sagen, dass du einen Ausweg aus der Beziehung suchst, die wir begonnen haben, Drew? Denn wenn das so ist, sag es einfach."

Nun war es an ihm, zu lachen, aber es klang humorlos. „Überhaupt nicht, Noel. Ich bin dir so ergeben, dass du das Einzige warst, das ich im Sinn hatte, seit ich dich zum letzten Mal gesehen habe. Ich hatte so schlechte Laune, dass Clarissa gedroht hat, mich in die Gefängniszelle zu stecken, bis ich anständiges Benehmen entwickle. Ich wollte einfach nur alle Karten auf den Tisch legen. Wenn du glaubst, dass du es mit Xavier noch einmal probieren willst, dann muss ich das jetzt wissen, denn ich werde – kann – dem nicht im Wege stehen. Aber bitte, sag es mir jetzt, dann kann ich mich weiter um das grämen, was wir hätten haben können. Das wäre für uns alle einfacher."

Noel stand auf und lief auf und ab. Offenbar dachte sie über das nach, was er gerade gesagt hatte.

Drew beugte sich vor, verschränkte die Hände ineinander und wartete darauf, dass sie etwas sagte und dieser Qual ein Ende bereitete.

Schließlich blieb sie stehen, stemmte die Hände in die Hüften und sagte: „Du bist schon eine Nummer, weißt du das?"

In ihrem Tonfall lag kein Zorn, aber trotzdem wusste er nicht, ob es etwas Gutes oder Schlechtes bedeutete. Er zuckte nur mit den Schultern.

„Drew", sagte sie und ging vor ihm in die Hocke. „Es gibt ein paar Dinge, die ich klären muss." Sie legte eine Hand auf seine. „Du weißt, dass meine Mutter uns verlassen hat, als ich zehn Jahre alt war, ja? Sie ging einfach weg, hat uns zurückgelassen und kam nie wieder heim.“

„Ja. Das weiß ich“, sagte er mit einem Nicken.

„Du weißt auch, wie sehr mich dieser Verrat verletzt hat, ja?“

„Klar.“

Noel verlagerte das Gewicht und setzte sich neben ihn. „Jetzt stell dir vor, wie ich mich wohl gefühlt habe, als mein Mann, der das auch wusste und dem klar war, wie sehr es mich verletzt hatte, einfach genau dasselbe getan hat, einfach auf und davon war. Keine Nachricht. Keine Erklärung. Kein Abschied. Gib dazu noch die Tatsache, dass ich mitansehen musste, wie meine kleine Tochter, die ihn von ganzem Herzen liebte, unter den Folgen litt. Glaubst du, mir wäre es möglich, ihm zu vergeben, ganz gleich, was seine Gründe waren?“

„Er hat versucht, euch zu schützen. Das weißt du, oder?“, fragte Drew und wunderte sich, warum er den Mann verteidigte. Er schätzte, er musste einfach hören, dass sie sich völlig sicher war, mit Xavier fertig zu sein.

„Ich bin kein zerbrechliches Glaskunstwerk, Drew. Er hätte mir von seiner Vergangenheit erzählen können, hätte es sogar sollen. Selbst wenn sein Abgang die beste Möglichkeit gewesen ist, hatte ich es verdient, den Grund zu kennen.“

Punkt für sie, dachte er. „Also keine Vergebung für ihn?“

„Oh, ich kann ihm vergeben. Ich kann nur nicht mit jemandem zusammen sein, der mich nicht als gleichberechtigten Partner wahrnimmt, und der nicht ehrlich sagt, wer und was er ist. Ich verstehe, warum er so gehandelt hat, aber ich kann nicht zurück. Was geschehen ist, kann man nicht ändern. Und ich bin weitergezogen. Ich bin mit Haut und Haar beim Hilfssheriff, außer natürlich, ihm ist das alles zu viel. Falls dem so ist, sollte er es mich wissen lassen.“

Die Furcht, die Drew in den letzten drei Tagen mit sich herumgeschleppt hatte, verflüchtigte sich, und ein Lächeln breitete sich allmählich auf seinen Lippen aus. Er hob eine Hand, legte sie ihr an die Wange und sagte: „Das ist auf gar keinen Fall zu viel für ihn."

„Gut", sagte sie. „Jetzt küss mich."

oel stand links der Hochzeitslaube und wartete darauf, dass ihre Schwester durch den Gang in der Mitte kam. Es war Silvesterabend, und die meisten Einwohner von Keating Hollow hatten sich in Lins Obsthain versammelt, um der Hochzeit von Clay und Abby beizuwohnen.

Die Townsend-Schwestern hatten sich selbst übertroffen, als sie den Obsthain für das Fest vorbereitet hatten. Yvette hatte Hunderte schwebende Kerzen erschaffen, die das ganze Umfeld in sanftem Licht erstrahlen ließen. Faith, die eine Wasserhexe war, hatte ein halbes Dutzend animierte Porträts von Abby, Clay und Olive angefertigt, die alle aus Wasser bestanden und ihr glückliches Zusammenleben zeigten. Noels Geschenk war da schon praktischer. Da es Dezember war, hatte sie eine riesige Schutzblase geschaffen, die verhinderte, dass der Wind die Veranstaltung unter offenem Himmel ruinierte. Das war zwar nicht ansehnlich, aber es war unbezahlbar, wenn man bedachte, dass sich das Brautpaar gegen den Gedanken, drinnen zu heiraten, gesträubt hatte.

Abby und Clay waren beide Erdhexen, und sie wollten sich unbedingt draußen vermählen, mit der Natur um sie herum.

Alles andere war einfach wunderschön. Sträuße aus Rosen, Lavendel und Thymian schmückten die Laube, während weiße Lichterketten den Obsthain um sie herum beleuchteten. Noel warf einen Blick vorbei an Clay, der darauf wartete, dass seine Braut durch den Mittelgang kam, und sie fing Drews Blick auf. Er beobachtete sie mit Ehrfurcht auf seinem hübschen Gesicht. Sie lächelte ihn an und warf ihm einen Luftkuss zu. Die letzten paar Wochen waren magisch gewesen.

Xavier hatte versprochen, mit den Behörden zusammen zu arbeiten, und war nach Keating Hollow gezogen. Er hatte sich eine Wohnung genommen und verbrachte inzwischen viel Zeit mit Daisy. Die beiden waren unzertrennlich, fielen rasch in einen mühelosen Trott, als wäre überhaupt keine Zeit vergangen. Seit Xaviers Rückkehr hatte sie noch keinen einzigen Albtraum gehabt. Noel brachte ihre Tochter immer noch hin und wieder zur Therapie, aber nur für alle Fälle, doch die Therapeutin hatte bereits verlauten lassen, dass die Termine, falls nichts weiter geschah, ein Ende finden sollten.

An den Abenden, die Daisy bei Xavier verbrachte, war Noel bei Drew. Und außerdem fühlte sich Noel besser als je zuvor. Ihr Energieniveau war wieder stabil, und sie wusste, dass das an Drew lag. Dieser Mann machte sie einfach glücklich. Sie schätzte, dass es nur eine Frage der Zeit war, bis sie und Drew diejenigen waren, die eine Hochzeit planten, aber sie mussten Daisy Zeit geben, sich daran zu gewöhnen.

Noel machte Drew immer noch schöne Augen, als sie Bruno Mars „Marry You" singen hörte. Sie schaute auf und lachte, als sie Wanda sah, die Abby in ihrem Golfmobil zum anderen Ende des Mittelgangs fuhr. Wanda ließ das Gefährt anhalten und schaltete die Musik ab.

Das eigentliche Hochzeitslied, „Lucky" von Jason Mraz, fing an. Olive und Daisy sprangen mit Blumenkörben in der Hand aus dem Wagen, und zusammen warfen die beiden Blütenblätter, während sie durch den Gang hüpften. Es war das Niedlichste, das Noel je gesehen hatte.

Dann schien alles innezuhalten, und alle Blicke richteten sich auf Abby. Sie stand mit ihrem Vater dort, strahlend und leuchtend vor Liebe, ihr Blick löste sich keinen Augenblick lang von Clay.

Noels Herz war so voll, dass sie Angst hatte, es würde an Ort und Stelle platzen. Ihre Schwester verdiente dieses Glück, und auch Clay und Olive taten das. Noel nahm ihren Blumenstrauß, während ihr lautlos Tränen über die Wangen liefen, als sie ihre Schwester, ihre beste Freundin, sah, die den Mann ihrer Träume heiratete.

„KOMM, SETZ DICH ZU UNS", sagte Drew und zog Noel von einem entfernten Cousin von Clay weg. Dieser hatte offenbar Gefallen an ihr gefunden und akzeptierte kein Nein.

„Ich muss los. Weißt du noch den Freund, den ich erwähnt habe?", sagte Noel zu dem betrunkenen Mann. „Das ist er."

Boon, Clays Cousin aus Nevada, musterte Drew und meinte: „Mit dem werde ich fertig."

Drew lachte. „Das würde ich gern sehen, Mann."

„Hau ab, Boon", sagte Clay, der hinter sie trat. „Das ist mein Trauzeuge, und sie ist sein Mädchen. Er ist auch der Stadtpolizist, also pass bloß auf."

Boon nuschelte etwas davon, dass er dann wohl eine andere Brautjungfer zum Aufgabeln finden musste, und trollte sich.

„Viel Glück dabei", sagte Noel und lachte. Die anderen

beiden Brautjungfern waren Yvette, die viel zu verklemmt war für einen One-Night-Stand, und Faith, die dafür viel zu süß war.

„Er fällt vermutlich ohnmächtig unter den Tisch, bevor er noch ein Wort herausbringt", sagte Drew, der dem Kerl nachstarrte, während er weg stolperte.

Noel nickte. Er war schon ziemlich besoffen.

„Komm schon", sagte Drew. „Daisy muss dich etwas fragen."

Noel schaute auf ihre Tochter hinab. „Wirklich? Was ist denn?"

„Hier entlang, Mami." Daisy nahm sie an der Hand und führte sie zu einem Tisch an der gegenüberliegenden Ecke, wo es etwas leiser war. Daisy deutete auf einen Stuhl mit einer kleinen Schachtel, die mitten auf eine Kuchenplatte stand. „Du setzt dich hierhin."

Noel warf ihr einen fragenden Blick zu, tat aber, wie ihr geheißen.

„Drew, du hier." Sie deutete auf den Stuhl neben Noel. Sobald er saß, stieg sie ihm auf den Schoß. Sein Arm lag um ihre Taille, um sie im Gleichgewicht zu halten, und das Ganze wirkte so natürlich, als hätten sie schon ihr ganzes Leben lang so zusammen gesessen.

Weit hinten in Noels Augen brannten Tränen, während sie die beiden Menschen anschaute, die sie mehr als alle anderen liebte.

„Mach schon", flüsterte Drew Daisy ins Ohr. „Frag sie."

Daisy lächelte ihre Mutter scheu an, bevor sie sich abwandte. „Du fragst sie", sagte sie zu Drew.

„O nein, so nicht", erwiderte er lachend. „Du bist doch diejenige, die damit angefangen hat. Los jetzt, frag sie."

Noel runzelte die Stirn, schaute zwischen ihnen und der Schachtel hin und her. „Was ist los?"

„Mami", sagte Daisy, „hat Tante Abby nicht schön ausgesehen?"

„Aber natürlich, Kleines. Hast du ihr das gesagt?"

„Noch nicht", erwiderte Daisy.

„Dann tu das unbedingt, bevor wir heute Abend gehen, okay?"

Daisy nickte, hielt inne, holte tief Luft und fragte: „Wann werden du und Drew heiraten?"

„Was?" Noel zuckte verblüfft zusammen. Dann kniff sie die Augen zusammen, während sie Drew fragte: „Hast du sie darauf angesetzt?"

„O nein." Er hob eine Hand, als würde er schwören. „Sie hat mich vor zwanzig Minuten dasselbe gefragt."

„Und was hast du gesagt?", wollte sie wissen, sowohl unglaublich neugierig als auch ein wenig entsetzt, dass Drew und ihre sechsjährige Tochter sie in Verlegenheit brachten.

„Ich sagte einfach, sobald du bereit bist." Er lächelte sie selbstzufrieden an, und hätte er ihre Tochter nicht gehalten, hätte sie ernsthaft in Erwägung gezogen, ihm einen Hieb in die Magengrube zu versetzen. Oder ihn zu küssen. Sie wusste nicht genau, was von beidem.

Sie wandte ihre Aufmerksamkeit ihrer Tochter zu, entschlossen, herauszufinden, wo diese Frage herkam. War es, weil sie bei Abbys Hochzeit waren, oder kam das von jemand anderem? Jemandem wie Abby, die zu glauben schien, nur weil sie und Clay den Bund fürs Leben schlossen, sollten es auch alle anderen tun. „Warum willst du, dass ich Drew heirate?"

Daisy lächelte ihre Mutter strahlend an. „Du würdest in einem Hochzeitskleid ziemlich hübsch aussehen."

Noel kicherte. „Okay, vielleicht, wenn es das richtige Hochzeitskleid ist. Aber das reicht als Grund zum Heiraten nicht aus."

Daisy warf einen Blick auf Olive, die zwischen Abby und Clay am anderen Tisch saß. Sie hielt beiden die Hände und strahlte, als hätte sie in der Lotterie gewonnen, und Noel verstand allmählich.

„Willst du das, was Olive hat, Liebling?"

Daisy schüttelte den Kopf, und mit sehr leiser Stimme sagte sie: „Olive hat zwei Mamis. Ich will zwei Papis." Sie warf einen Blick zurück zu Drew. „Aber nur, wenn Drew mein zweiter Papi ist."

Drews Augen wurden feucht, während er Daisy fest umarmte und flüsterte: „Meine Süße, nichts würde mich glücklicher machen."

Noels Herz schmolz an Ort und Stelle auf dem Tisch im Obsthain ihres Vaters dahin. Was würde sie damit bloß anstellen? Sie sah Drew in die Augen und erkannte durch ihre getrübte Sicht, dass sie beide weinten. Sie schniefte und fing an, zu lachen. „Sieht so aus, als hätte eine Sechsjährige uns beide umgehauen."

„Hä?", fragte Daisy verwirrt.

„Keine Sorge, Kleines", sagte Noel und griff nach ihrer Tochter. „Mach dir keine Gedanken. Ich bin sicher, Drew und ich werden heiraten, wenn es an der Zeit ist. Bis dahin lass uns nichts überstürzen. Okay?"

Daisy runzelte die Stirn und starrte auf die Schachtel vor ihnen. Dann warf sie einen Blick zurück zu ihrer Mutter und sagte: „Wenn ihr es macht, können wir auf dem Golfmobil reinfahren? Das hat Spaß gemacht!"

„Was immer du willst, du kleine Unruhestifterin. Jetzt los und tanz mit deiner Cousine." Noel deutete auf die Stelle, wo Olive auf dem zur Tanzfläche umfunktionierten Gras herumtobte. „Drew und ich kommen auch gleich."

Daisys Augen leuchteten, als sie Olive sah, und gleich

darauf wackelte sie zusammen mit ihrer neuen Cousine mit den Hüften und wedelte mit den Armen.

Noel wandte sich an Drew und hob eine Augenbraue. „Bei dem kleinen Überfall hast du doch geholfen.“

„Da hast du Recht. Und es tut mir nicht einmal leid“, sagte er und grinste sie an.

Sie schüttelte den Kopf. „Du bist ein Tunichtgut. Weißt du das?“

Er schnappte sich die Schachtel, die sie taktvoll ignoriert hatte. „Ich glaube, es ist an der Zeit, dass du die öffnest.“

Sie schaute hinab, dann wieder zu ihm, ihr Mund war plötzlich trocken. „Ist es das, was ich glaube?“

„Du wirst sie öffnen müssen, um das herauszufinden.“

„Drew ...“

„Öffne sie einfach“, beharrte er.

Sie schüttelte den Kopf und nahm den Deckel von der weißen Schachtel. Darin fand sie einen Saphirring an einer silbernen Kette.

„Das ist der Verlobungsring, den mein Dad meiner Mutter gerade mal einen Monat schenkte, nachdem sie zusammengekommen waren“, sagte Drew, der ihn ihr abnahm und um den Hals legte. „In diesem Frühjahr sind sie seit vierzig Jahren verheiratet.“

Noel griff nach oben und betastete den Ring. „Bist du sicher, dass du Daisy nicht zu diesem Gespräch angestiftet hast?“

Er lachte und schüttelte den Kopf. „Mir würde nicht in einer Million Jahre einfallen, sie dazu anzustiften. Ich hatte bereits geplant, ihn dir heute Abend zu geben.“ Er setzte sich wieder und wandte sich ihr zu. „Ich will, dass du weißt, dass ich auf jeden Fall vorhabe, dich zu heiraten, wenn du bereit bist ... wenn Daisy bereit ist, und nicht nur, wenn sie begeistert von Hochzeiten ist. Das ist mein Versprechen, dass ich keine von euch jemals wieder gehen lasse.“

Diese verdammten Tränen waren wieder da, und diesmal konnte Noel sie nicht zurückhalten.

„Ich liebe dich, Noel Townsend. Eines Tages werde ich da oben am Altar stehen und dich zu meiner Frau machen.“

„Ich liebe dich auch, Andrew Baker“, sagte sie. „Lass mich bloß nicht zu lange warten.“

„Darauf kannst du zählen.“ Drew beugte sich vor, und seine Lippen streiften ihre. „Wie wäre es mit Valentinstag?“

Sie kicherte. „Das musst du vermutlich mit Daisy absprechen.“

Er warf einen Blick hinüber zu dem kleinen Mädchen, das gerade damit beschäftigt war, noch ein Stück Hochzeitstorte zu essen. „Ich bin mir ziemlich sicher, solange dabei Schokolade und hübsche Kleider vorkommen, kriege ich von ihr ein eindeutiges Ja.“

„Da hast du vermutlich recht“, sagte Noel und grinste, während sie aufstand und ihm eine Hand hinhielt. „Du weißt, was sie sagen – der Apfel fällt nicht weit vom Stamm.“

Er schaute sie neugierig an.

Sie lachte und zog ihn von seinem Stuhl. „Zeit für Kuchen.“

KAPITEL 28

Yvette Townsend schnappte sich ein Glas Champagner und begab sich zu einem leeren Tisch. Clay und Abby waren gerade abgezogen, um ihre erste Nacht zusammen als verheiratetes Paar zu verbringen. Und nun hing sie im Seil, während die übrigen Gäste Silvester feierten.

Der Abend war beinahe zu viel für sie gewesen. Yvette hatte gelächelt, bis sie glaubte, ihr Gesicht würde auseinanderfallen. Vor wenigen Wochen hatte sie sich noch auf diese Hochzeit gefreut. Sie liebte Hochzeiten … oder hatte sie geliebt, bis ihre eigene Ehe wegen eines Buchhalters namens Jake in die Brüche gegangen war.

Jetzt bemühte sie sich redlich, ihrer Schwester nicht den Tag zu versauen. Sie freute sich unheimlich für Abby, aber ihr Herz lag dennoch in Trümmern.

„Yvette?", fragte eine vertraute Männerstimme hinter ihr.

Sie schloss die Augen und tat, als hätte sie ihren baldigen Exmann oder das Bedauern in seiner Stimme nicht gehört. Warum war er gekommen? Abby und Clay hatten sie gefragt, ob sie ihm eine Einladung schicken sollten. In einem Augenblick der Schwäche hatte sie Ja gesagt. Sie wollte nicht, dass er ausgeschlossen wurde, weil er in den letzten zwanzig Jahren zu viel Angst davor gehabt hatte, wer er wirklich war. Aber nun, da er hier war, wollte sie ihn nur noch anschreien. Oder ihn schlagen. Vielleicht beides. Sie war nicht wütend, dass er schwul war. Sie war verletzt, weil er ihr bester Freund gewesen war und sie verlassen hatte.

„Vette?", wiederholte er besorgt.

Da sie keine Szene machen wollte, drehte sich um und stellte sich ihm. Verdammt, sah er gut aus. Hatte er abgenommen? Und war das ein neuer Anzug? Und sogar seine verflixte Haut leuchtete. Isaac sah besser aus als je zuvor, und Yvette wusste, dass sie selbst wirkte, als könnte sie eine Woche Wellness vertragen. „Hallo, Isaac. Nett, dass du gekommen bist."

„Dir macht es nichts aus, dass ich da bin?", fragte er und setzte sich neben sie.

Doch. „Nein. Natürlich nicht. Clay ist dein Freund, und Abby ist immer noch deine Schwägerin. Du solltest hier sein."

Er legte seine Hand auf ihre, und sie musste sich bemühen, ihre nicht wegzureißen. „Danke, dass du so verständnisvoll bist."

Verständnisvoll. Klar. Sie zuckte mit den Schultern. „So bin ich halt. Die verständnisvolle Ex, die die Letzte war, die es erfuhr."

Er runzelte die Stirn, seine dunklen Augen zeigten ein wenig zu viel Besorgnis. „Du weißt, dass es nicht so gewesen ist."

Verdammt. Heiliger Hexenb... diese Unterhaltung musste sofort ein Ende finden. Sie würde den restlichen Silvesterabend nicht damit verbringen, noch einmal die

Einzelheiten ihrer Trennung zu durchleben. „Vergessen wir es einfach, okay, Isaac?" Sie hob ihren Champagner zum Anstoßen. „Wir sind hier, um Abby und Clay zu feiern."

Er stieß mit ihr an und lächelte sie dankbar an. Nachdem er sein Glas ausgetrunken hatte, stand er auf und hielt ihr eine Hand hin. „Tanzt du mit mir? Um der alten Zeiten willen?"

Meinte er das ernst?

Er starrte mit einer Zärtlichkeit im Blick auf sie hinab, so, wie er sie früher angeschaut hatte. Ein dumpfer Schmerz machte sich in ihrer Brust breit. Es war ihr körperlich unmöglich, Nein zu sagen, darum nahm sie seine Hand und ließ sich von ihm auf die Tanzfläche führen.

Isaac ließ seine Hände um ihre Taille gleiten, als gerade Etta James' „At Last" anfing, und Yvette wünschte sich von ganzem Herzen, der Boden möge sich einfach auftun und sie verschlingen. Es war genau das Lied, zu dem sie bei ihrer eigenen Hochzeit vor elf Jahren getanzt hatten.

„Ich liebe dich wirklich, weißt du?", fragte Isaac.

Die traurige Wahrheit war, sie wusste es. Aber sie wusste nicht, was sie damit anfangen sollte. „Du liebst einfach jemand anderen mehr."

„Anders", verbesserte er sie. „Ich liebe Jake anders."

Sie stieß ein schnaubendes Lachen aus. „Leidenschaftlich, meinst du."

Er leugnete es nicht. Er zog sie nur näher an sich heran und flüsterte: „Es tut mir so leid, Yvette. Ich hoffe, eines Tages kannst aufhören, mich zu hassen."

Sie zog sich von ihm zurück, starrte ihm in die Augen und schüttelte den Kopf. „Ich hasse dich nicht. Ich hasse nur diese Situation. Vielleicht können wir eines Tages wieder Freunde sein, aber im Augenblick brauche ich Zeit, um zu heilen."

Yvette beugte sich vor und gab ihm einen zarten Kuss auf die Wange. „Sei glücklich, Isaac."

Yvette ging weg, bevor er etwas antworten konnte, und begab sich direkt zur Bar. Sie sprang auf einen der Hocker und sagte: „Tequila. Das gute Zeug."

„Anstrengende Hochzeit?", fragte der Barkeeper, der nach der Flasche Don Julio griff.

„Das kann man wohl sagen." Sie betrachtete den schönen Mann vor sich. Verdammt, wo hatte ihre Schwester den denn her? Hotties R Us? Er hatte die grünsten Augen, die sie je gesehen hatte, dichtes dunkles Haar und einen leichten Bartschatten, der sowas von verboten aussah.

Er stellte den Schnaps vor ihr ab und bot ihr eine Limette an. Sie schüttelte den Kopf und stürzte den Tequila hinunter. Sie verzog das Gesicht und bedeutete ihm, ihr noch einen zu geben.

„War das der Ex?", fragte er und füllte ihr Glas auf.

„Ja. Der Ex." Sie warf einen Blick auf ihn und stieß eine Art Knurren aus, als sie Jake sah. „Und da ist der Neuzugang."

Der Barkeeper runzelte die Stirn. Er wirkte verwirrt. „Sprechen Sie von dem Mann, der sich zu – oh", sagte er, als Jake Isaac gerade einen Kuss auf die Lippen drückte. „Brutal."

Sie hob das Tequila-Glas hoch und kippte es weg. Diesmal lief es ihr schon weniger mühsam durch die Kehle. „Die Ehefrau ahnt nie etwas."

Er hob eine Augenbraue. „Wie? Es war ein völliger Schock?"

„Ja. Wir hatten bis eine Woche vor der Trennung Sex." Ihr Gesicht wurde heiß. Sie hatte nicht vorgehabt, diese Details auszuplaudern, aber offenbar lockerte der Tequila ihr die Zunge. „Ups. Das war vermutlich etwas viel Information, hm?"

Er lachte leise, seine Augen funkelten unter den

Lichterketten. „Machen Sie sich deshalb keine Sorgen. Aber vielleicht lassen Sie es mit dem Tequila etwas langsamer angehen. Sie wollen doch nicht auf der Hochzeit Ihrer Schwester betrunken umfallen?"

„Eigentlich, glaube ich, will ich das." Sie grinste, fühlte sich besser als in den ganzen letzten Wochen. „Aber weil ich meine Schwester liebe, werde ich es bei leicht angeschickert belassen."

„Guter Plan." Er zwinkerte ihr zu, dann ging er am Tresen weiter, um Wandas Weinglas aufzufüllen.

„Hui", sagte Wanda mit zu lauter Stimme, während sie ihm in den Bizeps kniff. „Wo kommen Sie denn her?"

Er lächelte sie geduldig an und sagte: „Südkalifornien."

„Na, Mr. Südkalifornien, haben Sie eine Freundin?"

„Im Augenblick nicht."

Sie hob die Augenbrauen. „Einen Freund?"

„In diesem Team spiele ich nicht", sagte er.

„Den Göttern sei's gedankt", merkte Yvette an.

Er warf einen Blick hinüber zu ihr, und jenes erheiterte Lächeln umspielte wieder seine Lippen.

Wanda schaute zwischen ihnen hin und her, dann stieß sie ein leises, frustriertes Seufzen aus. „Alles klar. War schön, Sie zu treffen, Mr. Kalifornien."

Yvette sah Wanda nach, die zurück zur Tanzfläche schlenderte, wo sie sich Hanna und Faith anschloss, um mit ihnen selbstvergessen zu tanzen.

„Also, Mr. Kalifornien. Haben Sie einen richtigen Namen?", fragte ihn Yvette.

„Mr. Kalifornien klingt doch nett." Er nickte ihrem Schnapsglas zu. „Nachfüllen?"

Sie schüttelte den Kopf. „Ich glaube, ich bin in der Stimmung für etwas … Aufregenderes."

„Und das wäre?"

Yvette betrachtete ihn von oben bis unten, stellte sich vor, wie er aussehen würde, wenn er kein Hemd trug. Wenn man nach seinen Unterarmen ging, hatte der Mann etwas vorzuweisen.

„Ich verstehe", sagte er.

„Hä?" Sie warf einen Blick zu ihm hinauf und sah, wie er sie angrinste. „Oh, verdammt." Sie lachte nervös. „Erwischt."

Er hob einen Finger und sagte: „Einen Moment." Dann verschwand er einen Augenblick lang. Als er wieder zurückkehrte, trug er eine Anzugjacke und kam hinter dem Tresen hervor. Er ging direkt zu ihr und beugte sich vor. „Bereit zum Gehen?"

„Wohin sind wir unterwegs?"

„Wohin Sie auch wollen, schöne Lady."

Yvette starrte zu ihm auf, sie war schockiert. Ja, sie hatte ihn mehr oder weniger angesabbert, hatte sich gefragt, was er unter seinem Hemd versteckte, und hatte sich vielleicht sogar vorgestellt, wie es sich anfühlen würde, in seinen Armen zu liegen. Aber sie hatte niemals ernsthaft in Erwägung gezogen, die Nacht mit ihm zu verbringen.

Er warf einen Blick quer durch die Lichtung auf Isaac. „Schau", sagte er.

Yvette folgte seinem Blick und sah Isaac, der sie direkt anstarrte. Seine Augen waren zusammengekniffen, seine Fäuste geballt. „Er ist eifersüchtig", sagte sie und schüttelte den Kopf. „Kann man sich das vorstellen? *Er* ist eifersüchtig."

„Genau", sagte Mr. Südkalifornien.

Sie warf einen Blick von Isaac zum Barkeeper und wieder zurück zu Isaac. Ja, es wäre unfassbar befriedigend, mit diesem beeindruckenden Kerl abzuziehen, wenn sie nur gewusst hätte, wer er war. Sie starrte zu ihm empor. „Wie heißt du?"

„Jacob."

Sie stieß ein bellendes Lachen aus. „Das ist doch nicht dein Ernst?"

„Wenn es dich stört, kannst du mich nennen, wie du willst."

„Nein." Sie sprang vom Hocker, hängte sich bei ihm ein und sagte: „Wenn der Ex einen Jake haben kann, kann ich verdammt nochmal einen Jacob haben. Gehen wir."

Sie gingen aus dem Obsthain zum Parkplatz vor dem Townsend-Haus. Jacob deutete auf einen silbernen Mercedes. „Das ist meiner."

„Echt? Barkeepern geht es heutzutage scheinbar ziemlich gut", neckte sie ihn.

„Sowas in der Art." Er legte ihr eine Hand auf den Rücken und führte sie zur Beifahrerseite, wo er charmanterweise die Tür für sie öffnete.

Sie zögerte nicht. Sie stieg ein, als hätte sie ihn nicht erst vor dreißig Minuten kennengelernt.

Er saß auf dem Fahrersitz, bevor sie sich auch nur anschnallen konnte. Dann rasten sie über die Straße in die Stadt. „Wo wohnst du?"

„Wir fahren zu mir?", fragte sie.

Er warf einen Blick auf sie, seine Miene war erheitert. „Ja. Wohin denkst du denn, dass wir unterwegs sind?"

„Äh, ich weiß nicht. Bist du in der Pension eingemietet?"

Er schüttelte den Kopf und lachte leise. „Nein, bin ich nicht. Ich dachte, ich biete dir an, dass ich dich nach Hause fahre. Aber wenn du etwas anderes im Sinn hattest …"

Sie starrte ihn an, ihr Mund klappte auf. Dann schüttelte sie den Kopf. „Das ist doch nicht das Einzige, woran du gedacht hast. Und das weißt du auch."

Er schaute zu ihr hinüber, sein Gesicht hitzig, während er

den Blick noch einmal über sie wandern ließ. „Also willst du das?"

„Ja." Sie hatte sich in dem Augenblick entschieden, in dem sie beschlossen hatte, mit ihm zu gehen. Eine ausschweifende Nacht mit einem Mann, den sie vermutlich niemals wieder traf, war genau das, was sie brauchte.

„Alles klar." Er trat aufs Gas, plötzlich begierig darauf, ans Ziel zu gelangen.

„Bieg an der nächsten Straße links ab", sagte sie. Knappe zwei Minuten später parkten sie vor ihrem Haus.

Er stellte den Motor ab und wandte sich ihr zu. „Bist du dir damit sicher?"

Yvette antwortete, indem sie aus dem Auto stieg und ihm bedeutete, ihr zu folgen. Ein Lächeln breitete sich langsam auf ihren Lippen aus, als sie seine Schritte hinter sich hörte. Er folgte ihr so dicht, dass sie den holzigen Duft seines Aftershaves roch. Und während sie die Tür aufschloss, kitzelte sie sein Atem im Nacken. Sie drehte sich um, drückte ihm eine Hand auf die Brust und sagte: „Sowas mache ich nie."

„Das sagen sie alle."

„Vielleicht." Sie nestelte an seinem obersten Hemdknopf herum. „Aber in meinem Fall stimmt es. Ich hatte noch nie einen One-Night-Stand."

Da war dieses Grinsen wieder, als er fragte: „Und du gehst einfach davon aus, ich schon?"

„Hast du da gerade angedeutet, dass du das nicht zum ersten Mal machst?"

Er nickte. „Ja, ich schätze schon."

„Gut. Dann hast du ja Erfahrung damit. Ich habe nur eine Bitte, nämlich, dass es sich für mich lohnt."

Er legte beide Hände an die Tür, beugte sich vor und

flüsterte: „Darum musst du dir keine Sorgen machen, Süße. Ich habe vor, dich zu lieben, bis die Sonne aufgeht.“

Sie hob ungläubig die Augenbrauen. „So ausdauernd bist du also?“

„Nimm mich mit rein und finde es heraus.“

Lachend öffnete sie die Tür. „Wenn du ein so guter Liebhaber bist, wie du glaubst, habe ich ein Problem.“

„Darauf kannst du wetten“, sagte er und folgte ihr ins Haus.

* * *

ES WAR KURZ nach acht am Morgen, als Yvette am Montag in ihren Buchladen kam. Sie hatte ein Lächeln auf dem Gesicht und ging mit federnden Schritten, wie sie es seit Wochen nicht mehr getan hatte. Ihre Nacht mit Jacob war genau das gewesen, was der Arzt verordnet hatte. Sie war entspannt und vollkommen zufrieden aufgewacht.

Und allein – der Göttin sei's gedankt. Sie war sich nicht sicher, ob sie ihm hätte in die Augen schauen können, nach allem, was sie zusammen getan hatten. Sie spürte, wie sie rot wurde, wenn sie nur an ihn dachte, und an das, was sie ihn mit sich hatte anstellen lassen.

„Guten Morgen“, rief sie Dannika, ihrer Helferin, zu.

„Oh, Yvette, da bist du ja“, sagte Dannika und ließ das Regal stehen, dass sie geraderückte. „Er ist da.“

„Wer ist da?“, fragte Yvette, unterwegs zur Espressomaschine hinter dem Ladentresen.

„Der neue Investor. Den solltest du doch heute Morgen treffen. Er wartet in deinem Büro.“

„Oh, Mist!“ Das hatte sie völlig vergessen. Wegen Isaac, der drohenden Scheidung und der Güteraufteilung war Yvette gezwungen gewesen, einen Investor an Bord zu holen. Sie hatte Glück gehabt, da Miss Maple erwähnt hatte, dass ihr Neffe in die Stadt ziehen würde und vielleicht Interesse hatte. Im Nu waren die Papiere unterschrieben gewesen, und heute war der Tag, an dem sie sich mit ihrem stillen Teilhaber treffen sollte. Es war nicht ideal, aber so würde sie ihren Laden und das Einkommen behalten können.

Sie setzte ein Lächeln auf und ging durch den Korridor zu ihrem Büro. Sie hörte, wie jemand am Telefon redete, Pläne für ein überholtes Design, einen neuen Buchbestand und ein Café ausbreitete. Sie drückte ein Ohr an die Tür und musste ein Keuchen unterdrücken, als er gerade sagte: „Es ist idyllisch, aber Hollow Books ist ein Hobbyladen. Wenn ich erstmal damit fertig bin, ist er ein paranormales Traumreiseziel. Ganz genau, rundumerneuert.“

„Entschuldigen Sie“, sagte Yvette, die sich hineindrängte. „Auf den Papieren steht *stiller* Teilhaber.“

„Vielleicht schauen Sie dann lieber nochmal die Papiere an“, sagte der Mann, der gerade den Kopf wandte, um sie zu begrüßen.

„Jacob?“, fragte sie.

„Was machst du hier?“, sagten sie beide gleichzeitig.

Dann sprach Jacob ins Telefon: „Ich muss los. Ich ruf dich zurück.“

„*Du* bist mein neuer Investor?“ Yvette stemmte die Fäuste in die Hüften, ihr Gesicht wurde heiß, so peinlich war sie berührt. *Bitte, lieber Gott, lass nicht zu, dass ich mit meinem neuen Geschäftspartner geschlafen habe. Es war unmöglich, oder? Bitte lass es nicht möglich sein.* „Du bist der Barkeeper.“

Er schüttelte den Kopf. „Ich habe nur einem Freund ausgeholfen.“

„Auf dem Vertrag steht Michael J. Burton.“

Er räusperte sich. „Das J steht für Jacob. Mein Vater heißt

Michael." Jacob erhob sich aus dem Sessel, sein Gesicht war ebenso rot wie ihres. „Du hast mir gestern Nacht deinen Namen nicht gesagt."

„Du hast nicht gefragt", schoss sie zurück.

„Ich war ein wenig abgelenkt." Er ließ seinen Blick über sie gleiten und schüttelte dann den Kopf, als würde er das Bild aus seinen Gedanken drängen wollen.

„Oh, verdammt", sagte sie, während sie an die Wand sank. Was hatte sie getan?